Lucas de Waard (1984) volgde de schrijversopleiding aan de HKU, schrijft proza, columns en teksten voor theater. Hij treedt veelvuldig op, onder meer met 'De Waard en zijn gasten'. *De kamers* is zijn romandebuut.

Lucas de Waard

De kamers

ROMAN

DE GEUS

 De_Geus DeGeusBreda

Voor mijn zusjes

'Ja … Achteraf zie ik het aankomen.'
– Pieter, in *Cloaca* van Maria Goos

'Dus het klopt.'

'Wat?'

'Ik kon je horen. Jou. Wat je dacht. Wie je echt bent.'

'Blijkbaar.'

'En nu ben je hier.'

'Ja.'

'Waarom?'

'Omdat ik nergens anders heen kon, denk ik. Ik ging dood.'

Het is lawaaiig in zijn hoofd. Het gonst er, het zoemt en gedachten vallen elkaar aan terwijl hij het tuinhekje opent en het grindpad op loopt. Hij steekt de sleutel in het slot van de voordeur maar draait niet. Hij blijft staan, met het warme metaal tussen zijn wijsvinger en duim geklemd, en hij wacht. Naast hem, tegen de muur, ligt een vuilniszak. Die ligt er al een tijdje. Hij ruikt een zurige lucht en hoort vliegen die hij niet ziet. Het huis lijkt te ademen. Misschien moet hij niet naar binnen gaan. Hij woont hier niet. Als hij naar binnen gaat, is het voor alles te laat. Dan gaan ze kapot, allebei.

Maar is hij niet al kapot? Maakt het nog uit?

Krijg de tering maar. Hij draait de sleutel en stapt de drempel over. In de gang is het warm en klam, alsof hij een vlindertuin binnenloopt. Hij laat de voordeur open. Iedereen mag weten dat hij hier is. Ze komen hem maar halen. Dan zullen ze merken dat er nog een aantal rekeningen openstaan.

In de woonkamer kijkt hij om zich heen. Tot zijn ergernis merkt hij dat hij het een prettig huis vindt. Lichte muren, lichte vloeren, donkere meubels. Kunst aan de muur. Veel boeken. Buiten gaat de zon onder. Het is doodstil. Over een tijdje zullen er weer krekels zijn, overal, maar nu is er niets.

Hij loopt naar de keuken en opent de koelkast. Hij heeft honger, misschien kan hij even snel iets eten. Hij ziet pakjes broodbeleg, een schaal gehakt, twee flessen champagne, een bakje aardbeien en een bord met kaasblokjes onder plastic folie. Na een tijdje besluiteloos staren pakt hij de kaasblokjes. Hij zet het bord op het aanrecht, haalt de folie eraf, propt het op tot een balletje en begint de blokjes in zijn mond te stoppen. Zijn lijf reageert als zo'n zaklamp waar je in moet knijpen om licht te krijgen. Een knijpkat heet dat, herinnert hij zich terwijl hij kaas schrokt. Al snel is het bord leeg. Hij zet het in de gootsteen en laat er water overheen stromen. Het is lang geleden dat hij in een echte keuken was. Het is een aangename plek om te zijn.

Achteloos pakt hij een mes uit het keukenblok. Het handvat is van hetzelfde roestvrije staal als het lemmet en koel. Hij rilt, terwijl buiten de zon verdwijnt.

Achter in zijn hoofd wordt er gepraat. Een stem die hij herkent, maar die er niet kan zijn. Een stem die hij niet meer zou moeten kunnen horen. *Ik ben hier.* Het moet een vergissing zijn. Hij is in de war. Dat moet hij niet vergeten. Er is veel gebeurd deze dag, en de dingen liggen momenteel nogal in splinters. Daar kun je best een beetje van uit evenwicht raken. En alsof hij ook fysiek zijn balans kwijt is, gaat hij op de bank zitten. De kussens zijn zacht en dik, hij zakt erin weg zoals hij al jaren niet meer is weggezakt. Even glimlacht hij, en hij vraagt zich af of dit ook zijn leven had kunnen zijn. Een huis, met goede meubelen, dubbele beglazing en een open keuken. Was dat mogelijk geweest? Of heeft hij altijd een onoverbrugbare achterstand gehad? Bestaat er zoiets als vervloekt zijn? Aangeschoven bij een spel en alleen maar kutkaarten bedeeld krijgen? Hij sluit zijn ogen zonder in slaap te vallen.

Een half uur later opent hij ze weer. Hij hoort het grind in de voortuin knisperen. Aarzelende voetstappen richting de voordeur. Het is zover. Hij kijkt naar zijn schoot, waarin het mes ligt. Het is een groot mes, eentje waarmee je gebraden lam in plakken snijdt. Heeft hij dat zojuist gepakt? Dat was hij vergeten. Hij vraagt zich af wat hij ermee van plan is. En terwijl er voetstappen in de gang klinken, onzeker rubber op hout, omklemt hij het handvat.

Het is zover. Wat 'het' dan ook moge zijn.

I

Aram de Smet werd wakker en merkte dat zijn vrouw weg was. Hij lag met zijn rug naar een koudefront, de deken was een beetje teruggeslagen en het was doodstil. Er ademde maar één iemand in de kamer en dat was hij. Buiten ging een autoalarm, heel ver weg. Sinds ze nieuwe gordijnen hadden opgehangen was het in de slaapkamer zo donker als onder een rotsblok en duurde het zeker een paar minuten voor Arams ogen gewend waren en hij de silhouetten van de kast, de fauteuil en het enorme schilderij van zijn moeder kon ontwaren. Een zuur kijkende oude man aan een keukentafel, die hij niet kon zien, nog niet, maar op de een of andere manier was zijn strontchagrijnige aanwezigheid voelbaar. Als er bezoek kwam nam hij de mensen mee naar de slaapkamer. 'Wil je het lelijkste schilderij aller tijden zien?' Er kwam niet zo heel vaak meer bezoek.

Hij ging overeind zitten. Nog altijd miste er een lamp op het nachtkastje. Heel even voelde hij zich de eenzaamste mens op aarde, maar dat kon ook te maken hebben met de droom waaruit hij zojuist was ontwaakt. Er was iets met wolken die stilstonden in de lucht en een zwembad waarin allemaal dode dieren dreven, maar de flarden begonnen al op te lossen en algauw zouden ze helemaal verdwenen zijn. Aram streek even met zijn hand over de koude plek naast hem. Het kwam vaker voor dat Liz midden in de nacht verdween. Niets om je zorgen over te maken. Toch bemerkte zijn lijf vroeg of laat dat het alleen gelaten was en dan ontwaakte hij. Dat was niet erg. Ooit was slaap een luxe geweest, tegenwoordig strekte de voorraad tot in het oneindige. Vroeger sliep hij als een blok in de uren die hem gegund waren en het enige wat hier een einde aan kon maken, was de wekker. De ene keer lag Liz naast hem, de andere keer stond ze haar tanden te poetsen, en soms was het huis leeg. Dan lag er een briefje: 'Ik ben even weg, de wereld redden. X', of: 'Ik heb alle koffie opgezopen. Sterkte!' Zo ging het en dat was prima. Ze koesterden de avonden waarop ze samen naar bed gingen en de ochtenden waarop ze samen opstonden. Het waren er genoeg. Ze zeiden tegen elkaar: Wee de stakkers die elke ochtend tegen elkaars rotkop aan moeten kijken. Of nu ja, een van hen had het gezegd. Waarschijnlijk Liz.

Aram stond op en trok zijn kamerjas aan. Hij liep naar de badkamer, klikte het licht aan, deed de wc-bril omhoog en loosde het laatste deel van de anderhalve fles wijn die hij gedurende de avond soldaat gemaakt had. 'Ik drink veel, de laatste tijd', had hij tegen Liz gezegd, die met een glas tonic op de bank zat. Ze knikte. 'Maar dat gaat wel weer over', was haar antwoord. Aram keek in de spiegel en wreef in zijn ogen. Hoe laat was het? Vier uur? Vijf uur? Het voelde als ochtend, maar buiten was het nog donker en er waren geen vogels te horen. Hij knoopte zijn badjas dicht en verliet de badkamer, ging de trap af naar de keuken en zette koffie. Terwijl de pot vol pruttelde liep hij naar de gang om te kijken of er al post lag. Of anders weer een pakketje met verse stront erin; een mens wist maar nooit. De deurmat was leeg. Hij bedacht dat het ook veel te vroeg was voor post, bleef even staan en keek wat versuft om zich heen. Waarom hadden ze eigenlijk zo weinig klokken in huis? Kwam dat omdat hij altijd een horloge had gedragen? Wanneer had hij dat ding afgedaan? En waarom? Hij liep terug naar de keuken, schonk zichzelf koffie in en ging aan tafel zitten. Hij keek voor zich uit en luisterde naar zijn eigen ademhaling en een licht suizen in zijn linkeroor. Dat had hij sinds een tijdje. Zijn vrouw stond nu ergens over een greppel gebogen. Of over een lijk. Of ze verkende een kelder vol hokken die te groot waren voor dieren. Of er was, zoals de laatste twee keer dat ze 's nachts werd opgeroepen, geen zak aan de hand. In de verte sloeg een kerkklok eenmaal. Dat kon half vijf of half zes betekenen. Hij nam een slok. De koffie was sterk en bitter. Ik kan nu net zo goed opstaan, dacht hij. Douchen, mijn kleren aantrekken en een wandeling gaan maken. Of een stuk hardlopen, nog beter. Als ik terugkom is de krant er, die ik niet lees, ontbijt ik en scheer ik me. En dan? Misschien de voordeur schuren, zodat ik hem eindelijk een nieuwe kleur kan geven. Boodschappen voor het weekend doen, dan is dat maar vast gebeurd. Planken zagen voor de boeken die niet meer in de kast passen. Ik hoef me werkelijk geen seconde te vervelen. Hij keek uit het raam en zag dat er een lichte gloed verscheen van achter de daken. Het moest half zes zijn. Het begin van de zoveelste vierentwintig uur die ik spendeer aan dingen die me geen reet interesseren. Bezigheden die niet bij me passen. Klusjes die ik niet belangrijk vind. Hij goot het laatste restje koffie achterover. Nou, zei hij tegen zichzelf, waar wacht ik nog op?

Hij zag zijn vrouw praten zonder geluid. Er hing een gele microfoon onder haar neus en ze had haar ernstige gezicht opgezet; een plechtige uitdrukking die ze bewaarde voor de camera's, voor verdrietige of zorgwekkende mededelingen. De wind blies de blonde haren die uit haar staart ontsnapt waren in haar ogen. Ze knipperde maar veegde ze niet weg. Achter haar zag hij een paar stroken afzetlint wapperen tegen de achtergrond van het ochtendgloren. De balk onder in beeld vertelde hem dat er een oorbel van de 14-jarige Pandora de Jager was gevonden in een nabijgelegen bos. Het meisje was verdwenen. Er waren tal van aannames en evenzoveel ontkrachtingen hiervan. Hij pakte de afstandsbediening en zette het volume open van de tv, die hij doorgaans de hele dag op *mute* had staan.

'… intensiveren we het zoeken.'

'Is er al meer duidelijk over de toedracht?'

'Daar proberen we achter te komen.'

'Denkt u dat ze uit vrije wil is vertrokken?'

'Daar kan ik geen uitspraken over doen.'

'Pandora de Jager is gewoon een weggelopen kind?'

'Geen enkel kind is "gewoon weggelopen".'

'Klopt het dat ze niet kan praten?'

Aram zette het geluid weer uit.

Welke sadist noemt zijn kind nou Pandora? Hij stond op uit zijn stoel en liep naar de tuindeuren. Buiten was de zon boven de huizen uit gekomen. Ze hing achter een heiige sluier van wit wolkenrag en maakte de ochtend plakkerig. Hij wreef over zijn buik en legde zijn voorhoofd tegen het glas, dat koel was, en bleef een tijdje zo staan, terwijl in de weerspiegeling het nieuwsitem zwijgzaam verderging.

De lokale omroep; hij kreeg bijna heimwee. Bij gebrek aan nieuws alles gezellig vergroten tot in het absurde. Een weggelopen kind; Liz had toch wel wat beters te doen? Althans, daar ging hij van uit. Hij had haar al een goede week niet gesproken. Als ze thuis was sliep ze. Of ze lag in bad. Of ze stond hier bij de tuindeuren zoals hij nu, te staren naar niets in het bijzonder. Naar de tuin, die mistroostige toendra waar ze niets mee deden maar waarvoor ze wel heel veel potten en zaadjes hadden gekocht. Ze was afwezig, vlak, werd opgevreten door haar werk. Goed, ze liét zich ook opvreten, met graagte, dat begreep hij best; hij was momenteel niet de leukste versie van zichzelf. Maar was dat niet wat een huwelijk inhield? Dat je koos voor alle versies van elkaar?

De telefoon ging. Daar hield hij niet van. Waarom hadden ze eigenlijk nog een vaste lijn? En wie belde er naar een vaste lijn? Wie had hun nummer, überhaupt? Hij stond een tijdje naar het gerinkel te luisteren, besloot toen dat hij zich niet zo verschrikkelijk aan moest stellen en nam op.

'Hallo?'

'Meneer De Smet?' snaterde een meisjesstem.

'Spreekt u mee.'

'Nou, geweldig! Wij proberen u al een tijdje te pakken te krijgen.'

'Waarom?'

'U speelt mee met de Lotto Vriendenloterij met vier loten, klopt dat?'

Aram dacht na. Vriendenloterij. Klopte dat? Had hij zich ooit iets laten aansmeren op straat, of iets ingevuld op een website zonder erbij na te denken?

'Ik heb geen idee', zei hij.

'Jawel, ik zie het hier staan! Vier loten! Nou, daar zijn wij natuurlijk hartstikke blij mee. Hebt u weleens wat gewonnen?'

'Dat weet ik dus niet.'

'Ik zie hier dat u een boek hebt gewonnen.'

'O.'

'*Komt een vrouw bij de dokter*. Vond u het mooi?'

Aram zei niks. Op de zwijgende tv had Liz inmiddels plaatsgemaakt voor een foto van het meisje. Tips waren bijzonder welkom en konden doorgebeld worden via een heel kort telefoonnummer. Ook als men Pandora – andere foto; hetzelfde, beminnelijk kijkende meisje op een klimrek – stomtoevallig gezien had, mocht men bellen. Er zat ongetwijfeld een onbezielde telefonist klaar om vierentwintig uur per dag zinloze tips op te schrijven.

Er volgde een montage over de zaak. Portretten van het kind, filmbeelden van een open plek in het bos – waarom? – en een foto van een donker huis, dat lang in beeld bleef. Ze hadden er waarschijnlijk zwaarmoedig brommende muziek onder gezet.

'Meneer De Smet, bent u daar nog?'

'Ja. Ik speel dus mee met vier loten?'

'Dat klopt!'

'En daar heb ik een boek mee gewonnen?'

'Jazeker. *Komt een vrouw bij de dokter*!'

'Mooi', zei Aram. 'Ik wil graag opzeggen.'

Een onbestemd piepje, een knarsje, een tikje; sinds een aantal weken schrok Aram van kleine geluiden. Zodra hij niet meteen wist waar het vandaan kwam, kreeg hij de zenuwen. Het leek alsof zijn zintuiglijke waarneming intenser was geworden. Soms zat hij op een stoel in de kamer en voelde zich een wolf in het bos. Alles horend, alles ruikend, plaatsend, zijn omgeving en eventueel gevaar in kaart brengend door doodstil te blijven zitten en te registreren. Zo kon hij het tegenwoordig horen als de postbode zijn eerste stap op het tuinpad zette. Als dat later in de ochtend was, en Aram dus niet meer in bed lag, dan liep hij meteen naar de deur om de brieven persoonlijk in ontvangst te nemen. Hij wilde de bezorger in de ogen kunnen kijken. Alsof hij uit de blik van de man kon aflezen of hij wel daadwerkelijk voor de posterijen werkte. Hij wilde weten wat er door zijn brievenbus gegooid werd. De pakketjes en enveloppen betasten, besnuffelen. Na twee listig verpakte muizenvallen had hij geleerd niet zomaar alles open te maken. En na drie keer verse stront en één keer een dode rat had hij geleerd altijd alert te zijn op het geknisper van grind. Niemand liep meer ongemerkt hun tuinpad op.

Vandaag was de postbode laat. Aram hoorde hem met het tuinhekje kloten, langer dan gebruikelijk, en was dus op zijn hoede. Misschien was het een nieuwe. De vaste postbode wist precies hoe het slotje werkte. Even optillen en dan naar achteren wippen. Misschien had hij een kater. Maar het kon ook iemand anders zijn. Iemand die niets met post te maken had. Hij deed de deur open.

'Hallo', zei een donkere jongen in een oranje jack zonder hem aan te kijken. Hij hield een stapeltje brieven voor zich uit. Aram nam ze aan. Hij produceerde een binnensmonds dankjewel tegen de rug van de bezorger, die met straffe pas terugliep naar zijn fiets, en sloot de deur. Een nieuwe. Het was een nieuwe. Niets aan de hand. Hij bekeek de enveloppen, constateerde twee rekeningen en een kortingsbon voor falafel, legde de post op de trap en liep terug naar de woonkamer. Daar ging hij op een stoel zitten. Hij dronk meer koffie.

'In de studio hebben wij Aram de Smet, voormalig rijzende ster van de lokale omroep en begenadigd interviewer, die tegenwoordig de hele dag thuis op zijn luie reet zit. Welkom Aram!' zei Aram tegen de beslagen badkamerspiegel. Hij veegde de aanslag weg en zijn vermoeide kop kwam tevoorschijn.

'Hallo!'

'Fijn om je in de studio te hebben. Er kon namelijk niemand anders!'

'Nou, dan boffen jullie. Ik kan tegenwoordig altijd!'

Het publiek applaudisseerde en de drummer van de band deed een komisch roffeltje plus bekkenslag.

'Aram de Smet, dames en heren,' ging Aram de interviewer verder, 'was nog niet zo lang geleden een gevatte kerel met creatieve itempjes voor Omroep DB7! Een vlotte vent met oog voor detail. Ik keek persoonlijk erg tegen hem op.'

'Dank je, Aram.'

'Maar Aram, op een zekere dag werd je van lokale held in

één klap de meest gehate man van Nederland, nietwaar? Een ster!'

'Dat klopt, jazeker!'

'En hoe gebeurde dat zo ineens?'

'Wel, dat was heel simpel. Ik hoefde alleen maar het achtjarige keeperstalentje van onze plaatselijke voetbalclub in een goal te zetten, een penalty te nemen – leuk voor bij het interview – en vervolgens die bal keihard tegen zijn koppie te schieten! Per ongeluk natuurlijk, maar wat gaf dat? Een gebroken nekwervel en de sociale media deden de rest!'

Applaus en wederom een roffel van de drummer. Het publiek joelde opgetogen.

'Nou, dat klinkt inderdaad als een peulenschilletje, Aram! Te makkelijk, haast! Je zou bijna denken dat jij dat materiaal zelf op internet hebt gegooid!'

'Ja, dat zou je denken, maar iemand met een smartphone was me voor! Die zou ik graag nog eens bedanken.'

'We hebben geprobeerd hem in de studio te krijgen, maar helaas ...' zei Aram de interviewer. 'Goed, laten we het filmpje nog eens bekijken, want ook wij krijgen er nog altijd geen genoeg van!'

Korrelige beelden. Mist boven een grasveld. Aram die aanlegt, iets roept in de trant van 'Toekomstige keeper van het Nederlands elftal!', een aanloop neemt en schiet. En dan het jongetje dat ter aarde stort. Het publiek schatert en klapt.

'Dank je voor dit moment, Aram!'

'Geen probleem! Het was me een genoegen. En nu ga ik hardlopen.'

Aram ging niet hardlopen. Hij haalde een scheermes over zijn gezicht en kamde met een klodder gel zijn donkere haar strak naar achteren. Dat deed hij sinds een aantal maanden. Niet mooi, wel makkelijk. Hij trok een spijkerbroek en houthakkersblouse aan en besloot in de stad te ontbijten. Aan de rand van het centrum zat een goede broodjeszaak met lekkere koffie, waar bijna alleen maar bejaarden kwamen en niemand hem herkende. Ze hadden er geen Wi-Fi. Dat was een voordeel. Aram werd ook zenuwachtig van internet. Hij meende soms de aanwezigheid ervan te kunnen voelen, als iets wat in dikke, stroperige banen door de lucht stroomde. Het was een gonzend, onzichtbaar organisme, vergeven van mensen met meningen, woede en wraakzucht. En hij wilde er zo ver mogelijk bij uit de buurt blijven. Dat was ooit anders geweest, zoals zoveel dingen.

Hij ging de deur uit. Stond even stil bij de garage, liet zijn blik heen en weer gaan tussen de grijze Honda en zijn afgetrapte mountainbike. Het zou lekker weer worden.

'Je moet meer fietsen', zei Liz met regelmaat.

'Je moet zelf meer fietsen met je dikke reet', antwoordde Aram dan, wat vrij gemakkelijk kon omdat Liz verdomd goed wist dat ze de billen van een bikinimodel had.

Een kwartier later parkeerde Aram de Honda aan de rand van de stad, langs de gracht, waar hij voor een paar euro de hele dag mocht staan. Hij viste zijn zonnebril uit het dashboardkastje en zette hem op.

Ik ben een man met een zonnebril.

Hij stak een sigaret op en wandelde het centrum in. Het was negen uur en de winkels gingen open. Jonge kledingverkopers met versufte gezichten gooiden de deuren van het slot en rolluiken ratelden traag omhoog. Het zou een volstrekt normale, warme dinsdag worden. Dinsdag, dacht Aram, de vegaburger onder de dagen. Begint en eindigt in het niets. Hij stond even stil en bekeek zichzelf in een winkelruit.

Ik ben een man met een zonnebril. Ik zie er niet uit.

'Bah!'

'Bah?'

'Ja! U. Bah!' De oudere vrouw bleef hem strak aankijken terwijl ze een stapel krasloten op de toonbank legde. Aram had een aansteker met Mickey Mouse erop in zijn hand.

'Kutvent.'

'Pardon?'

'U. U bent een kutvent.'

'Ik geloof niet dat u ...'

'Lekker een aansteker kopen', zei de vrouw. Ze rommelde in een kleine stoffen portemonnee. Aram keek naar zijn beoogde aankoop.

'Lekker een aansteker kopen, lekker kanker krijgen, lekker doodgaan.' Ze kwakte een twintigje op de toonbank, dat in ontvangst werd genomen door de slungelige jongen die nooit iemand aankeek. Hij gaf haar een euro terug, waarna zij haar loten bij elkaar griste, in een mandje deed en langs Aram de winkel uit beende. Aram keek haar na.

'Aanstekertje voor u?' zei de slungelige jongen. Hij knikte. 'Dat is twee euro. Aanstekers met een plaatje zijn twee euro.'

Hij speelde met de aansteker in zijn zak, rolde het wieltje heen en weer met zijn duim, hoewel hij wist dat het ding daardoor uiteindelijk kapotging. Aan het einde van de straat had broodjeszaak Bellissimo de terrasstoelen buitengezet. Er zat nog niemand. Mooi, dacht Aram. Dan is het tafeltje links in de zon voor mij. Een goed tafeltje is een goed teken. Van iets.

'Aram!' Aan de overkant van de straat zwaaide een vrouw naar hem. Aram herkende haar niet, maar zwaaide toch terug. 'Alles goed?' riep de vrouw terwijl ze bleef lopen.

'Ja, supergoed!' riep Aram terug, en hij voegde eraan toe: 'Z'n gangetje!'

De vrouw stak haar duim op en verdween de hoek om. Het gaat helemaal niet supergoed, dacht hij. In feite gaat het volgens mij zelden tot nooit 'supergoed', met wie dan ook. Ik weet niet eens wie die vrouw is. Ik moet beter oppassen. Leren mijn bek te houden. Ik ben aangeschoten wild. Dingen zijn niet meer zoals ze waren, en dus kan ik ook niet meer zijn zoals ik was.

Met deze treurige conclusie nog in het hoofd ging hij aan zijn beoogde tafeltje zitten. Hij pakte zijn smartphone, zocht Liz op in zijn contactenlijst en stuurde: Hoe gaat het? Zware ochtend? X

Hij bekeek de menukaart hoewel hij al wist wat hij wilde bestellen. Twintig seconden later lichtte zijn schermpje op.

Gaat wel. Een kind kwijt. Hoe is t met jou? X

Ga vandaag de deur schuren. En verven. Wat denk jij? Donkergrijs? Aubergine? Zwart? Of hadden we daar al iets over besloten? Ik kan hem natuurlijk ook zo laten. Opgeschuurd, bedoel ik. Dat is nogal in, tegenwoordig. Vintage, heet dat geloof ik. X

Doe maar aubergine. X

Is goed. Jij hebt daar veel meer kijk op dan ik. Hoe is het daar?
Ik zit bij Bellissimo. Dat oude wijf werkt er nog steeds.

Hectisch hier. Sporen van geweld gevonden. Een kettinkje en
een pluk haar. In het bos. Wordt laat.

Godver. Snap ik. Je eet niet mee, dus? X
Of kom je tussendoor naar huis?
Ik merk het wel. X

Sporen van geweld gevonden. Hij trommelde wat op het tafeltje voor zijn neus. Raar. Van huis weglopen, je in een bos
verschuilen en daar in de problemen komen. Of: meegenomen worden en je pas in het bos verzetten. En dan ook nog
Pandora de Jager heten.

Hij betrapte zich erop dat hij vooral vreesde voor de gevolgen die een en ander voor hun troosteloze thuissituatie
zou hebben en voelde zich een lelijk mens. Op het tafeltje
naast hem lag een waaier aan kranten. Hij wierp er een blik
op hoewel hij ze niet zou lezen. De voorpagina van het lokale
nieuwsblad had het over de sloop van een oude lijmfabriek.
Het NRC repte van een potentiële nieuwe financiële crisis,
vele malen erger dan de huidige. Op de voorkant van *de
Volkskrant* werden doodskisten uit een vliegtuig gedragen.

Er zijn altijd nog treuriger zaken dan jouw mislukte leven,
Aram de Smet, vergeet dat nooit.

Hij bestelde koffie, want waarom niet?

'Jij zeult een schaduw met je mee, Aram.'

'Waar heb je het over?'

'En het is niet begonnen met dat penaltyfilmpje. Het was er altijd al. Het is alsof jij niet gelukkig mag worden.'

'Van wie niet?'

'Van jezelf niet.'

'Dat slaat helemaal nergens op.'

'Ik val je niet aan.'

'Nee, dat zal wel niet.'

'En ik wil je ook geen zeikerd noemen, maar het is altijd wat. Echt waar. Chronische hoofdpijn waar je je zorgen over maakt. Nachtmerries. Twijfels over je baan. Twijfels over je lijf. De angst dat ik bij je wegga. De angst dat je oud met me moet worden.'

'Ik heb geen idee waar je heen wilt.'

'Het is niet begonnen met dat filmpje. Jij hebt een schaduw bij je. Altijd.'

'Oké. Prima.'

Hij keek hoe laat het was. Half twee. Hij schudde de conversatie die hij gisteren met Liz had gehad van zich af en ordende de rotzooi op zijn tafeltje. De sporen van een ochtend lang de deur niet schuren. Een zeven keer bijgevulde en nu lege koffiekop stond te midden van verfrommelde servetjes, lege melkkuipjes en een bord waarop zo-even een pizzastokbrood had gelegen. Hij zat al een goede vierenhalf uur voor de broodjeszaak. Het personeel vond het niet raar, of deed professioneel alsof. In de tussentijd waren er drie bejaarde echtparen, een groepje basisschoolscholieren en iemand die eruitzag als een aardrijkskundeleraar gekomen en weer vertrokken, en niemand had Aram ook maar zijlings opgemerkt. Zo mocht hij het graag zien. Daarom kwam hij hier.

Ik ben veranderd in iemand die met rust gelaten wil worden. Had iemand me dat een jaar geleden verteld, dan had ik hem recht in zijn gezicht uitgelachen. Met rust gelaten willen worden is iets voor de sukkels die ik voor mijn camera sleepte. Niet voor mij. En toch is het zo gelopen. Wat wil dat zeggen over identiteit? Over karakter? Wie of wat ben je, als één enkele gebeurtenis genoeg is om een van je basiseigenschappen spontaan kwijt te raken en iemand anders te worden? Iemand die plekjes opzoekt waar de kans op bekenden minimaal is. Iemand die een kwartier lopen van het centrum af woont en toch de auto pakt.

Meer koffie. Hij probeerde oogcontact te maken met de serveerster.

Ik hield van feestjes. Ik hield van massa's, van festivals, van een praatje aanknopen met een wildvreemde en van in je eentje naar een concert gaan omdat je toch wel iemand ontmoette. Ik hield van mensen om me heen, had een pleurishekel aan stilte. Ik deed mijn werk omdat ik mensen wilde aankijken. Omdat ik wilde ontdekken, duwen en porren in het leven en dan zien wat eruit komt. Ik was godverdomme nergens bang voor, toen. Ik herken mezelf niet meer. En toch ben ik mij. Geen twijfel over mogelijk. Omstandigheden zijn sterker dan DNA.

Er ging een man zitten, twee stoelen bij hem vandaan. Hij keek het terras rond, zag Aram en knikte. Vervolgens riep hij de serveerster en bestelde een koffie verkeerd. Aram wees naar zijn lege kopje en glimlachte, en de serveerster glimlachte vluchtig terug ten teken dat ze het begrepen had. Ze voelt zich ongemakkelijk, dacht Aram. Misschien herkent ze me toch. Of vindt ze het gewoon raar dat iemand vijf uur lang bij dezelfde broodjeszaak koffie zit te tanken terwijl de rest van de wereld werkt of aan het strand ligt.

'Mag ik?' De man wees op de stapel kranten die naast Aram op het tafeltje lag.

'O, ja, uiteraard.' Aram reikte hem *de Volkskrant* aan, die bovenop lag. De man klakte met zijn tong en nam hem aan. Het is een Toine, dacht Aram, deze man. Een Toine of een Henry. Rond brilletje, vaalwit overhemd, beige afritsbroek. Ik wed dat hij thuis humorloze muziek op een veel te dure stereo draait en in het weekend lange strandwandelingen maakt in een windjack. Hij heeft geen vriendinnetjes, wel ooit min of meer per ongeluk een veel oudere vrouw geneukt die hij had ontmoet op een museumexcursie in West-Duitsland. Het was een onhandige toestand met het condoom, geen fraaie vrijpartij, maar hij heeft haar nog tien keer gebeld nadien. Daar moest zij niks van hebben.

De straat was gedurende zijn verblijf op het terras tot leven gekomen. Er draalden wat pubers rond een bankje. Er reed een scootmobiel voorbij met een stuurs kijkende dikke man erop. Het mandje voorop was versierd met tientallen knuffelbeertjes. Er kwamen fietsers langs en er liep een meisje in iets wat nauwelijks voor een outfit mocht doorgaan. Hooguit vijftig vierkante centimeter stof, voor de rest veel zongebruinde huid. Aram zag een stukje witte bikiniafdruk.

'Het is goed dat je hier zit.'

Aram schrok op. De Toine twee stoelen bij hem vandaan

had zijn krant dichtgeslagen en keek hem aan. Het was een blik die Aram vaker gezien had. De blik van iemand met belangrijke teksten.

'Ik denk dat heel veel mensen verhuisd waren, in jouw geval. Op zijn minst niet meer buiten de deur aten. Maar jij doet er niet aan mee. Heel goed. Je laat je niet kisten.'

De serveerster bracht de bestellingen. Aram begon ijverig aan het melkkuipje te pulken. Hij had geen idee wat hij terug moest zeggen, terwijl Toine duidelijk op een reactie wachtte. Hij roerde zijn suiker door de koffie en produceerde flauwtjes een 'Ach'.

'Nee, echt', ging Toine door. 'Het was gewoon een stom ongeluk. Niets meer. Dikke vette pech. Maar dat willen mensen niet. Mensen willen een schuldige. En dan boos worden. Jou helemaal afmaken op Twitter en weet ik veel wat verder nog. Zeggen dat ze je komen lynchen.'

'Er heeft nog niemand gezegd dat-ie me komt lynchen.'

'O.'

'Onthoofden, dat wel.'

'Hahahaha!' deed Toine, maar daar meende hij niks van. Hij nam zijn bril af, poetste hem en zette hem weer terug op zijn puntige neus. 'Misschien moet je er gewoon, ik weet niet, een boek over schrijven of zo. Dat lezen mensen graag. Boeken over dingen die echt gebeurd zijn. Zeker als het een beetje *evil* is, snap je?'

Aram keek door de deur naar binnen. Misschien moest hij nog iets bestellen. Een muffin of zo.

'Voetballers die ieder wijf gepakt hebben dat ze maar krijgen konden, coke snoven en mensen bedreigden of weet ik veel wat. Die hebben nu allemaal een boek. Dus dan moet jij ook zeker kunnen verkopen. Dat denk ik echt. En dan laat je dat jochie het voorwoord doen!' Toine grijnsde en keek Aram trots aan.

Aram kon geen enkele gepaste reactie bedenken. Dus hij sloeg zijn ogen neer.

'Hoe dan ook, het lijkt me hoog tijd dat iemand jou je verhaal eens laat doen.'

Aram nam een slok van zijn koffie terwijl de man op de scootmobiel voor de tweede keer voorbijkwam.

'Ik heb geen verhaal.'

'Dit is de voicemail van Liz de Smet. U weet hoe het werkt', zei de stem van Liz, terwijl op de achtergrond een politiesirene klonk. Dat leek geënsceneerd maar Liz had hem bezworen dat het toeval was. 'Verander het dan', had hij gezegd. Dat deed ze niet.

'Dag mop', zei Aram, en meteen daarna: 'Waarom noem ik je nou mop? Ik noem je nooit mop. Schatje, dat wel, of liefke. Of lieveling. Engeltje. Snaveltje. Floempie. Wat dan ook. Maar geen mop. Daar doen wij niet aan, aan mop. Excuses, ik begin opnieuw. Hallo lieveling!'

Hij wachtte even, omdat hij vergeten was waarom hij ook alweer belde.

'O ja! Ik heb diepvriespizza's gekocht. Drie voor de prijs van één', zei hij toen. 'Cheese-onion. Die altijd uitverkocht zijn. Voor jou. Stop ik in de vriezer, voor als je er een keer zin in hebt. Maar daar bel ik niet voor.'

Waar bel ik wél voor? vroeg hij zich af. Hij zat in zijn auto en keek naar de ingang van de bouwmarkt. Het plan was een schuurmachine kopen. En verf. En ongetwijfeld allerlei rotzooi die de bouwmarkt op strategische punten aanprees tegen weggeefprijzen. Aram had een zwak voor alles wat lelijk en zinloos was. Hij kwam niet vaak in de bouwmarkt, niet meer dan één keer per jaar, maar als hij erheen moest ging hij altijd weg met een auto vol artikelen die vragen opriepen. Zo had hij vorige zomer voor twaalf euro een op enorm canvas afgedrukt fotodrieluik van zebra's meegenomen, en de keer daarvoor een lichtgevend mini-kerstdorp. In de achtertuin van hun huis stond al jaren een manshoog vogelhuisje, en bij de voordeur hing een constructie waaraan Liz steevast refereerde als 'het koebellen-debacle'.

'Ik ga dus even langs de bouwmarkt', zei Aram, nadat hij een seconde of vijf gezwegen had. 'Want het leek me wel zinnig alvast alles in huis te hebben. Voor het opknappen van de deur. Of ik het nu vandaag of morgen ga doen. Je kunt het maar gekocht hebben. Overigens zat ik te denken ...' hij keek naar een moeder met twee kinderen die door de schuifdeuren kwam. Ze droegen een enorme kunststof kerstboom met zich mee. 'Liz, wat ik nu zie geloof je nooit. Er loopt hier een gezin met een kerstboom te zeulen. In mei! Ze hebben slippers aan en zonnebrillen op! Ze zijn gek, gek zijn ze!' Hij dacht even na. 'Tenzij-ie in de aanbieding is natuurlijk, dan mag het.'

Hij keek hoe de moeder de achterklep van een stationwagen opende en aan een onhandige prop- en duwmissie begon om de kerstboom erin te krijgen. Het kwam in hem op dat kunststof kerstbomen juist zo handig zijn omdat je ze in kunt klappen, maar hij besloot zich er niet mee te bemoeien.

'Afijn', zei hij. 'Ik belde dus om te vragen of je heel misschien toch mee-eet en of je dan spaghetti wil of, bijvoorbeeld, chili. Of iets met vis. Laat 't me maar even weten. En anders geeft het ook niet, dan maak ik gewoon spaghetti en dan zie ik wel. Het komt altijd op.'

De moeder had de kerstboom, die nog niet tot de helft in de achterbak paste, er weer uit gehaald en stond het ding nu te bestuderen. Waarschijnlijk op zoek naar het kliksysteem, dacht Aram.

'Nou, lief, ik ga naar binnen. De bouwmarkt in, dus. Ik zal proberen de stenen honden en huiskamerfonteintjes te negeren, maar ik kan niks beloven. Succes vandaag, met alles. Daag!'

Hij hing op. De kerstboom was ingeklapt en verdween alsnog in de stationwagen. De moeder glom van het zweet.

*

Het is moeilijk uit te leggen hoe het allemaal precies begon. Ik probeer het weleens, maar vaak gaat het mis. Ik vergeet veel. Sla dingen over. Soms verwar ik gedachten met werkelijkheid. Dat is angstaanjagend. Ik moet mezelf dan geruststellen, even pauzeren en de dingen op een rijtje zetten. Kalm blijven en vooral niet vergeten dat ik niet gek ben. Je bent niet gek, Bo. Soms zeg ik het hardop tegen mezelf, ik zweer het je. Maar het is belangrijk. Het is een besef waar ik lang over gedaan heb, en dat ik nooit meer kwijt mag raken. Ik ben niet gek. Ik heb gewoon met meerdere dingen rekening te houden. Meerdere niveaus van horen. Ik heb een antenne. En dat is niet altijd leuk.

Dingen raken gauw kwijt in de enorme brij van wat ik allemaal opvang op een dag. Het is een soort wolk. Dikke sliertige mist van woorden, zinnen, geluiden, zelfs melodieën. De laatste tijd is hij dikker geworden, die wolk, lijkt het alsof er iemand ramen heeft opengezet die voorheen dicht waren. Snap je? Iemand die mij niet kent, die zonder achtergrondinformatie of context zou luisteren naar wat ik te vertellen heb, kan heel verkeerde ideeën krijgen. En daarom is het belangrijk dat ik vaak mijn mond hou. Ik functioneer bij de gratie van normaal doen. Niet opvallen. Niet om hulp vragen.

Die heb ik ook niet nodig. Ik functioneer. Dingen zijn zoals ze zijn en ik ben er allang achter dat niet alles een reden heeft. Alleen de dingen die ertoe doen. Dat is genoeg om overeind te blijven zonder hulp van wie dan ook. Alles is makkelijker als mensen het niet hoeven te begrijpen, want om het te begrijpen moeten ze het eerst geloven, en daar zit 'm de crux. Dat is een gevecht dat ik niet aan wil of hoef te gaan. Het is goed zo. Alles mag van mij blijven zoals het is. Langgeleden heb ik geprobeerd het aan Aram uit te leggen. Die verschrikkelijke vent van tv die vroeger mijn vriend was. Ik zie hem nooit meer. Hij liet me vallen. Daar heb je het. Mensen laten je in de steek als ze te veel weten. Als het gevaarlijk wordt. Zo zitten ze in elkaar.

Een paar weken geleden, ik weet niet precies hoeveel, hoorde ik in de wachtruimte van het gemeentehuis een man naast me denken aan zijn benen. Die zaten van onder tot boven onder de psoriasis. Daarom droeg hij een lange broek, ook al was het bloedheet. Hij zou altijd lange broeken dragen, áltijd, dat dacht hij bij zichzelf, en daarna dat dat ook gewoon een keuze was omdat die hem nu eenmaal beter stonden. Die gedachte overstemde heel even de behoefte om met een kaasschaaf al die schilfers van zijn been te schaven. Heel even maar. *Mijn benen zijn walgelijk, mijn benen zijn van kaarsvet. Die vrouw daar, bijvoorbeeld, daar zou ik best mee naar bed willen. Maar dat zou ze nooit goed vinden. Ik zie eruit alsof ik in een bad met zoutzuur gestapt ben.*

Dat dacht de man allemaal, dwars door elkaar heen omdat gedachten geen zinnen zijn die je afmaakt.

En ik dacht dat ik blij was dat ik wél korte broeken kon dragen. Gewoon in de zomer een zwembroek aan kon trekken. Maar daarna, daar zittend op dat ongemakkelijke plastic stoeltje, besefte ik dat het allemaal niks uitmaakte. Dat het maar details zijn die de wereld niet gaan redden en haar ook niet zullen vernietigen.

Het doet er niet toe, zeker niet in het licht van alles wat erna zou komen. Maar dat wist ik toen nog niet.

Die avond ging ik naar een feest, en de volgende ochtend werd ik wakker naast een meisje. Ik kende haar niet. Ze sliep nog en droomde over een groot wit gebouw dat op het water dreef, en af en toe werden er mensen uit een van de ramen gegooid. Die verdronken.

'Dat waren geen rotjes!' riep Aram.

'Nee, strijkers!' hijgde Bo.

'Hoe kom jij aan strijkers?'

'Boeien! Rennen!'

Aram rende maar Bo rende harder, en Aram bedacht dat Bo niet sneller hoefde te zijn dan de man die achter hen aan zat, alleen maar sneller dan hij. Heel ver achter hen klonk geschreeuw. Jacques de kinderlokker. Smoezelige Jacques, zoals Arams vader hem noemde. Altijd thuis achter de gordijnen of in de kroeg. Verder niks. 'Je kunt als mens ook gewoon mislukken, Aram', had zijn vader een keer gezegd. Zijn moeder gaf hem toen een klap tegen zijn achterhoofd en daarna aten ze door.

'Harder! Hij maakt ons af!' Bo liep uit op Aram. Aram durfde niet achterom te kijken. Misschien was Jacques wel helemaal niet achter hen aan gekomen. Was hij gewoon terug naar binnen gegaan om nog een fles bier open te trekken. Of misschien rende hij op grijpafstand achter hem, zijn grote, ruwe hand al uitgestrekt om Aram mee zijn huis in te sleuren. Daar vast te binden aan de radiator. Of zoiets.

Hij begon spijt te krijgen: wij zijn helemaal geen jongens die strijkers door brievenbussen gooien. Dat vinden wij eng. Wij zitten liever de hele dag op zolder om een buurtkrant te maken. Of een filmcamera van wc-rollen en een schoenendoos en carbonpapier, omdat in de *Taptoe* staat dat die echt werkt en wij daarin trappen.

Ineens zag hij dat Bo stilstond. Hij leunde tegen een muurtje. Aram rende naar hem toe en stopte. Hij keek achterom, zijn adem in zijn keel, zijn borst op ontploffen en overal steken.

'Hij 's weg, die ouwe gek', zei Bo.

'Shit.'

'Ja.'

'Misschien is-ie wel omgelopen. Staat hij om de hoek ons op te wachten.'

Bo schudde van nee. 'Hij heeft natuurlijk de politie gebeld, maar toen bedacht-ie dat als die komen, ze de hele kiet binnenstebuiten keren. En dan vinden ze de drugs en de wapens in de kelder. Dus hij is nu alles aan het begraven in de tuin.'

'O ja.'

Aram ging op de grond tegen het muurtje zitten. De angst verdween. Hij voelde zich ineens een beetje groter dan normaal. Ze hadden iets gedaan wat niet mocht. Iets serieus. Strijkers door iemands brievenbus gooien is gevaarlijk. Voor hetzelfde geld verliest iemand een hand, of iemand blijkt een poes te hebben en die wordt aan stukken geblazen. Het kan echt niet, zoiets. Daarvoor word je naar Bureau Jeugdzorg gestuurd. Hij had zin om nog meer verboden dingen te doen. Iets te slopen.

'Je trilt.'

'Dat is van het rennen.'

'Oké.' Bo ging naast hem zitten. 'Er gaan elk jaar tweehonderd mensen dood door strijkers', zei hij. 'Gewoon in Nederland.'

Aram knikte. Dat wist iedereen. Hij had dorst.

'Heb jij drinken, thuis?'

'Tuurlijk', zei Bo. 'Jullie ook, of niet dan?'

'Nepcola.'

'O.'

'Jullie echte?'

'Ja.'

'Zullen we naar jullie gaan?'

'Goed. Maar alleen om te drinken.'

'Oké. Wat gaan we daarna doen dan?'

Bo dacht even na. Toen ging hij staan en zei met een plechtige frons: 'Ik heb het.'

'Wat?'

'We blazen overal in de buurt dingen op met strijkers, en dan schrijven we daarover in onze buurtkrant. Dat we onderzoek doen en allerlei bewijzen hebben. En dat we de dader op het spoor zijn. Iedereen wil dat lezen!'

Aram sprong overeind en schopte tegen een leeg blikje dat niet zo heel erg ver weg stuiterde. 'Ja!'

'Ja!'

'En dan uiteindelijk bewijzen we dat Jacques erachter zit!' riep Aram.

Bo's ogen werden groot. Alles viel op zijn plek. Ze gaven elkaar een duw, zetten het op een rennen en stopten pas bij de koelkast in de keuken van Bo's huis. Ze dronken om de beurt cola uit de fles. Bo liet een boer, Aram probeerde het ook, zonder succes, toen pakten ze koekjes en daarna zei Bo: 'Is toch wel zielig.'

Aram had een schuurmachine in zijn hand en bekeek het ding. Hij had geen benul of het een goede schuurmachine was.

Ik hoef alleen maar een deur te bewerken, dacht hij, de kans dat ik dit apparaat daarna ooit nog gebruik is nihil. Wat maakt het uit of het een goede schuurmachine is?

Er kwam een medewerker voorbij.

'Pardon. Is dit een goede schuurmachine?' vroeg Aram. De medewerker schoot in een soort piccolohouding en zette een vriendelijke glimlach op.

'Wij hebben geen slechte schuurmachines, meneer.'

'Dat geloof ik best. Maar jullie hebben er wel veel. Veel verschillende. Met verschillende prijzen. Deze kost zestig euro. Die daar kost tachtig. En die daar veertig. Die zijn niet allemaal even goed, wel?' zei Aram. De piccolo keek alsof hem geen betere vraag gesteld had kunnen worden.

'Het hangt er natuurlijk van af wat u gaat schuren. En hoe vaak u er gebruik van gaat maken. Of u, zogezegd, een salontafeltje bij wilt werken of een hele tuinschuur. Of tien tuinschuren, hahaha!'

'Een deur', zei Aram.

'Ah! Nou, dan hebt u een prima schuurmachine vast!'

'Het is een erg grote deur.'

'Hahaha! Een prima schuurmachine, meneer, al waren het tachtig grote deuren!'

Aram knikte en mompelde een bedankje. De klusmarkt-piccolo gaf een klopje op het apparaat en liep verder met frivole pas. Aram keek hem na. Die jongen vindt het hier leuk, dacht hij. Hij houdt van zijn baan. Staat iedere dag om acht uur op, ontbijt, springt op zijn fiets en hijst zich hier in een gele polo om vervolgens de hele dag goedlachs adviezen over schroeven, gordijnrails en badkuipen te geven. Denkt niet na over wat er buiten de schuifdeuren gebeurt.

Hij legde de schuurmachine in zijn winkelkarretje, naast twee potten verf, een kwast, een plastic papegaai die liedjes kon zingen en een nachtlampje in de vorm van een druppel. Als je het hier naar je zin hebt, hoef je verder nergens in te geloven, dacht hij. Niet in God, niet in hoop; in niks.

Toen Aram bij de kassa kwam zat daar tot zijn verbazing dezelfde jongen.

'Ah! Daar bent u al!' Vrolijk begon hij de spullen die Aram op de band legde langs een bliepende scanner te halen.

'Werken hier meerdere versies van jou?' vroeg Aram.

'Hahaha! Nee, we wisselen zo nu en dan van taak. Dat houdt dit werk dynamisch', glunderde de jongen. Op zijn naamkaartje stond 'Siebrand'.

'Leuk', zei Aram, omdat hij geen ander antwoord kon bedenken.

'Heel!' zei Siebrand.

Eenmaal terug in zijn auto zag Aram dat de lucht nog verder betrokken was. Regen? Als het gaat regenen is schuren natuurlijk een stom idee. Laat staan verven. Hij pakte zijn mobiele telefoon.

Ik geloof dat het gaat regenen. Misschien doe ik de deur toch maar morgen. Heb verf gekocht. Ik geloof dat het aubergine is. Het heet Mystic Purple. Eet je mee? x

Hij legde de telefoon naast zich op de bijrijdersstoel en bleef een tijdje zo zitten. Hij dacht aan de man op het terras. Toine. Of Henry. 'Het lijkt me hoog tijd dat iemand jou je verhaal eens laat doen.' Hij speelde met zijn autosleutels.

'Mijn verhaal.'

Daar had zijn moeder ook om gevraagd, een paar dagen nadat het gebeurd was.

'Ja maar, vertel me nu eens wat er precies gebeurd is! Dat willen wij nou wel eens weten.'

'Het staat op YouTube.'

'Ik wil jouw verhaal horen!'

'Míjn verhaal?'

'Jouw verhaal, Aram. Niet wat al die mensen op internet zeggen.'

'Je moet die reacties niet lezen, ma.'

'Te laat.'

'Goed, oké. Ik deed dat itempje voor *In de regio*, weet je nog?'

'Je deed toch ook interviews?'

'Ja, maar daar keek geen hond naar.'

'Ik vond ze goed.'

'Hoe dan ook, die itempjes probeerde ik een beetje jus te geven. Joints rollen bij een nieuwe drugsopvang, met de plaatselijke slager naar een kinderboerderij, het voetbalveld op met de lokale talentjes en ze dan een te moeilijke oefening laten doen. Dat werk.'

'Sjeezis, Aram.'

'Met dat jochie, dat keepertje, penalty's nemen en dan scoren. Ja. Niet kwaad bedoeld. Gewoon een beetje porren. Dat was de bedoeling. Ook met dat keepertje. Die heel goed moest zijn. Maar dat was-ie dus niet. Of misschien heb ik wel een heel gemene trap. Of misschien hadden we gewoon allemaal pech, die dag. Hoe dan ook, je weet wat er gebeurde. Ik schoot hem tegen zijn koppie. Hard. Gebroken nekwervel. Kan nooit meer keepen. Toen de beelden daarvan op internet kwamen was het raak. De treitersites pikten het als eerste op. Daarna *De Wereld Draait Door*. Geen idee waarom. Geen idee waarom nou net dat ene filmpje. Zo leuk was het niet. Echt niet. Maar goed, toen was alles voorbij. Werk. Toekomstperspectief. Iedereen binnen een straal van twintig kilometer die het gezien heeft kan mijn bloed wel drinken. En misschien is dat wel terecht. Weet ik 't. Einde.'

'Sjeezis, Aram. Sjeezis.'

'Ja.'

'Eigenlijk gewoon een dom ongeluk.'

'Ja, zo zou je dat wel kunnen zeggen.'

'Maar zo simpel zijn de dingen dan weer niet, zeker?'

'Nee. Nee, zo simpel zijn ze niet.'

'En nu?'

'Nu niks. Deuren schuren. Verven. Plankjes timmeren.'

'En die jongen?'

'Wat is er met die jongen?'

'Hoe heette hij?'

'Ismaël.'

'Heb je hem nog gesproken?'

'Gesproken?'

'Ja.'

'Natuurlijk niet, ma.'

'Nou, kan toch?'

'Nee.'

'Oké.'

'Ik moet gaan, ma.'

'Oké.'

'Doe pa de groeten.'

'Hij heeft een nieuwe racefiets.'

'Alweer?'

'Ja, alweer. Blauw. Deze keer. Babyblauw. Hij is er al twee keer mee gevallen.'

'Wauw.'

'Ja.'

'Dag ma.'

'Dag ventje.'

Hij startte de auto en reed het parkeerterrein af. Zachtjes, haast onhoorbaar, begon het te regenen.

*

Het gesproken woord, weet ik als geen ander, is overgewaardeerd. Waardeloos zelfs. Mensen liegen, veinzen, zwammen, maar ze zeggen nooit wat er echt aan de hand is. Wat er echt gezegd moet worden. Ze zeggen niet wat ze denken. Nooit. Daar kunnen ze niks aan doen. Zo zijn ze afgericht. Het houdt ze in leven.

En het kan geen kwaad, omdat niemand weet wat er echt in je omgaat. Behalve ik. Ik hoor je, ook als je niet praat. Dat is de waarheid, die veel te gevaarlijk is om uit te spreken.

Soms denken mensen niks. Niet dat het dan stil is, integendeel, maar de kermis van woorden, cijfers en onafgemaakte associaties weigert dan vaste vorm aan te nemen, verwordt tot een soort gezoem waarin willekeur de dienst uitmaakt. Ik heb mezelf moeten aanleren dit te negeren. Dat lukt tegenwoordig heel aardig, al schiet er soms uit het onontwarbare kluwen klanken een woord naar voren dat me toch doet opschrikken. Dat kan van alles zijn. Maar het is zelden mooi. 'Dood'. 'Pijn'. 'Afmaken'. 'Einde'. 'Verbrand'. 'Nooit meer'. 'Ziek'. Mensen hebben een hoofd vol deuren die op een kier staan. Die deuren horen op slot te zitten maar dat is nooit zo. Ik vertel mezelf dat dit geen gedachten zijn. Geen afgeronde processen van de geest, maar echo's van eerder geweven hersenspinsels, ronddansend als afgerukte bladeren in een herfststorm. Daar moet ik me voor afsluiten. Er doof voor worden, zoals ik ooit doof was voor alles wat niet echt geluid maakte. Anders draai ik door. Zo simpel is het.

Er is iets gebeurd, een paar dagen geleden. Iets bizars. Iets prachtigs. Maar daar kom ik nog op terug.

Vandaag in de bus hoorde ik een vrouw denken dat ze niet van haar tweede kind hield. Dat er in haar hart geen plek was voor haar zoon, en wel voor haar dochter. Ze probeerde actief te walgen van zichzelf. Maar er gebeurde niks.

Ik slaap veel, de laatste tijd. Dat was onderdeel van het plan. Als ik veel slaap kan ik met twee, soms zelfs met één maaltijd per dag toe. Dat is nodig omdat er sprake is van een extra mond om te voeden.

Ruud zegt dat we binnenkort uit het huis gegooid worden. Dat de gemeente er iets mee wil. Platgooien, of er een museum van maken of zoiets. Ik hoop dat hij het fout heeft. Alles gaat nu al een tijdje best wel goed.

Toen ik daarstraks naar huis liep zag ik aan de overkant van de straat meneer Hoed lopen. Hij zwaaide. Meneer Hoed zwaait altijd. Soms vraag ik me af of hij weet dat ik weet wat hij doet. Misschien niet. Misschien vindt hij me gewoon aardig en amuseert het hem dat een van die vieze krakers altijd netjes hallo zegt. Of misschien voelt hij een soort van band omdat we altijd hetzelfde bestellen bij de snackbar. Maar soms, als hij zijn hand opsteekt en glimlacht, denk ik weleens dat hij weet dat ík weet dat hij thuis een geheime kast heeft. En dat die kast gevuld is met kledingstukken die hij gestolen heeft. Van willekeurige mensen, in kroegen, in theaters, in winkels, in zwembaden. Dassen, mutsen, handschoenen. Slipjes uit pashokjes. Ruwweg zevenhonderd kledingstukken, elk met een eigen geur, met een eigen verhaal, wegge-grist op een onbewaakt moment, waar hij urenlang tussen zit. Kijkend, voelend, ruikend, denkend aan niets. Zijn glim-lach heeft iets heimelijks. Alsof hij voelt dat ik het horen kan. Dat ik alle details weet. En dat hij snapt dat ik dat nooit aan iemand kan vertellen, of uitleggen. Omdat de dingen zo niet werken. Maar misschien maak ik mezelf dingen wijs.

Meneer Hoed. Ik moet hem hoe dan ook nooit uit het oog verliezen, en mijn kleren ook niet.

Aram keek naar de lucht. Aarzelende blauwe plekken. Een eind verderop dreef nog een grijze wolk, in de vorm van een sombrero. Hij zette de schuurmachine aan. Ik ga verdomme vandáág de deur schuren, had hij tegen zichzelf gezegd toen hij thuiskwam. Dat zal Liz goeddoen. Ik stel haar te veel op de proef, de laatste tijd. Doe te weinig. De man op wie ze ooit verliefd werd ligt elke avond op de bank met zijn hand in een zak paprika ribbelchips. Kijkt naar realitysoaps waar hij in feite een hekel aan heeft. Geeft plichtmatige kusjes en trekt zich daarna af onder de douche. Hij zette het vibrerende schuurvlak op de deur en begon kleine cirkeltjes over het hout te beschrijven. Het trillen van de machine verdoofde zijn handen en armen. Hij ging er met zijn lichaam tegenin hangen en zette op die manier kracht. De donkerbruine verf bleek niet al te dik aangebracht en al snel zag hij de oorspronkelijke kleur van het hout tevoorschijn komen. Het stemde hem vrolijk. Kijk eens aan, wereld, ik doe iets! En het heeft zin. Dit wordt goddomme een prachtige deur! Mensen gaan hier naar binnen willen, zelfs al hebben ze er niks te zoeken. Het wordt een deur die zegt: Welkom! Hier hoeft u uw voeten niet te vegen …

Hij schuurde een achtje in de verf en dacht aan zijn vrouw en de zaak van het misschien toch niet zomaar weggelopen meisje. 'Het volk' heeft weinig geduld. Straks vindt ze dat kind, in een sloot of onder de grond, en is het nog niet goed.

Omdat het meisje gered had moeten worden. Omdat Liz de held had moeten zijn, niet de brenger van slecht nieuws. Ere wie ere toekomt, behalve bij de politie. In mijn geval is het tenminste eerlijk dat iedereen een hekel aan me heeft.

'Pardon?'

Aram keek over zijn schouder. Achter hem, op het grindpad, stond een vrouw. Ze droeg een bloemetjesjurk en had een strohoed op. Aan een lange roze lijn zat een klein verfrommeld hondje. Het was de vrouw die hem daarstraks op straat gegroet had. Hij zette de schuurmachine uit en draaide zich om.

'Hallo', zei hij.

'Hallo', zei de vrouw. 'Ik ben van hier verderop.'

'Ah', zei Aram, die geen enkele notie had van wie of wat er in zijn straat woonde. De vrouw wees naar de deur.

'Nieuw likje verf?' Hij knikte. 'Het is tegenwoordig ook erg in om hem zo te laten, ongeschilderd bedoel ik', zei de vrouw. 'Dan hoeft u alleen maar te schuren en verder niks. Lekker makkelijk.' Het hondje liep een rondje om haar heen, waardoor de roze lijn om haar onderbenen kwam te zitten. Als het beest nu wegrent, dondert ze achterover in de tijmplantjes, dacht Aram.

'Vintage heet dat', zei hij. 'Ik ben helaas zelf niet zo "in", ik vrees dat dat me erg misstaat.'

De vrouw lachte. Het hondje dribbelde naar Aram toe en snuffelde wat aan zijn schoenen.

'Aai maar, hoor', zei de vrouw. 'Het is een echt mensenmens.' Ze glunderde, alsof het beest net nieuw was. Aram zakte door zijn knieën en aaide het hondje. Je lijkt me eerder tweedehands, dacht hij, met je ingedeukte smoeltje. Het hondje keek hem dommig aan en hijgde.

'Had u last van het schuurgeluid?' vroeg hij terwijl hij zich weer oprichtte.

'O, nee hoor', zei de vrouw. 'Ik liep langs en dacht: het is heerlijk weer, laat ik eens een praatje maken.'

Het is helemaal geen heerlijk weer, dacht Aram.

'Uw vrouw zit bij de politie, toch?'

Hij knikte. Was blij dat ze niet naar zíjn beroep vroeg. Mensen googelden hem maar.

'Het is me wat, met dat meisje', zei de vrouw. 'Vindt u niet?'

Aram knikte weer. Het was hem inderdaad wat.

'Maar ja, dat soort dingen gebeuren, hè? Je moet er maar niet te veel over nadenken. Over dat soort narigheden. Brr!' Ze trok een vies gezicht, alsof ze een dood beest rook. Aram schudde gedwee zijn hoofd. Meteen daarna klaarde haar blik weer op, alsof haar een licht opging. 'Maar ach, we hebben dus een agent in de straat; dan zijn wij in ieder geval veilig met z'n allen!'

Ze knipoogde alsof ze iets pikants gezegd had en gaf een paar rukjes aan de riem.

'Hubert, laat dat vieze ding eens liggen!' Hubert had een takje gevonden en lag enthousiast te knagen. Met tegenzin liet hij los. De vrouw keek op en schudde meewarig haar hoofd. Hónden … leek ze te willen zeggen. Hubert stond op en drentelde wat. Toen trok iets aan de overkant van de straat zijn aandacht en hij schoot weg, hierbij de riem uit de hand van de vrouw rukkend. Met een verbazingwekkende snelheid voor zo'n compact beest stoof hij het tuinpad af, de straat op. Van weerszijden kwamen er auto's aan. De vrouw gilde maar bleef als bevroren staan. Met een kordate sprong en zes stappen had Aram het hondje ingehaald. Hij grabbelde naar de riem terwijl links en rechts auto's op de rem gingen en geïrriteerd toeterden. Hij kreeg de leren lus te pakken, vlak voordat het hondje onder de wielen van een bestelbusje een gruwelijk einde zou vinden. Hubert kwam tot stilstand en keek ongeïnteresseerd om. Aram stond midden op de weg met aan weerszijden chagrijnig kijkende chauffeurs achter glas. Hij stak zijn hand op ter verontschuldiging en trok Hubert terug naar de stoep. Daar stond de buurvrouw.

'Hubert!' jammerde ze. 'Hubert, dom beest! Domme Hubert!' en ze sloot het verbouwereerde hondje in haar armen. 'Dank u', fluisterde ze daarna. Het was een potsierlijke scène waar Aram zich allesbehalve prettig bij voelde.

'Sterk diertje', mompelde hij terwijl hij zijn tuinpad op liep en aanstalten maakte om weer aan het schuren te gaan.

'Mijn man heette ook Hubert', zei de vrouw, knielend en knuffelend. 'Die is al dood.'

Aram zette de schuurmachine aan. Eigenlijk moest hij plassen. De vrouw stond op en draaide de hondenriem kordaat drie slagen om haar pols.

'Ik zal dit niet vergeten', sprak ze op plechtige toon. 'Ik vergeet nooit iets.'

Fijn, dacht Aram.

'Hubert', zuchtte hij hardop, toen hij een uur later voor de tweede keer die dag onder de douche stond en shampoo in zijn haar smeerde. 'Een mensen-mens.' Waarom denken mensen niet na voor ze iets zeggen? Er zou een tien-seconden-regel moeten komen. Hubert is geen mensen-mens, buurvrouw, Hubert is een onooglijk hondje. Mijn vader Leo, dát was een mensen-mens. Althans, dat zeiden ze. Een gezelligheidsdier. Zo werd hij letterlijk genoemd. Het klopte half. In het dagelijks leven was hij zwijgzaam, bewoog weinig, leek hij een winterslaap te houden met zijn ene oog open. Maar tijdens visites, feesten, avonden in het café en recepties gingen de pretsluizen open. Dan stroomden de grappen, anekdotes, monologen en strofes van favoriete gedichten rijkelijk. Mijn vader, het fuifnummer. Met zijn ooglap.

Leo de Smet had ooit tijdens het vertellen van een verhaal over de handvol garnalen die hij in de voering van de jas van een collega had genaaid een champagnefles willen openen. Het was oudejaarsavond en hij had een gewillig publiek om zich heen verzameld. Hij ging volledig op in het gedeelte waarin de collega zich hardop begint af te vragen waar die lijklucht toch vandaan komt die hem al de hele dag achtervolgt, toen de kurk zichzelf prematuur uit de flessenhals werkte en recht in Leo's oogkas knalde. Vijf minuten later sloeg de klok twaalf uur. Het was doodstil. Van Leo's oog bleef niet meer over dan een witrode moes die in het ziekenhuis onder narcose verwijderd werd. Toen Aram de volgende dag op bezoek ging, zat zijn vader onderuitgezakt tegen een stapel kussens, stijf van de morfine, voor zich uit te grinniken. 'Dat was me een knalfeest, hè Aram', giebelde hij.

Vanaf die dag ging zijn vader door het leven met een afgedekt oog en een beperkt vermogen om diepte te zien. Maar hij kon nog steeds erg goed verhalen vertellen.

Terwijl de stoom van het net niet te hete water de hele badkamer vulde, keek Aram naar een spin die hem niet eerder was opgevallen. Hij had zijn web vlak naast de douchekop gesponnen en was nu al vijf minuten in blinde paniek op zoek naar een veilig heenkomen. Arm, dom beest, dacht Aram. Wij mensen lopen al duizenden jaren rond en nog hebben de dieren niet het flauwste idee hoe ze met onze aanwezigheid moeten omgaan. Hij zette de douche uit en terwijl de spin tot rust kwam, droogde hij zich af en trok schone kleren aan. Hij had heel lang niet zo uitgebreid aan zijn vader gedacht. Vandaag was een vreemde dag, op meerdere fronten.

Hé lief. Er woont een hondje in onze straat dat Hubert heet. Hubert is, volgens zijn baasje, een echt mensen-mens. Het is maar dat je het weet. Eten staat, als je laat thuis bent, in de koelkast. Ik lig in dat geval op de bank. Misschien slaap ik. X

Hij liep naar de keuken om spaghetti te koken. Hij zou een saus met garnalen maken, want misschien at Liz mee. Ze hield van garnalen.

Toen Liz thuiskwam lag Aram op de bank te slapen, precies zoals hij had aangekondigd. Voor hem op de salontafel lag een stuk danish blue op een houten plankje, half opgegeten. Er stond een leeg wijnglas naast. Ze ging zitten en maakte hem wakker.

'Watizzer?' mompelde Aram, zich uitrekkend. Het liep tegen elven. Door het open raam waren krekels te horen. Hij keek zijn vrouw aan, die rode ogen had en aan de zoom van haar rok friemelde.

'Ik ga bij je weg, Aram', zei ze.

Voor de duizendste keer gingen de handen van een jong meisje langs de splinterige muur van een compleet verduisterde kamer. Ze wist dat ze niets zou vinden maar meer had ze niet. Een paar keer per dag schoof ze op deze manier zijlings de stoffige wanden langs, tot ze aan een uitstekende spijker voelde dat ze weer terug was waar ze was begonnen.

De kamer was haar leven, nu.

Het laatste beeld dat haar helder bijstond voor ze op deze plek terecht was gekomen waren de ogen van de man. Zijn blik was zacht geweest. Alsof hij haar niet ontvoerde maar instopte.

'Stil maar', had hij gezegd, ze herinnerde het zich weer. 'Stil maar, je bent niet alleen. Je bent niet meer in gevaar. Ik kan je horen.' De randen van zijn nagels waren zwart.

'Stil maar', had hij gezegd. 'Niets zeggen is goed. Dan versta ik je beter.' En hij had geglimlacht. Zacht en verdrietig.

Hoe ze hier terechtkwam; het leek een droom vol mist, een heel raar verhaal dat ze zichzelf nog steeds niet uitgelegd kreeg. Zelfs nu niet, na al dat donker en alleen zijn. Ze wist niet wanneer het dag of nacht was, merkte niet dat de tijd verstreek. Het enige verschil tussen het ene moment en het andere was haar gevoel. De ene keer was ze in paniek, een wanhoop die voelde als langzaam stikken. Alsof ze onder water was geraakt en niet meer wist wat boven en beneden was. Niet meer wist of ze zich naar het oppervlak trappelde of juist naar de diepte. De andere keer was het verdriet, wat je voelt als je iemand verliest, maar nu was ze het zelf die verloren werd. Dat verschil was veel minder groot dan je zou denken.

Er klonk gekraak. Een deur aan de andere kant van het vertrek, waarachter het al bijna even donker was, ging open. Ze hoorde bekende voetstappen, de piepende schoenzool.

'Meisje, je hebt honger,' fluisterde de stem in het duister.

Niet waar, dacht ze, maar ze kon het niet zeggen. Ze kon niks zeggen, nooit niet, en voor het eerst van haar leven haatte ze zichzelf daarom. Haatte ze haar stomme tong, haar nutteloze stembanden.

'Ik weet dat je honger hebt. Echt, ik weet dat soort dingen.'

In gedachten antwoordde ze: Zet het maar neer. En doe het licht aan, asjeblieft.

'Sorry dat het licht nog steeds kapot is.'

Ik word blind hier. Ik wil niet blind zijn als ik doodga.

'Ik zal snel een nieuw peertje kopen. Ik beloof het.'

Ik word blind. Dat is jouw schuld. Jij houdt me hier gevangen. Wat wil je van me? Wie ben je?

'Je moet echt iets eten.'

Ga weg.

'Je bent nog altijd in de war. Je weet niet wie je kunt vertrouwen. Maar mij kun je vertrouwen, dat zweer ik je. Je hebt mij nodig, en dat snap je zelf ook. Je bent niet boos op mij. Je kunt niet boos op mij zijn.'

Ga weg.

'Ik zal je nu rustig laten eten. Nogmaals sorry van het licht.'

De deur werd weer gesloten. Pandora luisterde aandachtig maar hoorde geen ademhaling. Hij was weg. Ze kroop in een hoek, voelde het koude, klamme hout tegen haar rug en sloot haar ogen. Het maakte geen verschil. Donker was donker, zwart was zwart. Ik mis mijn vader, dacht ze, en meteen daarna: dat is jammer want hij is dood. Ze giechelde zonder geluid, en merkte dat ze huilde.

Waarom kwam er niemand? Waarom was ze helemaal alleen en was er niemand om haar te redden? Waar is mama? Wie is de man? Hoe ben ik hier terechtgekomen en waarom weet ik niks meer?

Ik ben het vergeten, dacht ze terwijl ze voelde hoe de kou zich om haar ruggengraat krulde. Ik ben alles vergeten. Ik weet mijn naam, ik weet dat mijn vader doodging door een wesp in zijn keel toen ik negen was en ik weet dat ik niet kan praten. Dat is alles. Ik was in een bos en er was iets wat me angstig maakte. Ik ben gaan rennen. Toen was er een man. De man met de zwarte nagels. En nu ben ik hier. In deze kamer. Ik ben alles kwijt en weet niet meer wat waar is en wat niet. Omdat ik stiekem gek ben geworden. En ik dat zelf niet doorheb.

En terwijl ze zich langzaam languit op de grond liet zakken vroeg ze zich af of, als je gek wordt en dat zelf niet weet, je dan wel echt gek bent.

II

Vanmorgen stond ik op. Ik keek naar buiten en ik begreep de lucht niet. Ken je dat? Het gevoel dat de dingen niet meer kloppen. Omdat er iets in je leven veranderd is en alles daarvan in dienst lijkt te staan. Dat is nu bij mij aan de hand. Er is iets veranderd en ik kan alleen nog maar denken, voelen, ervaren in het kader van die verandering. Dat klinkt nogal vaag en dat spijt me.

Ik liep naar onze woonkamer, wat meer een soort hal is, en trof daar Ruud aan. Dat verbaasde me want Ruud komt nooit voor het middaguur zijn nest uit. Hij zat op een van de tuinstoelen en rookte een joint. Het stonk naar tuinaarde. Ik moet dat spul niet.

Morgeh Bo, zei hij. Morgeh, zei ik terug en ik liep naar de waterkoker om oploskoffie te maken. Ik hoorde Ruud denken: rare Bo. Sukkelige Bo. Bo gaat oploskoffie maken. Ik wil niet met hem praten.

Nou, ik zou hem zijn zin geven. Ik praat namelijk ook niet graag met Ruud. En dat is prima. We hebben elkaar niet nodig. Behalve als er gekloot is met de gemeente of we moeten vergaderen over een nieuwe huisgenoot. Dan wel. Heel zakelijk. Ik vind het best. Ik heb niks met die luie papzak en hij nog minder met mij. Ik wou alleen dat ik niet wist hoe vaak hij op een dag aan neuken denkt.

Ik dronk de oploskoffie op mijn kamer. Hij smaakte anders. Ook dat was dus aan de hand. Mijn hele zintuigelijke huishouding in de war. En dat allemaal door wat een paar dagen geleden gebeurde.

Toen ik terugkwam in de woonkamer om een krentenbol te pakken stond Ruud een blouse aan te trekken. Iets met bloemen en sterretjes. Het zag er belachelijk uit.

Ga je doen? vroeg ik.

Hij zei niks. Maar hij dacht: ik ga neuken, Bo. Laat me met rust.

Of zoiets. Gedachten zijn geen complete zinnen. Ik moet zelf de gaten invullen.

Ik ben niet gek. Dat heb ik al vaker gezegd, maar mensen zijn niet geneigd dat te geloven. Het is geen verzinsel. Op een dag openbaarde het zich aan mij en vanaf die dag ben ik bezig geweest niet te bezwijken. Ik hoef daar geen medaille voor, maar ik wil dat je begrijpt hoe moeilijk het is. Ik wil dat je snapt dat ik er net zo uitzie als jij, maar dat een normaal leven voor mij niet is weggelegd. Kijk, ik lees geen gedachten, zo werkt het niet. 'Lezen' impliceert een keuze, controle over wat er binnenkomt. Ik hoor wat mensen denken en dat is iets heel anders. Er staat een deur open naar mijn hoofd. Zonder het zelf te weten komt iedereen die deur door. Ze gaan mijn hoofd binnen, zijn ongenode gasten die het interieur bevuilen.

Ik probeer drukke ruimtes te vermijden. In drukke ruimtes verworden de woorden, de geluiden, de flarden van bedenksels, angsten, overwegingen, liedjes die mensen niet uit hun hoofd kunnen krijgen tot een grote ondoordringbare ruis. Oorsuizen. Tinnitus. Ik hoor mezelf niet meer denken. Alleen anderen.

'Ik had', zei Aram, 'nooit gedacht dat er zoiets bestaat als "het nu" beu worden. De actualiteit. Gewoon klaar zijn met nieuws. Met alles, eigenlijk.'

De man in de stoel tegenover hem, gekleed in een wat vreemd blauw met geel overhemd, knikte. Joep Vivié. Een psychotherapeut die erg zijn best deed er niet als een psychotherapeut uit te zien.

'Geen interesse meer in wat er gebeurt, waar dan ook ter wereld', ging Aram verder. 'Maar dat is dus wat er gebeurde, met mij. In eerste instantie omdat ik niets meer over mezelf wilde lezen. De Twitterberichten, de internetfora, de analyses, alles. Maar daar hield het niet bij op. Vanaf een bepaalde dag kon ik ineens niet meer tegen het weerbericht. Wat heb je eraan? dacht ik. Wat maakt het nou in godsnaam uit of het regent of de zon schijnt, als je gewoon blijft doen wat je doet? Als je je toch al de hele tijd pleurisongelukkig voelt? En ligt het aan mij, of klinkt het nieuws niet altijd precies hetzelfde, als je 'n paar woordjes verandert? Weet je, Joep' (hij mocht Joep zeggen), 'eerst las ik vijf kranten per dag. Maar op een gegeven moment ging het niet meer. Kreeg ik die kranten niet meer opengeslagen. Alsof de pagina's van beton waren, snap je? Wat maakt het uit op welke manier mijn geld verdwijnt, of welk rotvirus ons komt uitroeien? Wat interesseert mij het wie er op wie schiet in het Midden-Oosten? Het is hinderlijk achtergrondgeluid, in een verder toch al behoorlijk rottig leven.'

Hij nam een slok water. Dat was een prima monoloog. Joep Vivié krabbelde wat op een blocnote. Dat deed hij vaker. Aram vroeg zich af wat hij opschreef. Of misschien tekende hij wel poppetjes. Poppetjes met snorren en grote piemels.

'Ik leefde ineens als een kluizenaar', ging hij verder. 'Vind je dat nou niet belachelijk?'

'Waarom?' vroeg Vivié.

'Omdat ik zo niet ben.'

'Omdat je zo niet bent?'

'Nee. Ik ben iemand anders.'

'Wie dan?'

Aram zuchtte en zakte een beetje onderuit. Het leer kraakte.

'Ik ben een mensen-mens.'

Vivié glimlachte.

'Aha.'

'Ja.'

'En waarom leeft een mensen-mens ineens een kluizenaarsbestaan, als dat niet bij hem past?'

Aram trommelde op zijn bovenbenen.

'Ik ga vaak naar de dierentuin', zei hij.

Het was warm in de praktijk. Alle ramen stonden open, maar daar merkte je weinig van. Een airco of ventilator zou geen kwaad kunnen, dacht Aram, die zou ik hier zo geïnstalleerd hebben. Hij keek naar de magere man met het notitieblok tegenover hem. Het was echt een bijzonder vreemd overhemd. Verder zag hij nu een zalmkleurig colbert dat los over de armleuning hing en Viviés spijkerbroek vertoonde slijtplekken. Vintage, dacht Aram. Alles vintage. Oud is nieuw.

'Ik wil graag de klok een tijdje met je terugzetten', zei Vivié.

'Naar de tijd vóór het kluizenaarschap.'

'Mijn mensen-mens-periode?' Aram glimlachte er zurig bij.

'Ja.'

'Goed.' Aram ging rechtop zitten en sloeg zijn benen over elkaar. Vivié schreef iets op. Zijn handen trilden een beetje.

'Toen had ik een vrouw', zei Aram. 'Liz.'

'Juist.'

'Liz is weg. Liz is nog steeds een mensen-mens. En ik niet meer.'

Vivié knikte. Schreef weer wat. 'Je spreekt dat woord in relatie tot Liz nogal bitter uit, Aram, "mensen-mens".'

'Omdat het een kutwoord is.'

Vivié lachte zachtjes en knikte.

'Kutwoord. Compacte definitie.'

'En daarbij ben ik een zure zak geworden.'

'Vind je dat zelf?'

'Nee, dat was een grapje.'

'Ah.'

'Maar misschien is het wel zo.' Aram nam nog een slok water. Hij keek naar Vivié, die nu niets noteerde, en naar het schilderij van een betraande pierrot op een driewieler, aan de muur tegenover hem.

'Vind je dat mooi?' vroeg hij. Vivié keek op.

'Wat? O, dat schilderij. Tja … Vind jij het mooi?'

'Nee', zei Aram.

'Niemand', zei Vivié met een tevreden glimlach.

De man was gekomen en had de lamp gemaakt. Misschien had hij medelijden gekregen, vond hij dat ze lang genoeg in het donker had gezeten. Of misschien wilde hij haar kunnen zien. Hij zei niks. Hij kwam alleen binnen, draaide het kapotte peertje uit de bungelende fitting en schroefde er een nieuwe in. Het bolletje hing als een lichtgevende vrucht in het midden van het vertrek. Het duurde lang voor Pandora er normaal naar kon kijken. Het helse wit deed pijn. Hoe zou het zijn als je blind bent? vroeg ze zich af. Is alles dan zwart? Of een andere kleur? Of bestaan kleuren dan gewoon niet?

Een uur later was het peertje weer gesprongen.

De man kwam elke dag twee keer met eten, en aaide soms over haar hoofd. Meer deed hij niet. In het begin had hij honderduit gepraat. Over dingen die ze niet begreep. Over lotsbestemming en hoe hij haar beschermen zou. Maar geleidelijk aan was hij minder woorden gaan gebruiken. Pandora zelf was gestopt met huilen. Het hielp niet en haar keel schoot ervan in een kramp. Voor het huilen was er spartelen geweest, bonken op de vloer en muren, en schoppen en slaan, maar dat leek maanden geleden. Of dagen, of jaren. Haar tijdsbesef was uit haar hoofd weg gedruppeld. Als de man kwam, bleef ze in haar hoek zitten wachten tot hij weer wegging. Daarna at ze het eten op. Het was niet vies. Soms vroeg ze zich af of ze bang was voor de man, of kwaad op hem, of dat ze iets anders voelde. Haatte ze hem? Kon dat? Ze was van hem afhankelijk. Hij hield haar in leven. Kon je zo iemand haten? Iemand zonder wie je verhongeren zou?

Pandora wist het niet, maar ze wist wel dat ze deze man nooit mocht vertrouwen. Het leek of hij niet ademde. En hij had haar meegenomen. Had haar geen keus gegeven. Ze was zijn gevangene. Hij ging haar nooit meer vrijlaten.

Aram liep naar huis. Het regende. Hij had een tijdje met een paraplu geworsteld maar omdat het ding per se de andere kant op wilde, had hij hem uiteindelijk in een prullenbak gepropt. Dan maar nat. Het was warm en de druppels die uit de hemel op hem neervielen verschilden qua temperatuur weinig van zijn eigen lichaam. Of van zijn zweet.

Hij kwam langs de brug waar hij normaal gesproken met zijn auto overheen reed. Alleen was er geen brug meer. Een postapocalyptische leegte gaapte daar waar ooit pijlers en beton hadden gestaan. Er bungelden wat mistroostige staalkabels. Ze wiegden in de wind, als takken van een treurwilg. Her en der werd er met cement gekliederd door natgeregende werklui. Het was vanwege de neergehaalde brug dat Aram was gaan lopen. De praktijk van Joep Vivié was met de auto onbereikbaar en hij had een ontzettende hekel aan fietsen. Hij had vooralsnog ook de schurft aan Vivié, maar dat kon veranderen. Hij hield even in om naar de bedrijvigheid in de kuil te kijken. De brug die niet meer bestond was, zo verklaarde de gemeente, aan vervanging toe geweest. Opgebruikt, klaar met mensen van hier naar daar brengen, moe en slap in de knieën. Er kwam een aannemer, er kwam een ontwerp, er kwamen wat miljoenen vrij, vrolijk hakte men de oude brug aan puin en vervolgens gebeurde er helemaal niets. Tenminste, niets wat leek op daadwerkelijk bouwen. Er werd wat gerotzooid omdat er nu eenmaal iets gebeuren moest, maar ergens in het hele proces was er iets faliekant misgegaan en nu zat de hele wijk zonder brug. Er was inmiddels een wethouder opgestapt, en vorige week ook een fractievoorzitter. Lullig, vond Aram, sneuvelen op een brug. Daar kun je thuis niet mee aankomen.

Een van de bouwvakkers zwaaide.

'Loop door man, het regent!' riep hij.

'Weet ik!' riep Aram terug. 'Jullie gaan ook niet naar binnen!'

'Wij moeten werken!' riep de bouwvakker.

'Volgens mij valt dat wel mee', zei Aram, maar dat hoorde de bouwvakker niet. Hij ging door met roeren in een emmer grijze drab. Aram liep verder. Liz was nu ergens in de weer met bewijsmateriaal, of een verdachte, of met het typen van verslagen. En hij zat in therapie. Dat voelde vreselijk oneerlijk.

Hij herinnerde zich een avond, een maand of anderhalf geleden, vlak nadat het allemaal begonnen was. Hij lag in bed, op zijn rug, terwijl Liz in de badkamerkastjes rommelde op zoek naar de slaappillen. Op eigen houtje in slaap vallen lukte hem al een paar dagen niet.

'We hadden er genoeg om een paard mee plat te krijgen en nu zijn ze nergens te vinden', verwonderde ze zich, terwijl ergens buiten weer eens een autoalarm aansloeg. Aram kwam overeind.

'Waar is dat?'

'Wat?'

'Dat alarm.'

'Drie straten verderop, lief.'

'Waarom gaat dat alarm af?'

'Weet ik 't. Omdat er een zatlap tegenaan is gevallen. Geen zorgen. Het is niks.'

'Kutauto.'

Hij ging weer liggen. Het licht uit de badkamer wierp vreemde schaduwen op de muur. Dat was hem nog nooit opgevallen. Het silhouet van de stoel met zijn kleren erover was een enorm, kwalachtig wezen. Ze moesten maar eens een bedlampje kopen.

Liz kwam de badkamer uit met een potje pillen waar ze mee rammelde: 'Hebbes!' Aram nam het aan, schroefde de deksel eraf en nam er twee in met water. Hij keek naar zijn vrouw, die zich uitkleedde. Zijn vrouw met haar afgetrainde lichaam, met haar lange benen die elke ochtend voor dag en dauw tien kilometer door de polder renden. Zijn meedogenloze liefdevolle wereldwijf. En ineens voelde het alsof zij de enige was die hij nog had. Alsof ze samen tegenover een bloedlustige horde stonden en zij de enige was met een wapen. Het was een bijzonder melodramatische gedachte, vond hij zelf, en hij kon zich niet herinneren dat hij zichzelf daar ooit eerder op had betrapt.

'Mupke?' Liz stond naakt aan het voeteneind en keek naar hem. 'Mupke, is er nog iets anders dat ik kan doen? De telefoon eruit trekken? Het modem wegmieteren?' Aram schudde flauwtjes glimlachend van nee terwijl hij zich voelde vollopen met liefde.

'Nee. Dat wil ik zelf doen.'

'Oké.'

'En mupke?'

'Ja.'

'Ik zat vanmiddag te denken … ik weet niet. Is het misschien een idee als je eens met iemand gaat praten?'

Aram keek haar heel even aan en draaide zich toen van haar af.

'Misschien', mompelde hij. Liz deed het licht uit en kroop
tegen hem aan. Haar lichaam was warmer dan het zijne.
'Dat is dus een nee', zei ze.

Hij keek naar een roedel pinguïns die heen en weer waggelde op een witgeschilderde rots. Af en toe sprong er een vanaf. Op de betonnen muur erachter was een ijsvlakte geschilderd. 'Pingwing!' riep een kind naast hem. Aram knikte. Het meisje at een suikerspin. Haar hele gezicht zat onder de glimmende, roze troep. Ze glunderde. Het was druk in de dierentuin. Nog geen twee maanden terug was hij daar doodongelukkig van geworden, maar hij was drukte weer gaan leren waarderen. Op een andere manier dan voorheen, echter. Drukte betekende anonimiteit. Hij viel niet op en in de regel sprak niemand hem aan. Een week of wat geleden had hij een abonnement gekocht.

'Pingwing!' riep het kind nog een keer. Er kwam een vrouw bij staan.

'Zie je pingwings, schatje?'

Het viel Aram op dat de moeder het ook verkeerd uitsprak. Dat vond hij irritant. Het meisje sprong op en neer en giechelde.

'Wat een leuke beesten, hè?' zei de vrouw. Hij keek op. Ze had het tegen hem. Hij glimlachte.

'Mijn man lijkt dus een beetje op een pingwing', zei de vrouw. Aram wilde haar graag verbeteren. Het is pinguïn, mevrouw, pin-guïn, maar hij hield zich in. Er kwam een man aansloffen met een heel kleine hotdog die hij bij een kraampje had gekocht.

'Ik zeg net tegen deze meneer dat jij ook een beetje op een pingwing lijkt, Ger', zei de vrouw en ze porde de man in zijn zij. Ger trok een gezicht alsof ze dat vaker deed.

'Het is pin-guïn', zei hij, maar ze luisterde niet.

'Kijk Charlotte, een meeuw!' riep ze tegen haar dochter, hoewel die naast haar stond. En ze wees naar een stuk rots waar inderdaad een meeuw op zat.

'Pingwing', zei Charlotte.

'Neee, meeuw!'

De meeuw hopte wat in het rond over de rotspartij. De moeder bleef wijzen, en Aram vroeg zich af waarom je je kind attent zou willen maken op zo'n stom en doorsnee beest terwijl je twintig euro de man betaald hebt om exotische fauna te bewonderen.

Op het rotsplateau lagen wat visjes, waar de meeuw zich aan te goed begon te doen. De pinguïns keken wat ontredderd toe maar deden niks. Het was een vrij grote meeuw.

'Kijk, liefje, hij pakt het eten van de pingwings af!' zette de moeder een overdreven verontwaardigd toontje op.

Het kindje knikte blij en riep: 'Afpakkie!'

'Ja, gemene meeuw', zei de moeder.

Aram pakte een steen van de grond, schatte de afstand in, mikte en gooide hem met een kordate honkbalworp naar de meeuw. Hij trof het beest in de flank, waardoor hij even uit balans raakte en toen krijsend opvloog. Met een paniekerig en onhandig geklapwiek werkte hij zichzelf over de boomtoppen heen. De hele familie keek Aram verbijsterd aan.

'Nou kunnen de pingwings weer rustig eten', zei hij.

Naar huis wandelend controleerde hij zijn telefoon op berichtjes. Dit was een instinctieve handeling, een reflex uit het verleden. Aram kreeg weinig berichtjes. Een paar dagen geleden had hij er een aan Liz gestuurd: 'Hoezee, ik zit in therapie!' Geen reactie. Die had hij ook niet verwacht. Sinds Liz iets meer dan een maand geleden het huis had verlaten, had hij haar gezicht niet meer gezien. In de eerste week belde ze een paar keer, maar hij had niet opgenomen. Uiteindelijk stopte ze ermee. Ze had zich waarschijnlijk obsessief op de zaak-Pandora de Jager gestort. Schreef schriften vol halve theorieën en hing foto's op een bord waar ze nooit naar keek. Zo ging Liz met verdriet om. Of eigenlijk niet dus. Haar spullen waren opgehaald terwijl Aram, net als vandaag, in de dierentuin was. Iemand, waarschijnlijk een broer of een andere vertrouweling, had haar sleutel mee gekregen en een boedelbak volgeladen met haar bezittingen. Bij thuiskomst had Aram geconstateerd dat ze uit zijn leven gewist was. Hij was definitief alleen.

Na de onbeantwoorde telefoontjes had ze hem een brief gestuurd waarin ze uitlegde wat hij al wist; dat ze het leven had gemist. Dat ze het gevoel had samen te wonen met een waakvlam. Iemand die het opgegeven had. En dus was ze weggegaan.

Waarom heb je niets gezegd?! had Aram willen schreeuwen, omdat het goed en woedend klonk, maar naar papier schreeuwen slaat nergens op en bovendien wist hij dat het niet waar was. Ze had het wel gezegd, in tientallen bewoordingen, maar hij had niet geluisterd. Hij had de woorden wel gehoord maar ze niet serieus willen nemen. Godverdomme, wat een cliché, had hij op een middag verzucht terwijl hij uit het raam stond te kijken. Hij grinnikte. Geen vrolijke grinnik, maar toch. De dag erna belde hij praktijk Psychia. Joep nam zelf op. Op de een of andere manier leek dat heel veelzeggend, maar op wat voor manier precies wist Aram niet. Eenmaal thuis sloeg vrijwel direct de verveling toe. Hij dronk ijsthee en ijsbeerde wat, liep naar de boekenkast. Die was nu voor de helft leeg. Er is geen boek van mij verdwenen, en geen boek van haar achtergebleven. Hij streek langs de ruggen. Er bleef stof achter op zijn vingertoppen. Hij blies het de ruimte in en keek hoe het in cirkeltjes richting de grond danste, tussen de zonnestralen door. Het was mooi weer buiten. De grote eikenboom tegenover zijn huis brak het zonlicht op in kleine, strakke bundels die zijn huiskamer binnenvielen. Het was warm, klam. Aram pakte een boek uit de kast en zette het terug op een andere plek. Op een dag zou hij alles op kleur sorteren, maar niet vandaag. De telefoon ging. De vaste lijn.

'Spreek ik met meneer De Smet?'

'Jazeker.'

'Heel mooi, heel mooi. Meneer De Smet, met Henry van de Vriendenloterij spreekt u. Klopt het dat u bij ons meespeelt met vier loten?'

'Nee.'

'O. Dat is apart. Ik zie hier staan dat u meespeelt met ...'

'Vier loten, ja, maar die heb ik opgezegd.'

'Werkelijk? Dat zie ik hier niet staan.'

'Toch is het zo. Ik wist niet eens dat ik meespeelde. Toen ik daar door een van uw collega's op gewezen werd, heb ik aangegeven per direct van die loten af te willen. En dat zou ze in orde maken.'

'Tjonge, is me dat typisch. Ik zie er niets van op mijn schermpje. Maar goed, u wilt dus opzeggen. Mag ik vragen waarom?'

'Ach ja, de tijden, crisis, een bloedhekel aan kansspelen, u kent het wel.'

'Reken maar! Nou, dat gaan we voor u regelen.'

'Heel fijn.'

'Mag ik u trouwens, nu we elkaar toch spreken, een knots-
gekke aanbieding doen? Als u nu kiest om door te spelen,
dan krijgt u drie maanden lang vijftig procent korting op uw
loten! En dan belt u daarna gewoon weer terug! Hoe vindt u
die?'

'Nee, dat lijkt me een slecht plan. Ik wil er graag nu vanaf.'

'Geen probleem, geen probleem. Ik zet u even in de wacht,
meneer De Smet. Ben zo bij u terug.'

De stem verdween. Er startte een veel te schel bandje met
muziek. Na vijf minuten naar Toto geluisterd te hebben hing
Aram op.

*

Een paar weken terug gebeurde het. Er is een plek in het bos waar ik vaak kom om alleen te zijn. In een kraakpand als het onze zijn altijd mensen. Meestal niet meer dan drie, vier, maar toch. Ik ga vaak wandelen. In het bos zijn geen stemmen. Hooguit van een enkele andere wandelaar. Ik had geprobeerd boodschappen te doen die ochtend. Ik was naar de supermarkt gegaan, die ene net buiten het centrum, waar weinig mensen komen. Voornamelijk dakloze alcoholisten. Daar is het meestal rustig, niemand let op je. Maar die ochtend was het er druk. Ik had dat te laat door. Ik liep met mijn ogen naar de grond gericht naar binnen en begon mijn mandje vol te laden, en toen pas zag ik de kinderen met hun ouders. Het waren er veel meer dan normaal, veel te veel, en ik besefte te laat dat het zomervakantie is. Dat iedereen vrij heeft en dus tijd zat om op elk gewenst moment naar de winkel te lopen. Ik bevond me ineens midden in een massa en kon niet meer terug. Overal om me heen waren mensen, er renden kinderen rond met dozen ijs en zakken chips. In mijn hoofd het donderende geraas van een openstaande sluis. Ik herkende niets meer, geen woorden, geen zinnen. Het klonk als miljoenen krekels. Als een stad die instort.

Je moet weten, het gaat al jaren best goed met mij. Het heeft een plek gekregen. Maar op die ene ochtend ging het mis, alles wat ik had opgebouwd aan rust en kalmte versplinterde als vallend kristal. Ik voelde mezelf langzaam wegzakken in een inktzwarte paniek.

Ik zie niks meer, letterlijk. Ik hoor alleen de kinderen. Hun basale, op oerdriften gestoelde, domme gedachten. Ik wil, ik wil niet, ik ben, ik moet … Het steekt in mijn hoofd als satéprikkers.

Hé, jij, zegt er eentje. Ik doe mijn ogen open. Had helemaal niet door dat ik ze gesloten had. Hij staat voor mijn neus. Hij heeft een tuinbroekje aan en rode gympen, en zijn zwarte haar valt een beetje in zijn ogen. Hij kijkt me aan en ik kijk terug. Zo staan we daar een tijdje, en ik vraag me af of hij het wel was die 'Hé, jij' zei. Of het überhaupt wel gezegd is. Het is soms moeilijk het verschil te bepalen tussen wat ik zelf denk en wat anderen denken. En het jochie kijkt me aan en in de verte zie ik zijn moeder staan, die ons in de gaten houdt. Alsof ik degene ben die hem benaderd heeft in plaats van andersom.

Jij bent gek, zegt het jongetje dan. Zonder zijn mond open te doen. Hij denkt het. En ik hoor hem, boven alles en iedereen uit. *Jij bent gek*. Hij pakt een zak chocoladereepjes uit het schap naast me, draait zich om en loopt terug naar zijn moeder. Samen verdwijnen ze een ander gangpad in.

Ik heb mijn boodschappen achtergelaten. Ben teruggelopen naar de ingang, over de poortjes heen gesprongen en de winkel uit gerend. Langzaam nam het geraas af.

Supermarkten … Het is begonnen in een supermarkt, langgeleden. Dit. Alles. Ik moet daar wegblijven. Ik moet voorzichtiger met mezelf zijn.

Ik ben de bossen in gegaan. Diep de bossen in, want die zijn hier voor Nederlandse begrippen uitgestrekt, mooi en donker. Ik probeerde me te concentreren op de vogels, op het ritselen van de bladeren. Ik keek om me heen en probeerde rustig te worden van wat ik zag. Uiteindelijk ging ik op een omgevallen boom zitten. Het was een andere plek dan normaal, maar ik was moe en merkte dat ik slecht ademde. Dus ging ik zitten, om tot mezelf te komen, midden tussen die massieve bomen en stugge struiken. Maar ik kwam niet tot mezelf. Het leek alsof het gekrijs uit de supermarkt krassen aan de binnenkant van mijn schedel had gemaakt. Mijn hoofd deed pijn en ik bleef het gezicht van dat jongetje voor me zien, en die verrukking in zijn nieuwsgierige oogjes toen hij dacht: deze man is gek. Ik sta voor het eerst van mijn leven tegenover iemand die gek is. Het is net als in de film.

Ik deed mijn ogen dicht. Misschien viel ik in slaap. Ik weet niet of ik dat wel kan, zittend slapen. Maar toen ik ze weer opende schemerde het. Ik voelde me kalmer. Had zin om te roken maar geen shag bij me. Niks.

Toen hoorde ik gekraak, vlugge voetstappen en takken die aan de kant geduwd werden. Ik stond op. Het kwam rap dichterbij, nu hoorde ik ook ademhaling, hoog en piepend. Paniek. Ik werd even angstig. Wat was dat en van welke kant kwam het? Instinctief greep ik naar mijn zakken, maar daar zat niks in. Ik bleek ook niets nodig te hebben. De struiken tegenover de boomstam weken en een meisje stevende de open plek op. Een jaar of twaalf. Dertien. Ze zag me en hield in. Deinsde zelfs een eindje terug. Ze had niet verwacht iemand tegen te komen. Het was niet de bedoeling. In haar ogen was angst te lezen. Ik deed niks. Zij ook niet.

Ze stond daar maar, hijgend, en ze wees naar waar ze vandaan kwam. Haar gezicht was nat en bleek als porselein. Haar pony plakte tegen haar voorhoofd. Ze gebaarde naar de struiken, naar het donker, naar iets wat haar achternazat. Ken je het gevoel onderdeel te zijn van een foto? Van een stilstaand, vastgelegd ogenblik, dat misschien door niemand maar misschien ook wel door duizenden bekeken wordt?

Natuurlijk ken je dat.

Er was die open plek bij de boomstam, er was het meisje, er was de stilte, en ik was er. En het moment kon evengoed een seconde als een minuut hebben geduurd. Of langer. Ik weet het werkelijk niet. Ik wachtte tot ze iets zou zeggen. Of denken. Tot ik iets zou horen. Maar mijn geest leek murw gebeukt, als een zenuw die gevoelloos wordt door een overdosis pijn. Er was niks. Ik weet nog dat ik glimlachte. Instinctief. Om haar te laten zien dat ze van mij niets te vrezen had. Dat hoewel ik niet wist waar ze voor wegrende, ze bij mij veilig was. Omdat ik ervoor zou zorgen dat haar niets overkwam. Omdat ik niet gek ben maar gewoon een beetje kapot, en ook in staat ben tot goede dingen. Tot het beschermen van mensen, bijvoorbeeld. En ik zweer je: ze leek het te begrijpen. De paniek in haar ogen maakte plaats voor rust. Voor dankbaarheid. Nu gaat ze iets zeggen, dacht ik, nu gaat ze me vertellen hoe ze heet en waar ze voor op de vlucht is. Maar dat deed ze niet. Ze zweeg, alsof ze wist dat ze met mij op een andere manier kon communiceren. Dat er niet gesproken hoefde te worden. En toen kwam het. De gedachte. Haar stem in mijn hoofd. Kraakhelder. Zelfverzekerd.

Neem me mee.

Dat dacht ze.

Neem me mee.

Ik hoorde het.

Bo keek uit het raam en vroeg zich af of het deze meivakantie nog zou ophouden met regenen. Het kwam al drie dagen lang met bakken uit de lucht. Hij had Aram een paar keer gebeld maar kreeg iedere keer diens moeder, die zei dat Aram wel wat zou laten weten als hij klaar was met zijn kamer opruimen. En dat Bo moest ophouden met bellen. Drie verdiepingen beneden hem stond een roedel zeiknatte kleuters bij het stoplicht te wachten. Ze zongen een liedje.

'Er is een vrouw vermoord, met een gordijnenkoord,
ik heb het zelf gezien, het was op nummer tien!
Het bloed liep langs de trap, het leek tomatensap!
Ik werd er misselijk van, haar hoofd lag in een pan.
Haar naam was: Ea Dea Rikketakke Thea,
ollebolleknolle elastiek!'

Bo vroeg zich af hoe de vermoorde vrouw uit het liedje aan de bijnaam Ea Dea Rikketakke Thea kwam. En wat 'ollebolleknolle elastiek' in godsnaam te maken had met die moordkwestie. Hoe het kon dat een vrouw die duidelijk gewurgd was later ook onthoofd bleek. En vooral: waar die groep kleuters in dit rotweer naartoe ging, en waarom niemand eraan had gedacht hun regenjasjes aan te trekken.

'Bo?' Zijn vader was achter hem opgedoken en keek over zijn schouder mee. 'Wat doe je?'

'Niks', zei Bo.

'Niks? Alweer?'

'Het regent en Aram ruimt zijn kamer op.'
'Aha.'
De kleuters waren aan de overkant van de straat gekomen. Bo zag nu dat er een vrouw naast liep die een grote picknickmand met zich meedroeg. Er stak een toren plastic bekertjes uit.
'Ga je mee boodschappen doen?' vroeg zijn vader. 'Dan nemen we de auto.'
'Waar is mama?' vroeg Bo.
'Op bed. Last van migraine.'
'Alweer?'
'Ja. Alweer. Ga je mee?'
Bo liet zich van de vensterbank glijden. Arams moeder kennende was zijn vriend voorlopig nog niet klaar met zijn kamer. Na het opruimen zou hij wel moeten stofzuigen, en daarna nog met een poetsdoek alle boekenplanken langs. Stom en zinloos, want dat had hij vorige week ook moeten doen, en de week dáárvoor, maar Bo haalde het niet in zijn hoofd dat hardop te zeggen. Dat had hij eenmaal gedaan en toen had Aram hem 'de blik' gegeven.

Het was druk in de supermarkt. Het rook er naar natte jassen. Bo's vader gaf hem een lijstje.
'Haal jij dat?'
Bo knikte. Zo kon hij stiekem het een en ander toevoegen. Meer chips, meer snoep en blikjes cola in plaats van een fles, omdat dat gewoon lekkerder was. Hij stopte een gulden in een winkelwagentje, trok het los uit de metalen slang naast de schuifdeuren en liep door het poortje de winkel in. Zijn vader volgde hem maar sloeg meteen rechts af. Bierkratten moesten onderop in het karretje. Bo hing wat op de stang en

duwde zichzelf voort door zich met zijn tenen af te zetten. Eigenlijk had hij een hekel aan schoolvakanties. Niet omdat hij school nou zo leuk vond, maar niets te doen hebben was nog veel vreselijker. Buiten Aram had hij niet zo heel veel vrienden, en Aram moest de helft van de tijd rotklusjes voor zijn ouders opknappen, omdat 'het leven nu eenmaal geen feest is'. Bo kon zichzelf slecht vermaken. Van zijn moeder mocht hij geen spelcomputer – 'Je hebt wel honderd boeken die je kunt lezen' – en hij had geen hobby's, behalve speelgoedpoppetjes van de schutting schieten met de luchtbuks die hij van zijn opa gekregen had. Dat vond hij zelf best een hobby te noemen, of zelfs een sport, maar zijn ouders waren het daar niet mee eens en vonden dat hij nieuwe kogeltjes zelf moest betalen.

Bo remde af voor het chipsschap. Nibbits? Chipito's? Gewone? Paprikachips. Met drie moesten ze een heel eind komen. Hij viste de blauwe Croky-zakken uit het schap, want dat was het beste merk. Het merk dat bij verjaardagen op school steevast getrakteerd werd. Hij keek naar het lijstje in zijn hand. 'Frisdrank'. Hij bedacht dat hij misschien eerst brood moest halen, dan kon hij daar de blikjes cola onder verbergen. Als zijn vader er pas bij de kassa achter kwam, was de kans groot dat hij gelaten de boel zou afrekenen met de loze woorden dat dit toch echt de laatste keer was. Tevreden keek Bo naar zijn karretje. Misschien moest hij één zak minder doen. Niet je hand overspelen. Ja, één zak minder was beter. En toen was er ineens die stem: 'Ik vermoord je. Op een dag kom ik thuis en dan vermoord ik je.'

Geschrokken keek hij op. Naast hem stond een lange man in een beige regenjas. Verder niemand. Hij bekeek verschillende zakken borrelnootjes.

'Zei u iets?' vroeg Bo.

De man stopte met verpakkingen bestuderen, keek op, met een vriendelijk gezicht, en zei: 'Ik? Nee.' Zijn stem klonk warm en diep en leek in niks op wat Bo zonet gehoord had. Die stem was schel en woedend geweest. De man stopte een zak poestanootjes in het mandje dat aan zijn arm bungelde, glimlachte en wandelde verder. Bo keek hem na. Hij verdween om de hoek en heel even was het gangpad op Bo na leeg. Langzaam haalde hij een van de zakken paprikachips uit het karretje en legde hem terug in het schap. En nog een. Uiteindelijk legde hij alle zakken terug. Daarna liep hij verder, met kleine pasjes.

Ik hoorde het. Ik hoorde het echt.

In de auto onderweg naar huis zweeg hij. Zijn vader zette de radio aan en trommelde wat mee op het stuur. De regen striemde agressief tegen de voorruit.

'Wat doet u?' vroeg Bo aan de man die met een hamer aan de binnenkant van hun rode brievenbus stond te tikken.

'Ik deuk jullie brievenbus uit, jochie', zei de man.

'O', zei Bo. Het was hem niet opgevallen dat de brievenbus ingedeukt was. Hoe raakt zo'n ding ingedeukt? vroeg hij zich af. Heeft iemand erop staan slaan met een stok? Is er een auto tegenaan gereden? Of was-ie altijd al ingedeukt en heb ik dat gewoon nooit opgemerkt?

'Er hebben een stel klerejong tegenaan staan stampen', gaf de man antwoord op de vraag die Bo niet gesteld had. Bo schrok.

'Hoe weet u dat ik dat dacht?' vroeg hij. De man keek op, met een onnozele blik op zijn gezicht.

'Dat wist ik niet', zei hij. Hij ging verder met tikken. 'Raar jong', hoorde Bo hem mompelen terwijl zijn vader naar buiten kwam met zijn rugzak. Het was tijd om naar school te gaan.

Terwijl meneer Jos een grote landkaart op het bord hing en vroeg wie wist welk land dit was, zat Bo achter in de klas sterretjes te tekenen. Hij had al bijna twee schriften vol. De kunst was zo veel mogelijk sterretjes op een pagina te krijgen. Als je het goed aanpakte, was er bijna geen wit meer te zien. Hij was ermee begonnen op de eerste schooldag van groep 7 en er waren al vier vulpenvullingen aan opgegaan. Zijn moeder had hem met veel te veel spullen naar school gestuurd, waaronder acht schriften terwijl hij er maar vijf nodig bleek te hebben. Zodoende was de inmiddels bijna dwangmatige handeling ontstaan, tijdens de vele lessen die hem niets interesseerden.

Vooraan in de klas was inmiddels het antwoord gegeven.

'Inderdaad Layla, het is Marokko', zei meneer Jos. 'Dat weet jij natuurlijk omdat je ervandaan komt!'

'Ik ben in Nederland geboren', zei Layla, maar meneer Jos was alweer druk in de weer met magneetjes die hij op de kaart plakte.

'Dit zijn alle plaatsen die ik vorig jaar bezocht heb tijdens mijn fietsvakantie!' zei hij.

Nou en? dacht Bo. Hij sloeg een bladzij om en begon aan een nieuw sterretje. Naast hem zat Aram uit het raam te staren. Dat deed hij doorgaans de helft van de dag. Uit het raam staren is voor Aram wat sterretjes tekenen voor mij is, dacht Bo. En meneer Jos interesseert het niks. Zolang we maar zevens halen voor proefwerken en hij mag vertellen over zijn superinteressante vakanties in superinteressante landen vindt hij het allemaal best.

Bo had nog vaak teruggedacht aan de vreemde gebeurtenis een week eerder in de supermarkt, dubbend over wat er nu precies was voorgevallen. Hij was tot een conclusie gekomen. Wat hij gehoord had waren de gedachten van de man geweest. Deze had de woorden niet hardop uitgesproken, ze zaten in zijn hoofd en Bo had ze gehoord. Hoe dat kon, wist hij niet. Hij had er weleens iets over gelezen, over wat met een moeilijk woord 'telepathie' heette, maar in feite hetzelfde was als gedachten lezen. En dat was weer iets anders dan helderziend zijn, want dan kon je de toekomst voorspellen. En je had ook nog helderhorend, dat had iets met dode mensen te maken. Veel mensen geloofden dat het echt bestond. Maar minstens net zo veel dachten dat het onzin was. Iets wat alleen in boeken en films voorkwam, en in je fantasie. Maar Bo wist het zeker: hij had het gehoord. En dat kon maar twee dingen betekenen. Of hij was telepathisch, of hij was gek. Geen van beiden een fijn idee.

'In Marokko dragen vrouwen een hoofddoek', zei meneer Jos.

Layla stak haar vinger op, maar meneer Jos negeerde haar en zette de diaprojector aan.

'Bo, kun jij het licht even uitdoen?' vroeg hij.

Dat kon Bo. Wat hij daarna niet meer kon was sterretjes tekenen. En dus had hij niets voorhanden om zijn hoofd tot rust te brengen.

Tijdens het naar huis lopen plukte Bo besjes van de struiken langs het kronkelige voetpad. Hij gooide ze in de lucht en probeerde ze weg te trappen, maar hij was er niet goed in. Hij zei tegen zichzelf dat als hij er tien op rij goed zou raken, hij best een keer mee kon doen met voetballen in de pauze. Altijd maar met Aram op het muurtje zitten niksen werd zo langzamerhand een beetje saai. Tot nu toe kwam hij niet verder dan een serie van drie. Hij vroeg zich af of hij het met Aram over het stemmenprobleem moest hebben. Zou zijn beste vriend het begrijpen? Misschien hadden veel meer mensen er last van, maar durfde niemand erover te praten. Zijn moeder had hem ooit verteld dat, wanneer ze last had van haar migraine, het net was alsof er poorten in haar hoofd werden opengezet. Alsof alles wat ze zag, hoorde, voelde en rook als een soort vloedgolf naar binnen kwam, tegelijkertijd, en dat dat pijn deed. 'Denk maar aan een lawine', had zijn vader gezegd.

Die avond, aan tafel, vroeg Bo aan zijn moeder hoe dat precies was.

'Naar', zei ze.

'En wat voel je dan?' vroeg hij.

'Pijn.'

'En wat hoor je?'

'Lawaai.'

'Ook stemmen?'

Zijn moeder keek op van haar bord spaghetti.

'Stemmen? Nee. Geen stemmen.'

'Gelukkig niet', zei zijn vader.

Bo knikte, zijn vader glimlachte en iedereen at verder.

Later, in bed, liet Bo een strijd der titanen plaatsvinden. Het ging tussen Batman en Superman, de plaats van handelen was een berg, gevormd door zijn opgetrokken benen. Superman was uiteraard favoriet, want die kon alles, maar Batman was niet van gisteren en wachtte geduldig op een onachtzaam moment van zijn tegenstander. Bo maakte harde knal- en stootgeluiden, bedoeld om het gevecht te ondersteunen, maar vooral om niet te horen wat er al een uur lang door zijn kamer fluisterde, als een radio die zachtjes stond te ruisen. Een stem van iemand die hij niet zag.

'Kom door de muur heen. Ik ben hier. Ik hoor je. Kom me helpen. Het is hier koud en de verwarming mag niet aan. Wie ben jij? Ben jij de buurjongen? Kom je naar me toe? Kom asjeblieft naar me toe. Het is hier koud en de verwarming mag niet aan.'

Bo liet zijn twee plastic superhelden over elkaar heen buitelen en hoopte dat het stil zou worden. Of dat hij eraan zou wennen. Zoals je, als je naast het spoor woont, algauw de treinen niet meer hoort.

*

Ik heb een meisje in een kamer en niemand kan haar ooit nog kwaad doen. Het is het belangrijkste wat me ooit is overkomen. Ik ben opgewonden, sterk en ook bang, maar dat schijnt erbij te horen als er iets gebeurt wat je leven verandert.

Ruud vermoedt iets. Hij kijkt naar me, op een manier die me niet bevalt. En dan denkt hij: Bo is veranderd. Dat hoor ik heel duidelijk. Er is geen gevaar want hij weet niet van de kamer, hij weet niet van het meisje, maar hij merkt iets aan me. Ik wou dat ik zijn gedachten kon veranderen. Ik wou dat ik machtiger was.

Maar toch. Eindelijk klopt er iets. Eindelijk lijkt alles wat ik heb moeten doorstaan een reden te hebben.

Neem me mee. Dat was alles wat ze zei. Wat ze dacht. Het kwam van heel diep uit haar binnenste. Haar onderbewustzijn. De kern van haar ziel, die begreep dat ze iemand was tegengekomen die haar redden kon. Die met haar kon communiceren op een niveau dat alle andere niveaus overstijgt. Dat van de waarheid.

Neem me mee.

Dus dat deed ik.

Ze stribbelde tegen. Natuurlijk. Want een mens functioneert in lagen. Als een ui. En het binnenste kan iets beseffen terwijl de buitenkant nog in onwetendheid verkeert. Dat is een langzaam proces. Maar weinig mensen snappen dat. Ik wel. Ik besef dat wat mij jarenlang gehandicapt maakte, nu een gave is geworden. Het jongetje in de winkel had het mis. Ik ben niet gek, ik ben uniek.

En dat heb ik altijd geweten.

De lucht trilde boven het asfalt en het zweet stond in Arams nek. De zomer was zonder aankondiging begonnen. Zelfs de weermannen hadden het niet aan zien komen. Geen wolken. Geen vogels. Alleen maar de zon, die de lucht dik maakte en de klok stilzette. Aram droeg slippers. Dat was nieuw. Hij had nog nooit in zijn leven iets anders gedragen dan gympen. Ook onder een pak. Daar had Liz een vreselijke hekel aan. 'Maar Liz is weg, Aram, en jij gaat slippers kopen', had hij tegen zichzelf gezegd, hardop, want ook dat was nieuw; hardop tegen zichzelf praten. Het waren eenzijdige gesprekken, maar aangenamer dan de laatste gesprekken met zijn vrouw waren geweest.

'Weet je wat het met jou is, Aram?'

'Nee, schat.'

'Eigenlijk heb jij genoeg aan jezelf.'

'Genoeg aan mezelf?'

'Ja. Jij kunt het prima in je eentje af. Dat zit in je aard. Niemand nodig. Weet je wel hoe ellendig dat voor mij is?'

Hij herinnerde zich hoe Liz na dit gesprek naar boven was gegaan terwijl hij zich had afgevraagd of ze gelijk had. Waarschijnlijk wel. Maar deed het ertoe? Maakte dat zijn liefde minder waardevol?

Zijn slipper schoot van zijn voet. 'Fuck', mompelde hij, en hij bleef staan en probeerde het ding weer tussen zijn tenen te klemmen. Het duurde hem te lang. Hij bukte en frommelde de slipper aan zijn voet. Belachelijke dingen.

Hij zat op een ongemakkelijke stoel in Viviés wachtkamer. Er lagen tijdschriften maar hij had geen zin om te lezen. Door het openstaande raam hoorde hij gillende kinderen en het gespriets van waterpistolen. Het rook naar droog gras. De deur van Viviés spreekkamer ging open en er kwam een meisje naar buiten. Ze was een jaar of twintig en had lang rood haar. Ze knikte Aram toe en liep langs hem heen de praktijk uit, naar buiten. Ze had net iets te dikke billen voor het spijkerbroekje dat ze droeg. Het zonlicht scheen door haar rode lokken, waardoor het even leek alsof ze in brand stond. Aram dacht aan Mandy, die ook van dat felrode haar had. Hij had jaren niet aan Mandy gedacht. En doordat hij dat deed verscheen, eveneens voor het eerst sinds tijden, ook Bo in zijn gedachten.

Aram zou met Mandy trouwen, dat stond vast. Hij kon zich niet voorstellen dat er ergens in de wereld nóg een meisje met steil rood haar en grote blauwe ogen rondliep dat het leuk vond om af en toe zijn hand vast te houden. En als dat wel zo was, dan hadden ze pech. Want eerlijk gezegd had Mandy van hem ook bruin, blond of paars haar mogen hebben, en dat van die blauwe ogen wist hij niet eens zeker. Ze was simpelweg het leukste meisje van de school, en misschien wel van alle tijden, en ze was zijn vriendinnetje. Niet dat van Boris, niet dat van Thijs of Jeremy, en ook niet dat van Bo: van hem.

Gisteren hadden ze besloten dat de klas het mocht weten. En hun ouders, en de leraren. Tot nu toe hadden ze het voor iedereen geheimgehouden, zelfs voor Bo, uit angst voor treiterijen of lastige vragen over tongzoenen. Maar nu het al vier weken aan de gang was, had Aram besloten dat je het ook kon omdraaien. Hij had een vriendinnetje en de rest van de klas niet. Mandy was knap, en leuk, en alle jongens waren in de afgelopen vier jaar wel een keer verliefd op haar geweest. Het was helemaal geen reden voor hoon en spot, maar voor bewondering en jaloerse blikken. Bo zou hij als eerste op de hoogte stellen. Hij was op weg om hem op te halen voor school en had zoals gebruikelijk geen idee wat hij kon verwachten. Bo was moeilijk te peilen. De laatste tijd nog meer dan anders. Het was alsof alles aan hem voorbijging. Alsof hij in zijn eentje in een bos rondliep en de mensen om hem heen ruisende bomen waren. Hij leek de hele dag te peinzen over een som waar hij niet uitkwam. En dat was best gek voor iemand die niets met sommen of peinzen heeft, dacht Aram terwijl hij het tuinpad naar de voordeur van Bo's huis op liep, zijn All Stars knerpend in het witte grind.

Bo knipperde niet eens met zijn ogen toen Aram vertelde van hem en Mandy. Ze slenterden langs het park richting school en hij had zojuist het hoge woord eruit gegooid. Bo bleef voor zich uit kijken, deed alleen iets wat op knikken leek.

'Vet hè?' probeerde Aram. Bo glimlachte en produceerde een geluidje.

'Ik heb het maar gewoon gevraagd', ging Aram verder. 'Dat was echt supereng, maar stiekem wist ik wel dat ze ja ging zeggen. Dat wist ik heel zeker. Gek dat je dan ineens toch denkt: misschien heb ik het wel mis of zo', hij probeerde met zijn vingers te knakken, maar dat lukte niet. 'Nou ja, het is dus al twee weken zo. We wilden eerst even kijken of het goed ging, zeg maar.'

Bo keek hem aan en sloeg hem flauwtjes tussen zijn schouderbladen.

'Echt heel cool voor je', zei hij. 'Mandy is cool, jij bent cool. Cool', en toen richtte hij zijn blik weer op iets in de verte. Ze liepen onder een rij bloesemende bomen door. Er lagen witte blaadjes op het pad.

'Is er iets?'

'Nee.'

Een windvlaagje pakte wat witte blaadjes op en blies ze over de tegels. In de verte liep iemand met een rolkoffer. Bo had zijn handen in zijn zakken en friemelde hoorbaar ergens mee. Waarschijnlijk snoeppapiertjes. Er gingen seconden voorbij. En uiteindelijk minuten. Aram wist niet wat hij met de situatie moest. Hij was een beetje teleurgesteld, en bezorgd, maar ook ongemakkelijk met alles wat op serieus praten leek – de ongemakkelijkheid die jongens vanuit het niets overvalt en ze jaren in haar greep houdt – en kreeg het niet voor elkaar iets anders te doen dan mee zwijgen met Bo. De stilte zat vol met van alles, als bliksem aan de binnenkant van een wolk. Het was ineens een rare ochtend.

De wandeling van Bo's huis naar school duurde, in het gebruikelijke stiefelgangetje, zeventien minuten. In de tweede minuut had Aram verteld van Mandy. Het haperende gesprek erna duurde ongeveer tot minuut elf. Daarna werd er twee minuten gezwegen. Aram zag dit alles op het horloge dat hij afgelopen winter met Sinterklaas had gekregen. En dus wist hij later ook nog dat na precies veertien minuten het incident met de bus plaatsvond.

Het pad waarop ze liepen slingerde via het park door een chique woonwijk, waarna ze bij een kruispunt aankwamen. Ze hielden in voor het stoplicht, Aram drukte op het knopje en ze wachtten. Het was rustig op de weg. Her en der reed een auto, er waren kinderen op de fiets en een bus, die vanuit de polder aangereden kwam en stopte voor het rode licht. De motor rommelde stationair en Aram keek naar het geel-roze bakbeest, dat volgepropt zat met reizigers. Hij zag chagrijnige gezichten achter deels beslagen ruiten en was blij dat hij buiten stond. En toen keek hij naast zich. Op Bo's gezicht lag een bleke grimas, alsof hij pijn had of duizend kilo verdriet probeerde binnen te houden. Zijn linkerhand had hij om de paal van het stoplicht geklemd. Hij leek zich overeind te moeten houden.

'Bo, gaat het?' vroeg Aram. Geen reactie. 'Bo?'

Bo zei niks. Met uitpuilende ogen keek hij naar de bus, alsof hij hem met zijn blik in beweging wilde krijgen.

'Wat is er Bo? Wat zie je? Wat is er met die bus?'

Bo schudde zijn hoofd.

'Sssst. Shhhht', fluisterde hij, en hij schudde zachtjes op en neer, alsof hij probeerde een huilende baby te kalmeren.

'Bo, wat is er aan de hand?' vroeg Aram nog een keer, maar hij kreeg geen antwoord. Bo staarde naar de bus, ze zagen niet dat het licht op groen sprong en ze mochten oversteken. Pas toen de bus gas had gegeven en door was gereden, de hoek om, richtte Bo zich op. Hij haalde zijn handen over zijn gezicht, stopte ze terug in zijn zakken, mompelde iets wat op sorry leek en liep door, terwijl het licht op rood stond. Er waren geen auto's meer.

'Je mag het tegen niemand zeggen.'

'Oké.'

'Niet tegen je ouders, niet tegen Mandy. Niemand.'

'Oké. Ik zeg niks.'

'Echt niet, hè?'

'Nee.'

'En je mag niet denken dat ik gek ben.'

'Oké.'

Aram had Bo ingehaald en hem bij de mouw van zijn jas gegrepen. Ze waren ongeveer vijftig meter van school en konden het speelplein zien. De laatste leerlingen druppelden naar binnen. Ze waren te laat. Maar dat deed er niet meer toe.

'Ik hoor wat mensen denken', zei Bo zachtjes.

'Wat mensen denken?'

'Ja.'

'Dat hoor jij?'
'Ja.'
'Alles?'
'Nee. Sommige dingen. Ik weet niet. Soms hoor ik niks en soms allerlei dingen door elkaar.'

Aram dacht hier even over na. Kon het een grap zijn? Een heel erg goed geacteerde grap? De oude Bo hield van grappen uithalen. Maar dit was een nieuwe Bo. Van nieuwe Bo wist hij nog niks.

'Gedachten lezen, zeg maar?' vroeg hij.
'Nee. Weet ik niet. Misschien.'
'Stemmen. Hoor je stemmen?'
'Ja. Of geluiden. Iemand die neuriet, soms. Of alleen maar ruis. Af en toe is er een geluid dat lijkt op zuigen. Een stofzuiger of zo. Maar dan eentje die niet op dezelfde plek blijft. Alsof je in een huis bent waarin alle kamers schoongemaakt worden, om de beurt.'

'Sinds wanneer?'
'Een paar weken.'

Aram probeerde iets te vinden van wat Bo hem vertelde. Dat viel niet mee.

'Soms zijn het ook woorden', zei Bo. 'Of delen daarvan. Meestal delen, eigenlijk. Het gebeurt altijd als er iemand in de buurt is. Dan hoor ik het. Vaak maar heel kort. Net als een brandweerauto die voorbijrijdt.'

Aram knikte.

'En daarnet?' vroeg hij.
'De hele bus', zei Bo.

Aram zweeg even. Liet het verhaal op zich inwerken.
'Lieg je?' vroeg hij toen.
'Nee', zei Bo.

'O.' Aram ritste zijn jas dicht.

'Ik heb het aan niemand verteld.'

'Alleen aan mij.'

'Ja.'

Aram wist niet wat hij zeggen moest. Het leek op niks waar hij ooit over had moeten nadenken. Hier waren geen lessen over, en ook geen spreekwoorden, die zijn moeder zo graag aanhaalde als ze iets duidelijk wilde maken. Dit was raar en ongemakkelijk. Alsof iemand hem een strikvraag had gesteld.

'Maar leuk, van Mandy', zei Bo. Aram knikte en glimlachte flauwtjes.

'Je liegt echt niet, hè? Het is geen grapje?'

'Nee!' zei Bo weer, hard deze keer, en hij begon richting het schoolgebouw te lopen. Aram volgde hem.

'Soms zijn dingen wél een grapje, bij jou.'

Bo antwoordde niet.

'Misschien moet je het iemand vertellen?' vroeg Aram. 'Aan je ouders of zo?'

Bo schudde zijn hoofd.

'Gaat niet', zei hij.

'Hoe weet je dat?'

'Gewoon.'

'Gewoon?'

'Ja. Gewoon.'

Ze liepen het schoolplein op. Het gesprek was afgelopen. Bo ging als eerste naar binnen, Aram sloot de deur achter hen. Hij kon zich niet voorstellen dat hij de komende uren ook maar één som zou oplossen.

Later, tijdens een verhaal van meneer Jos over kinderen in derdewereldlanden die al blij waren met een hoepel of een leeg conservenblik en nog nooit van Super Mario hadden gehoord, bedacht Aram twee dingen. Eén: hij geloofde dat zijn vriend daadwerkelijk de gedachten van mensen hoorde, en twee: hij geloofde niet dat het echte gedachten waren. De stemmen kwamen niet uit het hoofd van andere mensen. Ze zaten in Bo zelf. En meteen daarna trok er een vlaag kou door zijn lijf. Hij keek opzij, naar zijn vriend, die zoals gebruikelijk sterretjes zat te tekenen in zijn sterretjes-tekenschrift, en was bang. Dat er iets leuks en moois voorbij was, en er iets heel akeligs stond te beginnen.

'Is Bo erg belangrijk voor je?'

'Pardon?'

'We hadden het over liefde. Maar je begint over die Bo.'

'Ik hád het toch over de liefde? Over Mandy.'

'Ik heb niet het idee dat Mandy het belangrijkste is in dit verhaal. Ik vind Mandy tot nu toe in elk geval helemaal niet interessant.'

'Nou, prima. Dan hebben we het over Bo.'

'Waarom hebben we het over Bo?'

'Jezus, Joep, weet ik veel! Omdat Mandy jou niet boeit? Sorry hoor. Ik zal verdergaan met de opsomming van alle vrouwen in mijn leven tot aan Liz. Lijkt dat je wat? En hoort mijn moeder daar trouwens ook bij?'

'Als jij dat wil.'

'Als ik dat wil ...'

'Vind je dit een onprettig gesprek?'

'Zinloos. Vooral zinloos.'

'Waarom?'

'Jij stelt een vraag. Ik beantwoord hem en dan ga jij de nadruk op allerlei terzijdes leggen.'

'Is Bo een terzijde?'

'En op woorden.'

'Als dit gesprek vervelend voor je is kunnen we het ook over iets anders hebben. Het is maar net wat voor jou belangrijk is.'

'O. Nou. Prima. Zullen we het over voetbal hebben dan?'
'Vind je voetbal belangrijk?'
'Nee. Ik haat voetbal. Dat weet je best.'
'Oké.'
'Oké.'

*

Toen ik klein was logeerde ik weleens bij mijn opa en oma.
Die woonden in een gigantisch huis ergens buiten de stad.
Ik wilde er niet heen maar soms moest het. Ik was daar altijd
bang, van 's ochtends vroeg tot 's avonds laat. Er waren zo
veel kamers dat je er heel vaak alleen was. Ga maar spelen,
Bo, zeiden ze, er is ruimte zat. En daarmee bedoelden ze de
ruimte waar ik hun niet tot last was. Je hebt grote, oude huizen die geluid maken, maar dit huis deed het omgekeerde.
Het was stil. Nu zou ik daar een moord voor doen, maar
toen joeg het me angst aan. En overal waren schaduwen die
leken te bewegen. Op een middag was ik in de gang bezig
met autootjes en een zelfgebouwde schans en toen zag ik een
schilderij hangen waar ik doodsbang van werd. Het was raar
dat het me nog niet was opgevallen, en al even raar dat opa
het in zijn huis had opgehangen. Het was een afbeelding van
een mensenhoofd op een schaal. Met mes en vork ernaast.
De ogen hadden een doodse blik en de mond hing open. Ik
schrok me wezenloos en kreeg het koud en werd misselijk,
en ik rende de gang uit, een paar deuren door, een kamer in
waar ik nog nooit geweest was. Hij was hoog en de muren
waren van donker hout. Geen ramen. Er was veel rood pluche, als in een ouderwets hotel, er hing een kroonluchter en
er stond een grote fauteuil. Een plek waar oude films werden
opgenomen. Er ontbrak alleen nog een pick-up. Tegen een
van de muren stonden twee kasten. Ze waren leeg. Op een

tafel in het midden stond fruit. Dat lag te rotten. Ik ben onder die tafel gaan zitten en heel lang daar gebleven. Ik zag dat ik Mormel – dat is mijn knuffel – bij binnenkomst op de leuning van de fauteuil had neergelegd, maar ik durfde hem niet te gaan pakken. Ik bleef waar ik was, terwijl mijn ademhaling heel langzaam weer haar normale tempo vond. De kou en misselijkheid trokken weg. Ik werd weer rustig en bedacht dat ik me aanstelde; dat het nergens op sloeg zo bang te zijn van een schilderij. Toch bleef ik zitten. Het gekke was: in die kamer leek alles stil te staan. Tijd, de lucht, het leven. Hij leek niet bij de wereld te horen. Werd niet gebruikt en leek daardoor eigenlijk niet te bestaan. Dat was fijn. En ik dacht toen: hier wil ik wel blijven. Hier ben ik veilig. Na een uur vond mijn opa me. We gingen eten.

Ik heb later, toen mijn leven een lawaaierige hel werd, nog heel vaak aan die kamer teruggedacht. Dat ik daar wel weer heen wilde. Daar was het goed. Het was een mooie plek om het leven stil te zetten. Het rode pluche, het hout, de kroonluchter; de kamer was warm, veilig. De kasten waren nog leeg; daar kon je mooi je herinneringen in opslaan. Geordend op datum, zodat je niets zou vergeten. En dan daar blijven. In een nooit veranderend heden. Maar dat was helaas niet mogelijk. Opa en oma waren dood en het huis was verkocht. Ik geloof dat het gesloopt is.

Er waren meerdere 'tegenwoordigs' Arams leven binnengeslopen. Tegenwoordig liep hij bijvoorbeeld naar het centrum in plaats van dat hij de auto nam. Tegenwoordig ging hij naar de dierentuin. En tegenwoordig bezocht hij met regelmaat een café, en dan ook nog hetzelfde café: De Ochtend. Een bruine kroeg met een piepklein terras en altijd dezelfde barman. Henk. Tegenwoordig vond hij dat prettig. Soms had hij er aanspraak en soms niet. Dan zat hij wat voor zich uit te mijmeren terwijl hij pils dronk. Het geroezemoes maakte hem rustig, ja, hij kon zelfs zeggen dat hij er gelukkig van werd. Hij zat er graag, tussen die vier muren voelde hij zich veilig, op zijn plek. Zelfs als het, zoals vandaag, buiten bijna dertig graden was.

Achteraf zou Aram zich afvragen hoe het zo lang had kunnen duren voor het hem opviel. Hij was al te lang binnen, hij had het eerder moeten zien. Maar hij werd in beslag genomen door smoezelige oude Jacques, die hem bij het binnenkomen aan zijn mouw had getrokken.

'Aram! Nog kleine kinderen omvergeschoten?'

'Niet leuk, Jacques.'

'Ik vind jou een goeie jongen, Aram. Jaja. Daarom maak ik er dus juist een grapje over. Anders zou ik dat niet doen. Als ik jou geen goeie jongen zou vinden, Aram, dan zou jij dat wel weten. Jaja. Dan had je dat allang een keer gemerkt.'

'Dat weet ik, Jacques.'

'Want zo ben ik. Goudeerlijk.'

'Jij bent een goudeerlijke vent, Jacques.'

Daarna werd hij kortstondig afgeleid door een groepje meisjes dat naar buiten liep met giechelige trippelpasjes en heel korte jurkjes aan. En toen door een hele lelijke poster van een amateurtheatergezelschap die de wc-deur ontsierde. Hoe dan ook zag hij de vrouw met de blonde paardenstaart, het rode hemdje en een wit rokje te laat. Ze keek voor zich uit terwijl ze aan een glas witte wijn nipte. Aram was niet eens verbaasd haar te zien.

Liz is hier. Natuurlijk is Liz hier.

Er lag een boek voor haar, opengeslagen, maar ze las er niet in. Ze frunnikte wat aan de hoekjes van de pagina's.

Echt waar? Van alle zaken waar je in je eentje een boek kan gaan zitten lezen kies je míjn nieuwe stamkroeg?

Hij keek om zich heen. Het café was verder niet bijzonder gevuld. Er was niemand met wie hij zo gauw een gesprek aan kon knopen. Hij moest rap beslissen en wat hem betreft waren er drie mogelijkheden. Gaan zitten en wachten tot zij hem opmerkte dan wel besloot hem te negeren. Weggaan. En dan was er nog de volwassen benadering: groeten. Wellicht vragen hoe het ging. Iets te drinken aanbieden. Informeren naar het boek en of het goed was.

'Hoi', zei Liz. Ze keek naar hem. Waarschijnlijk al een paar seconden.

'Hallo', nam Aram zijn verlies. Het leek alsof de zon achter de wolken verdween, maar dat was onmogelijk. Hij liep naar haar toe en ging zitten. Gaf Henk een teken. Henk wist wat hij wilde. Een biertje voor Aram. Ineens voelde het ontzettend sullig. Je hand opsteken en dat de barman dan weet wat je wil. Het was iets voor barklevers. En nu dus ook iets voor hem.

Het was een tijdje stil. Ze keken allebei voor zich uit. Achter de bar was een spiegelwand dus ze konden elkaar zien zitten, wat de situatie er niet gemakkelijker op maakte. Ondertussen vertrokken er mensen. Het geroezemoes nam af. Aan de andere kant van de bar zat een groepje melige twintigers, dat was het wel. Er werd een spel gedaan met dobbelstenen en bluffen, en de verliezer moest een shotglaasje goedkope gin wegtikken.

'Zo. Dat meisje al gevonden?' vroeg Aram. 'Die Pandora?' Hij wist dat het niet zo was. Hij had het nieuws – of het gebrek daaraan – nauwlettend in de smiezen gehouden.

'Nee.'

'Wie noemt een kind nou Pandora?'

'Weet ik 't. Haar ouders?'

Aram nam een slok van zijn bier en keek weer voor zich uit. Het geluid van een zigeunerig straatbandje kabbelde door de openstaande deuren naar binnen.

'Is het nu een vervelende situatie?' vroeg hij. 'Dit?'

'Ik weet niet.'

'Of gewoon ongemakkelijk?'

'Dat in elk geval.'

Hij grinnikte gemaakt. Grabbelde wat nootjes uit het bakje dat de barman zo-even voor hen had neergezet, maar stopte ze niet in zijn mond.

'Je ziet er zomers uit', zei hij.

'Ja.'

'Staat je goed.'

'Het is te warm voor broeken.'

'Klopt.'

'En ik ben vrij vandaag.'

Het was even stil.

'Wij zijn nooit types voor een vechtscheiding geweest', zei hij. Hij had geen idee wat dat betekenen moest. Maar het was beter dan stilte. Alles was beter dan stilte. Hij begon nootjes te eten.

'Nee?'

'Nee.'

'Wat voor types zijn we dan?'

Hij haalde zijn schouders op. Viste zijn pakje sigaretten uit zijn broekzak maar bedacht zich. Om te roken moest hij naar buiten.

'Je bent ver de stad in, voor jouw doen', zei Liz.

'Ja, dat is nieuw.'

'O, oké.'

'Mijn therapeut vindt dat dat goed voor me is. Gewoontes doorbreken.'

'Je therapeut ...'

'Ja. Joep.'

Liz grinnikte. 'Joep is een goede naam voor een therapeut.'

'Hij ziet er ook uit als een Joep.'

'Uiteraard.'

'En het is een beetje een idioot, ook.'

Henk verwisselde een jazz-cd voor Bruce Springsteen. Het volume stond net te hard.

'Waarom ben je in therapie?' vroeg Liz.

'Was jouw idee.'

'Ja. Maar ik ben weg.'

'Klopt.' Hij knikte naar de barman ten teken dat er nieuw bier kon komen.

'Helpt het?'

'Mwah.'

Of het nu de bedoeling was of niet, Henk zette Liz een vol

glas wijn voor, en tussen hen in een nieuw schaaltje nootjes. Later die avond zou Liz zeggen dat dat het punt was waarop ze wist dat ze nog één keer met elkaar naar bed zouden gaan. Maar dat was waarschijnlijk niet waar, een verfraaiing van de feiten, zoals mensen dat soms doen om hun daden in een minder pijnlijk daglicht te zetten. In werkelijkheid werden ze in de twee uur die volgden gewoon vreselijk dronken. In werkelijkheid zat er geen gedachte achter, was het geen goedmaakseks, geen begin van iets, noch een definitief afscheid. Het was een stomdronken vrijpartij met de wederzijdse instemming van twee mensen die het ook allemaal niet wisten. Die aan een nieuw leven beginnen net zo onmogelijk vonden als ieder ander. Die wisten dat het voorbij was maar nog niks nieuws hadden verzonnen, en nog voordat een van hen klaarkwam in slaap vielen, naast elkaar, in Liz' nieuwe tweepersoonsbed. Dat waren de feiten. Maar die gingen niemand wat aan.

Het was donker en hij kon slechts een meter voor zich uit zien. Achter hem ademde het lichaam dat hij zo goed kende in een traag slaapritme de stilte aaneen. Bij iedere stap die hij zette zonken Arams voeten weg in het hoogpolige tapijt. Alsof hij over mos liep. Sinds wanneer houdt Liz van hoogpolig tapijt? Of lag het er al toen ze hier introk en vond ze het wel best zo? In het donker kon hij niet zien welke kleur het was, dat zou hem al een flink stuk wijzer maken. In elk geval was het hele huis ermee bekleed, merkte hij toen hij de overloop op sloop, Liz slapend achterlatend in een tweepersoonsbed dat hij ook nooit eerder gezien had.

Wat ga je doen Aram? vroeg hij zichzelf terwijl hij probeerde te ontwaren waar er sprake was van deuren en waar van een trap. Was dronken op je ex-vrouw klauteren niet dom genoeg? Ga je nu haar huis overhoophalen, op zoek naar iets hartverscheurends, of juist iets hoopvols? Dat is een beetje zielig, vind je ook niet?

Nou en of, zei hij bij zichzelf, en hij opende een deur. De badkamer. Hij grabbelde wat in het rond en vond een touwtje, en een meedogenloos tl-licht verblindde hem voor enkele seconden. Hij knipperde wat en wreef in zijn ogen tot de zwarte vlekjes verdwenen, en keek toen rond. Het was een kleine badkamer. Een wastafel met een ouderwets bespiegeld medicijnkastje erboven, een wc, een douche zonder gordijn en een handdoekrek. Er hing één handdoek aan.

Een groezelige gele, die hij herkende.

Mooi, dacht Aram, hoe minder handdoeken hoe beter. En vervolgens: ik ben niet helemaal goed bij mijn hoofd. Hij deed het licht uit, sloot de badkamerdeur en keek voor zover dat ging om zich heen. Er was nog een deur. Hij legde zijn hand op de koude klink, drukte hem zachtjes naar beneden en opende de deur zo voorzichtig mogelijk, om eventuele roestige scharnieren geen kans tot knarsen te geven. In de kamer naast hem hoorde hij het zachte geritsel van over elkaar schuivende lakens. Hij bevroor. Wachtte. Er gebeurde niks. Liz sliep nog, had zich waarschijnlijk omgedraaid. Er was niets aan de hand. Twee stappen naar voren en Aram was in wat Liz' werkkamer moest wezen. Hier in dit vertrek viel maanlicht door het raam. Hij hoefde niet op zoek naar de lichtknop om te kunnen zien dat er een bureau stond met bijbehorende ergonomische stoel, een systeemkast met mappen en een prullenmand. In de hoek, op een krukje, een koffiezetapparaat. De muren waren kaal. Geen foto's, geen prikbord, geen posters of schilderijen. Hier werd gewerkt en niets anders.

Hij liep naar het bureau. Er lag een opengeslagen dossiermap met een wirwar aan formulieren, verslagen en foto's. Ernaast een half leeggedronken kop koffie. Hij herkende de mok. Hij pakte hem op en hield hem een tijdje vast. Bij de scheiding hadden ze het serviesgoed fiftyfifty verdeeld. De koffiemokkencollectie was in totale willekeur opgesplitst, geen van beiden had er enig belang in gezien en liefdeloos waren de stukken aardewerk in papier verpakt en in een doos gestopt. Deze, met Garfield erop, was dus blijkbaar met Liz meegegaan. Hij keek naar de opdruk. Garfield sloeg het hondje Odie op zijn hoofd met een enorme houten hamer. 'Goeiemorgen!' stond eronder.

Aram zette het ding terug en keek naar het dossier dat voor zijn neus lag. Hij zag meteen dat het over het verdwenen meisje ging. Een zaak waar Liz blijkbaar nog steeds tot aan haar nek in zat. De media zwermden ondertussen langzaam verder; de journaalitems en krantenartikelen werden steeds korter. Er was van alles gaande in de Gazastrook en ook was er een wereldkampioenschap voetbal losgebarsten. Maar Liz zocht verder. Zonder al te veel hoop, ongetwijfeld. Hij bladerde wat. Zag krantenartikelen die hij ook gelezen had, foto's van ogenschijnlijk willekeurige plekken en uitgetypte verslagen van vergaderingen en verhoren. Dit is niet oké, dacht hij, al grasduinend, ik kan dit niet maken. Maar hij rommelde verder, met een samentrekkend gevoel van heimwee in zijn maag. Dit deden we samen, dacht hij. Aan de keukentafel, de witte die nog bij mij staat en waar al maanden geen dossiermap meer op heeft gelegen. Hij stopte, keek uit het raam, naar de levenloze wereld buiten. Ergens, een kilometer of wat verderop, lag zijn huis. Daar hoorde hij vanaf nu te slapen en het was belangrijk dat goed te onthouden. Hij hoorde niet meer thuis in het leven van zijn ex-vrouw. En hij moest van haar spullen afblijven. Het was mooi geweest. Hij had zijn kleine momentje van verzet gehad. Stiekem rondgesnuffeld zonder iets te vinden. En net toen hij besloot alles weer precies terug te leggen zoals hij het had aangetroffen, viel zijn oog op een naam. Een naam die even, heel even, een ijskoude schokgolf door zijn lichaam joeg. Twaalf letters op glimmend papier, die hem recht vanuit het verleden aanstaarden. Hij wilde slikken, maar zijn keel was ineens gortdroog.

In de slaapkamer hoorde hij Liz iets mompelen. Het bed

kraakte. Lakens werden teruggeslagen. 'Aram?' riep ze toen. Hij zei niets, bladerde zo stil mogelijk door het dossier. Er moest meer informatie zijn! Er moest een reden zijn waarom hij dit tegenkwam. Maar hij vond niks: er waren te veel zinnen, te veel krabbels en zijn ogen hadden te veel haast.

Hij hoorde haar in de slaapkamer uit bed stappen, sloeg het dossier dicht, sloop zo snel als hij kon naar de deur, schoot erdoorheen, linksaf, de badkamer in. Snel klikte hij twee keer met het licht, trok de wc door en stapte weer naar buiten. Liz stond naakt voor zijn neus.

'Tja', had de dokter gezegd. Letterlijk. 'Tja'. Ze wisten zo een, twee, drie niet waarom Pandora niet kon praten. 'Haar stembanden zijn in orde ...'

Pandora was anderhalf toen ze voor het eerst aan de bel trokken, had haar moeder verteld. In de jaren die volgden waren er testen geweest, tientallen, de ene nog raarder dan de andere, maar een antwoord was er nooit gekomen. Pandora was niet schizofreen, niet 'catatonisch door een aantoonbaar trauma' – de woorden stonden in haar geheugen gegrift, zonder betekenis – ze had geen conversiestoornis en ook geen stembanddefect. Ze kon gewoon geen woord uitbrengen. Ze had ze wel, de woorden, ze zaten in haar hoofd en vormden zinnen die ze kon opschrijven, vertalen naar gebaren, wat dan ook. Maar haar tong bleef roerloos in haar mond liggen, als een bange puppy tijdens zijn eerste training.

'Tja', zei ook een andere dokter, een grijze man die naar groente rook. 'We noemen dit mutisme, maar dat is een beetje een verzamelnaam. De reden weten we niet altijd. Meestal wel, soms niet. Net zo goed als dat we niet weten of ze ooit nog gaat praten.'

De eerste zes jaar van haar leven was Pandora kwaad. Ze lachte niet, speelde niet. Ze keek wrokkig om zich heen naar een wereld waar ze niet bij hoorde. Dat ze zich niet kon uitdrukken zoals anderen maakte haar razend. Niet alleen miste ze het vermogen om te praten, ook krijsen van ellende was niet voor haar weggelegd. Hartverscheurend huilen, schateren om een grap, gillen van schrik; het waren gereedschappen die ze alleen bij anderen zag. Die zij ook wilde, omdat ze net zo veel voelde als ieder kind. Net zo veel zag, net zo veel dacht. En het kon nergens heen. Als een baby die de pest in heeft omdat hij nog niet kan kruipen, sloeg ze regelmatig met haar vuisten op tafel of op de grond, buiten zichzelf van woede. Ze strafte zichzelf door op haar tong te bijten, hard, tot het bloedde, en ze sloot zich af voor iedereen die probeerde haar bij het leven te betrekken.

En op een dag was het voorbij. Op die dag creëerde ze de kamer. Het idee was langzaam ontstaan, als een plantje in haar binnenste, en had elke dag een beetje meer vorm gekregen, tot ze wist wat het was. Tot ze begreep wat ze nodig had. Toen begon ze met bouwen. Dat deed ze in bed, op school, overal, tijdens elk moment dat ze de tijd en ruimte vond om haar hoofd binnen te gaan. In het begin moest ze haar ogen nog sluiten, maar later lukte het ook terwijl ze gewoon voor zich uit keek. Ze werkte aan de muren, de vloer, het plafond, ze zorgde dat het beeld duidelijk was. Dat het altijd hetzelfde zou zijn. Dat ze er kon ademen. En dat de muren zwart waren. Zo zwart als een schoolbord. Dat was belangrijk. En toen het af was, was alles anders. Ze voelde dat ze mee kon doen. Dat wat voorheen nergens heen had gekund, nu een plek zou krijgen. En voor het eerst voelde ze dat ook zij misschien zou kunnen kloppen. En gelukkig zou kunnen worden. Ze probeerde niet meer te treuzelen omdat ze niet naar school wilde. Ze poetste haar tanden, at haar ontbijt en kleedde zich aan, en op de een of andere manier voelde het alsof ze vijf kilo lichter was. Ze was niet kwaad meer. En ook niet bang. Toen haar moeder haar vroeg of er iets veranderd was, keek ze haar aan en knikte. Dat kon ze zich nog goed herinneren. Dat, en dat het zomer was. Net als nu, maar ontzettend anders, omdat ze toen de zon kon zien.

Aram zat op de bank en keek naar een documentaire over een dikke vogel die niet kon vliegen. Het beest leefde op een eiland ergens onder Nieuw-Zeeland en was volgens de presentator van een dusdanige stupiditeit dat het een wonder was dat hij überhaupt nog bestond. Ook zijn naam, de kakapo, had hij niet mee. Hoewel het dier het vliegen verleerd was vergat hij dat steeds, zodat hij om de haverklap uit bomen donderde. Ook vertrapte hij zijn eigen eieren met zijn grote, lompe poten en zag hij in alles – van boomstronken tot cameramensen – een paringspartner. Aram hief zijn glas wijn naar het scherm.

'Proost, stom beest', zei hij en hij dronk op de arme kakapo die, bedacht hij, niet eens zo heel veel van mensen verschilde. Vergeet steeds wat hij wel en niet kan en vertrapt zijn eigen toekomst. Proost, proost en nog eens proost.

Wat doet de naam Bo Flinterman in dat dossier? De vraag overviel hem om de zoveel uur, op de meest betekenisloze ogenblikken. Als een ingeprente *note to self* in de trant van: vergeet geen wc-papier te kopen. Wat had die arme dwaas in godsnaam te maken met een politieonderzoek naar een vermist kind? Was hij verdachte? En wist Liz dat Aram vroeger uren met deze Bo had doorgebracht, achter elkaar aan fietsend in parken, vuurwerk door brievenbussen gooiend, muziek luisterend? Daar moest hij weleens over verteld hebben. Kon niet anders. Na een paar jaar huwelijk zou je zeggen dat hun beider jeugd uit en te na besproken en omgespit was. En dan zijn schuldgevoel. Daar moest hij Liz toch ook over verteld hebben? Over zijn tekortkoming als vriend, als vertrouweling. Zoiets deel je met je vrouw. Juist omdat je het nog nooit met iemand anders hebt besproken. Maar waarom kon hij zich dat gesprek dan niet herinneren? Of zou het nooit hebben plaatsgevonden? Was dat mogelijk? Natuurlijk, dacht Aram terwijl hij zichzelf meer wijn inschonk, natuurlijk is dat mogelijk.

Op de tv viel de kakapo voor de zoveelste keer van een tak. De presentator grinnikte als een moeder die haar kind op zijn beluierde kont ziet kukelen tijdens zijn eerste pogingen om te lopen.

Natuurlijk is het mogelijk, ik heb Liz wel meer niet verteld. Ik heb Liz in het ellendigste jaar van mijn leven zelfs helemaal buiten weten te sluiten. Dus waarom zou ik geen vriend verzwegen kunnen hebben? En evengoed niks hebben gezegd over mijn angst debet te zijn geweest aan zijn ondergang?

Laten we eerlijk zijn, Aram de Smet, een open boek ben je nooit geweest.

Aram stond op en zette de tv uit. Hij wilde Liz bellen, maar zijn telefoon stond uit, zoals die tegenwoordig meestal uitstond, en dat was goed. Dat was 'Het leven van Aram de Smet 2.0'. En daar moest hij van leren houden.

*

In de eerste dagen nadat mijn 'antenne' zich had geopenbaard, was mijn voornaamste streven: niks laten merken. Vooral niks laten merken. Mensen die stemmen horen worden opgesloten, volgespoten, belanden in een witte kamer met zachte muren en komen daar nooit meer uit. Dat ging mij niet gebeuren. Ik kon toch zeker wel veinzen dat er niks met me aan de hand was? Het zou best goed komen. Zo dacht ik natuurlijk niet echt. Ik was een kind en voornamelijk bang. Maar niemand mocht iets weten. Niemand zou het merken. De gedachte dat ik misschien helemaal niet gestoord was kwam pas later.

Vanmorgen ben ik vroeg opgestaan. Heb me in mijn kleren gewurmd en een hele gore mueslireep naar binnen gepropt. In de hal die onze woonkamer is kwam ik Ruud en Femke tegen. Femke woont hier sinds twee dagen. Ze is dakloos geraakt vanwege een ontruiming en heeft onze kelder gekregen. Ik had het liever niet, maar Ruud kende haar van een feest en wil geloof ik via deze constructie seks met haar afdwingen. Als Ruud seks in het vizier heeft, heb je niks meer aan hem. Dan hoor ik hoe het testosteron tussen zijn oren klotst. Hij denkt niet meer in woorden maar in geluid, in zweet en in hitte. Het is walgelijk om daar getuige van te zijn. Ik neem me bij dezen voor zo min mogelijk in de buurt te zijn als Ruud met Femke praat.

Ik moet bovendien de hele tijd op mijn hoede zijn. Nu meer dan ooit. Hoe meer mensen zich in mijn omgeving bevinden, hoe groter het risico ontmaskerd te worden. Het vuur wordt nu al opgestookt onder mijn voeten.

Gisteren kwam er een agent aan de deur. Een vrouw. Of het was een rechercheur. In elk geval iemand van de politie. Ik ben gezien bij het bos. Het bos waar ik haar gevonden heb. Een voorbijganger heeft me geïdentificeerd als iemand die daar vaker komt. De agent had het over een vermissingszaak. Of me iets was opgevallen. Had ik misschien iets geks gezien? Een oude man die een meisje lastigviel? Of wellicht iets gehoord? Wat dan ook? Ik werd bloednerveus, maar volgens mij heeft ze niks gemerkt. Ik heb natuurlijk ontkend. Niks gezien. Sorry agent. Ze liet een foto zien. Het was mijn meisje, maar dan veel minder dun en lachend. Pandora de Jager, zo heet ze.

Ik ben blij dat ik dat nu weet. Misschien had ik kranten moeten kopen. Televisie moeten kijken, gesteld dat ik een tv zou hebben. Ik had op onderzoek uit kunnen gaan. Meisjes die uit het niets verschijnen bestaan niet, die komen ergens vandaan. Ik heb niet uitgezocht waar Pandora vandaan komt en dat is slecht. Ik denk haar te kunnen beschermen, maar hoe kan dat als ik blind vaar? Morgen ga ik naar de winkel. Of naar de bibliotheek. Kranten lezen. Notities maken.

De agent ging weg. Ruud was helemaal over de rooie. Wat de politie aan onze deur moest? Of we weer ons huis uit geflikkerd zouden worden? Ik geloof niet dat we daar bang voor hoeven te zijn. Deze agent is met andere zaken bezig.

Maar ik moet oppassen.

Ik word als potentiële getuige gezien. Dat moet zo blijven. Ik mag geen verdachte worden. Voortaan kan ik niet meer overdag naar de kamer. Dat is te link. Als ze me volgen, is alles afgelopen. Dan vinden ze Pandora en nemen ze haar mee. Zetten ze haar terug in de bewoonde wereld. Dan is ze in gevaar. Dat mag ik niet laten gebeuren, onder geen beding. Het komt nu aan op karakter.

Neem me mee, dacht ze. Je moet me beschermen, dacht ze. Dus dat doe ik. Ze is in gevaar. Er zitten mensen achter haar aan. Ik wil weten wie het zijn, maar je kunt een geest niet zomaar openbreken. Ik kan niet als een dief naar binnen en zoeken wat ik nodig heb. Momenteel fragmenteert ze nog te veel. Ze is in conflict. Met zichzelf en met mij. Ze moet tot rust komen.

Dan komt alles goed.

'Maar weet je ook waar hij nú woont?' vroeg Aram. Aan de andere kant van de lijn werd gezucht.

'Aram, ik heb Bo al in geen zes maanden gesproken. Het interesseert me niet. Eerst woonde hij in het ene kraakpand, toen in het andere. Mij een zorg.' Leon Flinterman maakte een ploppend geluid met zijn mond, waarschijnlijk ten teken dat het gesprek wat hem betreft afgelopen was.

'Ken je iemand die het wél weet?'

'Serieus, Aram, ik ben allang blij dat hij niet meer langskomt op de familiedinertjes. Dat hij niet meer belt om geld te lenen.'

Aram zweeg. Hij wist niet echt een vervolgvraag. Het was een tijdje stil. Leon rommelde wat.

'Hier, ik heb het nummer van Ruud. Da's een vriend van hem. Woonde hij af en toe mee samen. Zou niet weten of die nog leeft, laat staan of dit nummer nog werkt, maar soit, probeer het maar', en hij noemde een reeks cijfers op. Aram schreef hanepoterig mee.

'Dank je, Leon!' zei hij toen het genoteerd stond, maar de klik die daar meteen op volgde gaf aan dat Bo's neef hem al niet meer hoorde. Aram hing op en stopte zijn telefoon terug in zijn zak. Zijn telefoon, waarin Liz' laatste berichtje nog na schroeide.

Blijf met je poten uit mijn spullen Aram. En blijf uit mijn leven vanaf nu.

Ze had blijkbaar gezien dat het dossier niet helemaal lag zoals zij het had achtergelaten. Pech. Buiten kefte een hondje, hard en hoog.

'Hubert, ben jij dat?' mompelde Aram terwijl hij opstond en naar de koelkast liep. Er was sinaasappelsap en bier. Half zes. Hij pakte sinaasappelsap. Terwijl hij grote slokken nam dacht hij aan Bo, aan Liz en aan het vermiste kind. Sommige samenlopen der omstandigheden kon je niet negeren. Hij zette het pak terug en veegde zijn mond af met de rug van zijn hand. En hij ging op zoek naar zijn hardloopschoenen.

Bezweet leunde hij twintig minuten later tegen een boom. Hij was nog maar net onderweg maar nu al pompte zijn hart in zijn borst als een gejaagde discobeat. Zijn hardloopschoenen wrongen en schuurden, voelden als houten klompen, gekocht bij een of andere toeristische doe-boerderij. Hij probeerde zijn piepende adem te reguleren. Puf, twee, drie, puf, twee, drie – ik lijk wel een zwanger wijf in een trainingspak – puf, twee, drie.

'Dag buurman!'

Hij keek op. Daar stond een man, kalend en gekleed in een lange jas zoals voetbalcoaches die vroeger droegen; alweer een buurtgenoot die hij nog nooit gezien had.

'Lekker aan het hardlopen?'

Aram knikte. Hij ging rechtop staan, ook al werd hij daar duizelig van.

'Lang niet meer gedaan, zo te zien?' lachte de man vrolijk. Hij liet een sigaarstompje tussen zijn vingers heen en weer rollen. Aram schudde van nee. De man stak het stompje tussen zijn dunne lippen. 'De meeste mensen herpakken zoiets als de zomer eraan komt, om strak en fit te zijn voor het strand. Niet als hij al zo goed als voorbij is.'

'Ik heb de zomer overgeslagen', zei Aram.

'Aha! Heel verstandig', zei de man. 'Nederlanders horen niet in de zon. Daar worden we rood van, rood en koortsig, en dan gaan we domme dingen doen.'

'Ik heb daar de zon niet voor nodig.' Aram voelde het zweet op zijn rug langzaam afkoelen.

'Heel goed!' lachte de man. 'Zo is het natuurlijk ook weer!' Hij grabbelde een zippo uit zijn zak en stak het stompje aan. 'U hebt uw aandeel in stommiteiten wel gehad voor dit jaar, of niet?'

Aram was te uitgeput om kwaad te worden, of misschien was hij te vaak kwaad geweest en was de woede op, dus hij knikte, ondertussen eikels wegtikkend met de neus van zijn schoen.

'Ach', zei de man. 'Die dingen gebeuren. Als je op het randje wil leven, dan moet je stilzitten als je geschoren wordt. Daar moet je niet voor wegrennen.' Hij boog zich heimelijk naar voren en grijnsde. 'U bent er toch niet voor aan het wegrennen, mag ik hopen?'

Laat me met rust, ouwe gek, dacht Aram, maar hij zweeg. Hij keek naar zijn pols, waar geen horloge meer om zat, en daarna naar de horizon, waar de zon bezig was achter een stel huizen te zakken. Hij dacht aan een bord macaroni.

'Ik maak maar een grapje, natuurlijk', zei de man. 'Wat gaat het mij nu aan waarom u aan het rennen bent? Geen reet, meneer! Als ik u was zou ik geen antwoord geven!' Hij gooide het restantje van zijn sigaar op de grond en vertrapte het. 'U moet gewoon lekker hollen en draven, als u daar zin in hebt. Dan ga ik me thuis fijn met mijn eigen zaken zitten bemoeien. Ik wens u een genoeglijke avond!' De man tikte tegen zijn hoofd bij wijze van groet en draaide zich om. Terwijl hij wegliep, besloot Aram zijn voornemen om kennis te maken met de buurt nog eens te heroverwegen.

Eenmaal thuis nam hij een rappe douche, at wat yoghurt en zette zichzelf achter de computer. Het scherm van daarstraks stond nog open, evenals de resultaten van de zoekopdracht 'Pandora de Jager', verspreid over een stuk of veertien tabbladen. Hij nipte van zijn thee en las. Het was een oerwoud van zinnen die hij al eens had zien staan, details die hij al kende en speculaties die inmiddels ontkracht waren. Pandora en Jonas de Jager, veertien en negen jaar oud, waren twee jaar geleden in de gemeente komen wonen, samen met hun moeder Manja. Vader Leen was enkele jaren daarvoor omgekomen door een noodlottige toestand met een wesp. Pandora leed aan een tamelijk unieke vorm van mutisme, al vanaf haar geboorte. Ze was naar een gewone basisschool gegaan, maar vanaf haar twaalfde kreeg ze thuis les van haar moeder en een leraar die af en toe langskwam. Ze leek gelukkig. Een slim meisje. 28 mei van dit jaar: Pandora verdwijnt spoorloos. En blijft spoorloos.

Aram leunde achterover en grasduinde verder. Moeder wanhopig, beloning van tienduizend euro voor tip die leidt tot opsporing, alles wat ook maar leek op een rivier of plas in de nabije omtrek leeggedregd. En vervolgens: moeder raakt betrokken bij vechtpartij in de supermarkt … Hij vergrootte de foto bij het laatste artikeltje en keek ernaar. Manja Zerbst, van Duitse komaf, weduwe van Leen de Jager, moeder van Pandora en Jonas, timmert in een buurtsuper een voordringende puber in elkaar, stort daarna huilend ter aarde en wordt afgevoerd door de politie. Op de foto kijkt ze glimlachend in de lens. Een mooie vrouw. Brede mond, spitse neus, golvend donkerbruin haar. Een jonge, aantrekkelijke moeder die alles voor het uitkiezen had gehad, maar wier leven nu verkruimeld was tot een hoopje ellende. Aram nam een slok van zijn thee. Hij las verder – had de artikelen op chronologische volgorde gesorteerd – maar vond niets meer over mevrouw Zerbst. Ook niet over de beloning. In de keuken klonk een ping-geluid ten teken dat de pizza klaar was.

Die nacht droomde hij voor het eerst sinds de scheiding over Liz. Ze lag op haar rug in het gras. Hij had zijn handen onder haar billen en kuste de binnenkant van haar blote dijen. Langzaam verplaatste hij zijn mond naar het midden en likte langzaam over haar schaamlippen. Daarna drukte hij zijn lippen erop en liet zijn tong naar binnen glijden. Ze kreunde en bracht haar billen omhoog in zijn handen. Hij voelde de zon in zijn nek branden en proefde het zout van haar geilheid. Haar vingers woelden door zijn haar. Toen hoorde hij een krijs, hard en hoog, een aangehouden schreeuw die zich als een mes in zijn trommelvliezen boorde. Hij schoot overeind en keek om zich heen. Een paar meter van hen af in het weiland stond een meisje. Haar mond en ogen opengesperd, ze wees naar hen. Gillend als een hysterisch speenvarken bleef ze wijzen, alsof ze niet naar twee blote mensen maar naar wurgslangen keek, en Aram schoot in zijn broek en krabbelde op zijn voeten. Toen pas zag hij dat Liz niet bewoog. Dat ze roerloos bleef liggen, haar ogen naar de hemel geslagen, terwijl het gras om haar heen langzaam rood kleurde. Een diepe snee liep overdwars over haar keel, waar het bloed in golven uit gegutst kwam. Hij zag de binnenkant van haar keel, rauw vlees, kneep zijn ogen dicht en schreeuwde met het meisje mee. Toen hij ze opendeed was het weiland leeg. Het meisje en Liz waren verdwenen, het bloed ook, en alles wat hij nog zag was de donkere lucht, het wuivende gras, en een tafel die een meter of dertig verderop stond. Een tafel met een wit kleed en twee stoelen ernaast. Hij was niet gedekt, op één schaal na. Een schaal met een deksel erop. Verder niks. En hij wist dat hij niet naar die tafel toe moest. Dat hij de inhoud van die schaal niet wilde zien. Want wat er onder dat deksel zat was verschrikkelijk. Toch begon hij erheen te lopen. Hij probeerde zichzelf tegen te houden, beval zijn benen te stoppen, maar het had geen zin. Met langzame passen die hij niet vrijwillig nam, kwam hij dichter en dichter bij de tafel, en bij de schaal, en hij wist dat het nog maar een paar seconden zou duren voor hij het deksel op zou tillen. Hij had het nog niet gedacht of zijn handen begonnen zich uit te strekken, al evenzeer op eigen kracht, en hij sloot zijn ogen weer om het niet te hoeven zien, om maar niet te hoeven weten wat het was, daar in die schaal. Hij voelde hoe zijn bovenbenen de tafelrand raakten en hij tot stilstand kwam. En hij voelde zijn handen over het koude aardewerk van het deksel glijden, op zoek naar het handvat. En hoewel hij zich met alles wat hij in zich had verzette, gingen zijn oogleden langzaam open en keek hij omlaag. Hij schreeuwde en werd wakker.

Hij zat rechtop in bed. Zijn deken lag ernaast en hij was kletsnat van het zweet. Hij stond op, liep naar de badkamer, draaide de kraan open en gooide een plens koud water in zijn gezicht. Daarna dronk hij tot zijn buik zeer deed. Hij richtte zich op en keek in de spiegel. Ik heb niet gezien wat er in die schaal lag, dacht hij. Ik heb het níét gezien. En ik ga niet meer terug naar bed.

'Heb je er met iemand over gepraat?'

'Ik zei toch dat ik dat niet wil, Aram.'

'Misschien weet meneer Jos iets.'

'Hoezo?'

'Nou, met wie je zou kunnen praten. Over wat het is.'

'Ik heb toch gezegd wat het is.'

'Je hoort mensen denken.'

'Ja.'

'Je komt in hun hoofd terecht. Als een hacker. Je hackt ze.'

'Ze hacken mij. Alleen weten ze dat niet.'

'Maar Bo … kan het niet zijn dat het … Nou ja, weet ik veel.'

'Dat ik het verzin?'

'Nee. Gewoon. Dat het iets anders is.'

'Hou je bek.'

'Kan toch?'

'Kom eens hier.'

'Waarom?'

'Doe gewoon. Ik ga je geen pijn doen. Kom eens met je oor.'

'Met mijn oor … Hé! Kap eens! Kappen! Laat los!'

'Dat hoor ik dus. Dat gesuis. Maar dan met stemmen.'

'…'

'De hele dag.'

De herinnering aan hoe ze hier terecht was gekomen, kwam pas dagen nadat de man haar had meegenomen weer bovendrijven in haar gedachten. Lang nadat ze was opgesloten, achtergelaten in het donker.

Ik ben weggelopen. Ik had ruzie met Jonas.

Haar broertje had haar geduwd. Ze waren in de tuin, die diepe, dichtbegroeide tuin achter het huis waar ze nog niet zo lang woonden, en ze speelden een spel waar Pandora zich te oud voor voelde. Ze begreep de regels ook niet helemaal. Jonas deed heel druk met een stel waterflessen en een bal, en ze liet zich gelaten dirigeren. Jonas had het naar zijn zin en dat was genoeg voor haar. Maar het spel duurde lang. En haar enthousiasme nam langzaam af, hoewel ze haar best deed. Af en toe moest ze iets oppakken en ergens anders neerzetten en soms vloog ineens de bal naar haar hoofd. Die ontweek ze dan. Op een gegeven moment was Jonas met zijn bezigheden gestopt en had verongelijkt gezegd: 'Je doet niet mee.'

Pandora was het beu en haalde haar schouders op. Ze begreep het spel gewoon niet. En ze kon geen vragen stellen. Dat wist hij.

'Het is supermakkelijk!' riep Jonas. Pandora schudde van nee. Jonas werd rood. Hij was moe en dan werd hij snel driftig. Later had hij altijd spijt.

'Je verpest het expres!'

Pandora glimlachte. Ze had geen zin in dit gezanik. Ze wilde naar binnen, in bad. Ze was bezweet en voelde zich vies. Ineens stormde Jonas op haar af. Hij plantte zijn kleine handpalmen tegen haar borst en duwde haar achterover. Ze viel in het natte gras.

'Zeg iets, stom wijf!' gilde hij, en meteen trok hij bleek weg. Hij draaide zich om en rende naar binnen, met glazige kraalogen die op huilen stonden.

Pandora krabbelde op. Veegde de aarde van haar handen. Ze trilde. Ze pakte met haar ene hand haar andere vast om het tegen te gaan, maar het hielp niet. Het ene lichaamsdeel stak het andere aan, alsof ze het koud had. Het was niet koud. Er begonnen tranen in haar ogen te ontstaan. Binnen hoorde ze stemmen. Haar broertje op hoge toon en haar moeder, zoals gebruikelijk zalvend en klaar om alles met snoepgoed of blikjes Red Bull in de kiem te smoren.

Ze liep naar het uiteinde van de tuin en klom over het hekje. Hier had ze geen zin in. Ze wilde geen eenzijdig gesprek. Niet met haar broertje en niet met haar moeder. Geen sorry horen van Jonas waar ze niks op terug kon zeggen. Ze wilde niks. Gewoon even niks. Achter haar ging een deur open. Ze hoorde haar moeder roepen. Ze wachtte niet maar rende het bos in dat zich achter hun huis uitstrekte. Het begon te schemeren, maar ze zag het niet.

Het bos was dik en donker. Er liepen een paar wandelpaden doorheen. Ze was er weleens geweest met haar moeder, en met kinderfeestjes, een keer tijdens een excursie, maar nooit alleen. Na een paar honderd meter kwam ze bij een open plek. Er stonden een picknicktafel en een lantaarnpaal. Aan de picknicktafel zat een oude man. Grijs haar, een stoppelbaard, een vaalblauwe regenjas. Hij dronk bier. Pandora stopte met rennen en wilde zich omdraaien, maar de oude man had haar al gezien.

'Hallo, meisje.'

Hij keek haar strak aan en lachte. Of dat probeerde hij, in elk geval. Zijn mond werkte niet mee. Pandora stak haar hand op, wat ze meteen heel gek vond en ook nogal dom van zichzelf.

'Wat doe jij hier?'

Ze bewoog niet. Keek naar de neus van haar schoenen en vroeg zich af wat ze moest doen. Zich langzaam omdraaien en teruglopen? Of juist rennen? Of de man laten praten, erachter komen dat hij misschien heel aardig was? Dat hij gewoon alleen maar even wilde kletsen, omdat hij zich alleen voelde. Ze wist het niet. Dus ze bleef staan waar ze stond en porde wat met de neus van haar schoen in de bladeren op de grond. En ze vroeg zich af of het niet raar was dat er aan het begin van de zomer al zo veel rode bladeren van de bomen gevallen waren. Gebeurde dat omdat de aarde opwarmde? Of zou het juist andersom moeten zijn? Toen ze opkeek was de man verdwenen. Ze schrok. Het blik bier stond er nog. Ze keek naar links. Niks. Naar rechts. Daar was hij. Twee meter van haar af. Hij stond naar haar te kijken. Het duurde even voor ze zag dat hij zijn gulp opengeritst had. Zijn vingers zaten om zijn piemel gevouwen en hij bewoog zijn hand langzaam op en neer.

'Niet weggaan', zei hij.

Er klonk een explosie in haar hoofd. Of eigenlijk was het meer een luide krak, alsof er een kabel doorbrandde. Heel even dacht ze dat ze achteroverviel, maar toen besefte ze dat ze weer aan het rennen was. Ze zag bomen langs zich heen schieten en voelde het dreunen van haar voeten die de grond raakten. Het klonk als paukenslagen. De man riep iets, hij klonk ver weg. Ze had geen idee welke kant ze op ging. Elke keer dat ze met haar handen langs een tak of boomstam ging, was het alsof het niet haar eigen huid was die schrammen opliep. Alsof ze het lichaam van iemand anders had geleend. De voeten waren niet haar voeten, en ze brachten haar naar een plek waar ze veilig zou zijn. Vanaf daar zou ze wel verder zien. Ze werkte zich door een struik heen, schoot onder een paar takken door en struikelde een open plek op.

En daar zag ze de andere man.

*

Alles komt goed. Dat moet ik tegen mezelf blijven zeggen. Alles komt goed. Tegen mezelf en tegen haar. Ik zag vanmiddag een heel dikke, chagrijnige kerel in een invalidenkarretje. In de polder. Ik weet niet waarom hij daar reed. Voor op het wagentje waren knuffelbeertjes vastgebonden. Ik denk wel honderd. Hij reed over het fietspad, in een sullig tempo, en keek boos voor zich uit. Verder was de polder leeg. Alleen hij, in zijn wagentje, en ik, onderuitgezakt op een bankje, boodschappentas naast me. Hij negeerde me. Maar toen hij langskwam, op nog geen twee meter afstand, hoorde ik hem. Ik hoorde hem denken: *kutbeertjes. Ik zit voor lul. De hele dag voor lul. Die jongen vindt het ook.* En daarna zag ik hoe zijn vrouw die beertjes voor hem gespaard had. En stuk voor stuk met tiewraps voor op zijn karretje gebonden had. Omdat ze dacht, misschien, dat hij dat leuk vond. Of juist om hem te kwellen. Ik weet het niet. In elk geval was zijn vrouw er nu niet meer. Hij was alleen, en alles wat hij nog overhad waren de beertjes. Die stomme, groezelige knuffelbeestjes, die hij liet zitten uit respect. Of omdat hij gewoon de kracht niet had om ze eraf te knippen. En terwijl hij verder reed, moest ik ineens heel erg lachen. Te hard misschien. Ik denk dat hij het hoorde.

Ik heb thuis ergens een muismat liggen met een foto van mij en Aram erop. Die heeft hij ooit laten maken. We waren een

135

dag naar het strand met mijn ouders toen de foto genomen werd. Je ziet ons allebei met een stok staan en op de stok hebben we een dooie kwal geprikt. Aram heeft een groene zonneklep op zijn hoofd en ik een omgekeerd aardbeienbakje. We waren Space Rangers.

Later zei mijn moeder dat die kwallen misschien helemaal niet dood waren.

De boodschappen zijn voor Pandora. Ze kost me veel geld. Dat geeft niet, nee, dat geeft niks. Ikzelf heb weinig nodig. En zij moet op krachten komen. Ik merk dat ze zwak is en ik hoor haar in mijn hoofd om hulp smeken. Ze houdt van soep.

Nadat de man in zijn karretje uit het zicht was verdwenen, stond ik op en liep naar huis. Daar wachtte ik tot het avond werd. Ik had ook een nieuw peertje gekocht voor in haar kamer. Zinloos, hij blijft kapotspringen.

'Kom, Hubert', zei Aram. Hubert kwam niet. Hubert zat als een verroest tuinmeubelstuk op de stoeprand. Hij keek naar Aram met zijn doffe, zwarte ogen en reageerde niet op de rukjes aan de leren riem.

'Stomme hond.'

Geen beweging. Aram knielde naast hem neer en aaide wat over zijn kop. Het dikkige beest liet het toe, maar bleef argwanend naar hem kijken.

'Volgens jouw baasje ben jij een allemansvriend', zei Aram. 'Maar ik merk er geen reet van.' Hij kriebelde Hubert achter zijn oren. Het hondje bleef hem aanstaren.

'Hoe heet jouw baasje eigenlijk?' vroeg Aram. 'En waarom geeft ze jou zomaar met de eerste de beste buurtgenoot mee?'

Het was wonderlijk eenvoudig geweest om Hubert te lenen. De buurvrouw wier naam hij nog steeds niet kende deed open en constateerde verrukt dat de redder van haar hond voor de deur stond.

'Zal ik zo nu en dan eens met hem wandelen?' had Aram gevraagd, en de buurvrouw – die gek genoeg ook binnen een strohoed ophad – sloeg blij haar handen ineen.

'Maar dat zou fantastisch zijn! Kan ik eindelijk iets terugdoen!' kwetterde ze terwijl ze meteen in een paraplubak naar de riem begon te grabbelen. 'Ik had al zo'n vermoeden dat u een hondenmens bent! Die herken je simpelweg!'

'O? Waaraan?' had Aram gevraagd.

'Aan hun open blik.'

'Ah. En kattenmensen?'

De vrouw trok een vies gezicht.

Het was begonnen met het idee eens te gaan kijken in het bos waar Pandora verdwenen was. Dat was, zo bedacht Aram, in elk geval iets, en hoewel hoogstwaarschijnlijk volslagen zinloos hield het de boel toch een beetje in beweging.

'Kom Hubert', zei hij weer, en hij trok nog wat aan de riem. Hubert ging staan. Hij zette wat aarzelende stapjes en keek vragend.

'We gaan naar het bos.'

Geen reactie.

'Wandelen?' probeerde Aram. Hubert begon te kwispelen.

Hij had wat vage beelden op tv gezien, en een korrelige krantenfoto, maar hij kende het bos. Een tijd geleden had hij er vrijwel dagelijks gejogd, om tot rust te komen nadat iemand hem op internet 'die presentator met die dikke nazikop' had genoemd. Er was een open plek, ergens vlak bij het meertje, waar de bosbeheerder de afgezaagde takken opstapelde. Vlak bij die takken waren een kettinkje en een pluk haar van Pandora gevonden. Kleine, zwijgende Pandora, product van een rotjeugd, slachtoffer van god weet wat.

Aram liet Hubert een beetje rondsnuffelen terwijl hij de stapel hout bekeek. Het onderzoek hier was allang afgerond. Deze takken waren nieuw, de stapel was weer gewoon een stapel. Alles ging verder. Een verdwenen leven telt nog mee zolang mensen het missen, dacht hij. Daarna is het echt verdwenen.

Hubert plaste tegen de stapel takken aan. Aram trok aan

de riem. Hubert ging naast hem in het zand zitten en keek verwachtingsvol omhoog. Alsof hij wilde weten wat het plan was. Waarom ze helemaal hiernaartoe waren gelopen. Aram keek terug.

'Gewoon even niets beters te doen, Hubert', zei hij.

Gewoon even niets te doen. Hij ging op een vlak afgezaagde boomstronk zitten en keek voor zich uit. Er was van alles kapot en de bodem van de put was nog niet in zicht. Was het dan niet verkeerd wat hij deed? Gaf het wel pas hier rond te lopen, de amateurdetective uit te hangen terwijl er levens versplinterd waren?

'Ik ben een beetje raar, Hubert', zei hij. 'Een dolende man.'

Hij stond op en slenterde verder. Hubert trok aan de lijn, dus hij maakte hem los.

'Rennen, stomme hond.'

Hubert rende. Voornamelijk rondjes. Af en toe schoot hij een struik in. Dan blafte hij en joeg wat vogels voor zich uit. Gewoon een hondje op een gewone wandeling. Niets spannends aan. Ergens in Arams hoofd ging er een bak spotlights aan.

'Aram de penaltyman heeft een nieuw levensdoel, dames en heren!' bralde Aram de interviewer.

'Oeeeeehhh!' reageerde het publiek.

'Voor de draad ermee, Aram!'

Aram zelf hield zijn mond. Hier had hij geen zin in.

'Aram is tegenwoordig misdaadverslaggever! Of privédetective! Of, dat kan natuurlijk ook nog, een verveelde mislukkeling die de tijd probeert te doden met zaken die daar helemaal niet voor bedoeld zijn!'

Het publiek klom op de stoelen en blies op toeters. Aram de interviewer stond op, liep naar de bank waarop zijn gasten plaatsnamen, boog zich over Aram heen en zei: 'Ga naar huis, Aram.'

Ga naar huis. Hubert schoot een zijpaadje in en Aram sjokte erachteraan. Hij maakte zelf wel uit of hij naar huis ging. Hij was gewoon aan het wandelen. Zijn zinnen aan het verzetten. Hij stapte over een trosje paddenstoelen heen – waren die niet veel te vroeg? – en ontweek net op tijd een drol. In de verte zag hij het vermolmde tuinhuisje waar de bosbeheerder zijn gereedschap in bewaarde. Hij had zich vaak afgevraagd waarom dat ding midden in het bos stond. En waarom de beheerder het niet op slot deed. Iedereen kon er naar binnen en een kettingzaag meenemen. Toen hij de beheerder een keer was tegengekomen en hem erop had gewezen, antwoordde die met: 'Ja, maar dat gebeurt nooit.' En daar bleef het bij.

Hubert scharrelde wat rond in een berg dorre bladeren naast het huisje en Aram keek naar boven, naar het bladerdak dat ritmisch heen en weer wiegde, als in een tekenfilm. Het werd tijd dat hij die Ruud ging bellen.

'Kom, Hubert!' riep hij. 'We gaan!'

Hubert trok aan een veel te grote tak.

'Dat gaat niet, Hubert', zei Aram. Maar Hubert vond van wel.

Thuis kookte Aram spaghetti met kip die hij opat op zijn stoel in de voortuin. Hij dronk er witte wijn bij. Uit een raam een paar huizen verder klonk de openingstune van *Toen was geluk heel gewoon*. De warmte hing als een deken over de stad. Ventilatoren verplaatsten de hitte alleen maar, had hij iemand horen zeggen.

Bo werd twaalf maar gaf geen feestje. Zijn ouders stelden geen vragen. Een week na zijn verjaardag liep hij de voordeur uit, sloeg tweemaal links af en ging het kleine roestige poortje door. Het pleintje was leeg. Het klimrek verlaten. De schommel hing doodstil, een beetje scheef. Er lagen snoepwikkels, bruine bladeren en wat sigarettenpeuken. Bo ging op de schommel zitten. Hij rommelde in de zak van zijn vest en haalde er een heel klein flesje uit. Cognac. Zijn vader moest weleens op reis en dan kwam hij terug met een zak vol van die dingen. Ze stonden in de gangkast. Hij zei: 'Bo, ik weet precies hoeveel het er zijn.' Maar dat was niet waar, daar was Bo inmiddels achter.

Een paar jaar geleden was het speelpleintje opgeknapt. Daarvoor was het vies en volgeklad met graffiti en stonden er alleen speeltoestellen die volgens zijn moeder 'le-vens-gevaarlijk' waren. Toen kwamen er mannen van de gemeente en werd er allerlei duur spul neergezet. Niemand zei dat er eigenlijk nooit kinderen speelden.

Hij hoorde knisperende bladeren. Er kwam iemand aanlopen. Hij draaide zich om. Het was Aram. Hij had een zonneklep op die Bo nog nooit gezien had. Hij bleef op een afstandje staan en gaf een soort hoofdknikje.

'Wat doe je?' vroeg hij.

'Ik drink cognac.'

'Dat is goor.'

141

'Beetje.'

'Waarom drink je het?'

'Mijn vader heeft genoeg van die flesjes. Hij drinkt het zelf nooit. Hij verzamelt ze.'

'Waarom drink je het als je het goor vindt?'

'Gewoon.'

'Doe je dat vaker?'

Bo draaide het dopje los, schoot het weg en dronk het flesje in twee teugen leeg. De drank brandde in zijn slokdarm, hij kon het helemaal volgen tot het in zijn maag aankwam. Daar werd het warm.

'Ik kom hier weleens om te roken', zei Aram.

'Alleen?'

'Nee, met Dennis.'

'Dennis van de friettent?'

'Ja. Die jat die sigaretten gewoon uit de automaat.'

'O.'

Aram klom op het klimrek en ging op een van de zwarte dwarsbalken zitten. Hij had vorige week een cadeautje langs gebracht. Het was een poster van *Jurassic Park*.

'Als ik tot mijn achttiende niet rook, krijg ik mijn rijbewijs', zei hij.

'Maar je rookt toch?'

'Ja, maar dat weten ze niet.'

'O. O ja.'

Bo gooide het flesje met een boog in de struiken. Hij dacht aan een spel dat Aram en hij hier vaak gespeeld hadden. Iets met fietsen en pionnen en takken gooien. Er was voor anderen geen touw aan vast te knopen, maar zij kenden de regels, min of meer. Het was al een tijdje geleden dat hij hier geweest was, laat staan met Aram.

'Heb je nog last van dat ene?' vroeg Aram.

'Ja.'

'Nog steeds stemmen?'

'Ja.'

'O. Fuck.'

Bo knikte. Hij keek naar zijn schoenen, die hij stom vond omdat het goedkope nep-Nikes waren. Dat zag je heel goed, want ze hadden bijna hetzelfde logo alleen dan met ronde uiteindes.

'Je bent niet gek', zei Aram.

'Weet ik', zei Bo. Hij trommelde op zijn knieën.

'Ik ga vanavond naar de film met Mandy en Dennis en Rex. Ga je mee?'

'Nee.'

'Waarom niet?'

'Geen geld.'

Bo stond op en begon te lopen. Sloffend, hij schopte de bladeren voor zich uit.

'Bo!' riep Aram. Bo stond stil en draaide zich om. 'Ik laat jou nooit vallen. Echt niet. Je bent mijn maat. Broeders, weet je wel.'

Bo knikte. Aram deed iets met zijn vuist. Een soort teken, maar Bo herkende het niet. Toch deed hij het na.

Pandora pulkte aan een splinter. Hij stak uit de vloer en was hard en scherp. Af en toe schoot hij onder haar nagel. Dan trok ze haar hand terug, zoog op haar vinger en dacht dat ieder ander in deze situatie heel hard 'kut!' zou kunnen roepen. Of zoiets. 'Kut' roepen leek haar lekker.

Ze lag op haar zij. De kou van de vloer was in haar botten getrokken. Ze had nu dezelfde temperatuur als het hout en het leek alsof ze vergroeid was met de kamer, als een plant, of een stuk mos op een boomstronk. Na de kou, dacht ze, krijg ik ook dezelfde kleur. En daarna neem ik de nerven, de kieren, de splinters en de verroeste spijkers over. Ik word deze vloer. Ik word deze kamer. En als de man dan terugkomt, vreet ik hem op. Ik vermaal hem en verteer hem, en dan wordt hij net als ik een deel van dit alles. We zullen deze kamer zijn, en daarna dit gebouw, en daarna deze stad. We zullen vanuit hier langzaam maar zeker de hele wereld worden. Of de hele wereld ons. En dan zullen we met nog maar één stem praten, een stem die bestaat uit miljoenen stemmen, die het wél doen. En we zullen onze enorme mond openen en heel, héél hard 'Kut!' schreeuwen. Het zal echoën in het universum. En daarna zal het voor altijd stil zijn.

De splinter schoot los en verdween in het donker. Ze tastte de vloer af maar vond hem niet terug. Ze klemde haar kaken op elkaar. Het had haar de hele ochtend gekost een fijne splinter te vinden. Eentje die precies stevig genoeg was, die precies vast genoeg zat om eeuwig aan te pulken. Elke keer trok ze hem een klein stukje verder en liet hem dan terugschieten. Ze dacht er dan een diepdonker *ploing*-geluid bij, als dat van een basgitaar. Het was een fijne bezigheid. En het gaf ook niet dat hij af en toe onder haar nagel schoot en een steek van pijn door haar vinger joeg. Dat hoorde erbij. Ze bedacht dat pijn sowieso beter was dan niks. Niks was altijd het allerergste. Ze had ooit in een geschiedenisboek gelezen dat in de Middeleeuwen mensen gemarteld werden tot ze smeekten om de dood. En dat deze mensen het soms dagenlang volhielden. Op dat moment had ze zich afgevraagd wat dat volhouden voor zin had. Als het enige wat je had pijn was, en als je wist dat je toch wel doodging, waarvoor zou je jezelf dan nog in leven houden? Maar nu snapte ze het. De dood is niks. De dood is oneindig zwart en daarna nog zwarter. Pijn is leven. En leven is altijd beter.

Ze ging met haar handen over de ruw houten vloer op zoek naar iets nieuws om aan te pulken. Het luisterde nauw. Het moest een goeie splinter zijn. Stevig genoeg om weerstand te bieden. En ondertussen dacht ze: dit is wat ik nu ben. Iemand die nadenkt over de dood en splinters. En meer niet.

Een uur eerder was de man gekomen en weer weggegaan. Hij had geprobeerd het licht te repareren, maar het peertje was meteen weer gesprongen.

'Schijtzooi', zei hij. 'De spanning is niet goed.'

Pandora had hem aangekeken en gebaard dat niks goed was. Dat hij moest ophouden met haar langzaam doodmaken en haar naar haar moeder moest brengen, maar hij had naar haar gekeken als naar een huisdier dat achter zijn eigen staart aan rent. Hij kende geen gebarentaal. En hij zou geen moeite doen om haar te begrijpen. Daar twijfelde ze niet aan.

Hij was weer verdwenen en had haar achtergelaten in het grote donker. Het grote niets.

Ikzelf ben ook niets, dacht Pandora terwijl ze verderging met splinters zoeken. Ik ben alleen nog maar mijn gedachten. Een pakketje ideeën, gevoelens, beelden en herinneringen. Ze vond een kromme spijker. Hij stak uit de vloer en voelde stug aan, met knobbeltjes en scherpe randjes. Hij zat een beetje los en kon rondjes draaien in het hout. Dit was misschien nog wel beter dan een splinter. Veel beter zelfs. Ze krulde zich op naast de spijker en speelde ermee. Misschien is mijn lichaam er alleen maar omdat je er nu eenmaal een hebben moet. Omdat je zonder niet bestaan kunt. Dat is de reden van mijn armen en benen, en van mijn hoofd. Ze moeten me van de ene plek naar de andere brengen, en ze moeten me eten geven. En drinken. In leven houden. En dat is het. Ik ben het meisje dat alleen maar gedachten is. De zin knipperde in grote, gele neonletters achter haar oogleden.

Ik ben het meisje dat alleen maar gedachten is.

De laatste keer dat Aram Bo had gesproken, was in het jaar van zijn afstuderen geweest. Het was begonnen met een aantal gemiste oproepen, op een ochtend waarop hij in bed in de weer was met een zekere Claire. Of was het Carla? Cleo? Ze had het hem godbetert de nacht ervoor verteld toen ze het hadden over doopnamen en hij zei dat hij voluit Aram Xavier Emilio heette ('Axe? Serieus? Heet je Axe?'), wat ze beslist tegen niemand mocht zeggen. Maar het was hem ontschoten, als hij het überhaupt had opgeslagen.

'Ik ben al gekomen.'

'Wat?' Aram keek op van het gefriemel waar hij al een kwartier mee bezig was. Claire/Carla/Cleo lag hem geamuseerd aan te kijken.

'Ik ben al gekomen.'

'Ja zeg 's!' Aram staakte zijn bezigheden. Het blote meisje naast hem ging rechtop zitten en zocht haar sigarettenpakje op de vensterbank naast het bed. Hij zag een zilveren knopje in haar linkertepel, dat was hem niet eerder opgevallen.

'Weet je wat raar is?' Ze had een sigaret opgestoken en blies de rook richting het plafond. 'Er is geen gezellig woord voor een kut.'

Aram nam een slok water uit de petfles die naast zijn bed stond. Het was lauw en smaakte muf.

'Hoezo?'

'Nou', zei ze. 'Een piemel heet penis als je het netjes wil

zeggen, en pik of lul als je stoer wil doen, of zoiets, maar voor de rest is het gewoon een piemel. Kut is op zichzelf al een lomp woord, en als je dat netjes wil zeggen noem je het een vagina. Maar een gezellig woord, à la "piemel", is er niet voor.'

Aram dacht na en knikte.

'Bedenk er een.'

'Ja dag!' zei ze. 'Weet je wel hoe druk ik het heb?'

Dat wist Aram niet, dus hij zweeg. Op de gang hoorde hij deuren open- en dichtgaan. De dag kwam op gang in het studentenhuis. Ergens viel iets en er klonk een gedempt gevloek. Het meisje rookte en keek door het raam naar de lucht. Haar zwarte, pluizende haar ving het zonlicht. En toen wist hij het weer: Marla.

Hij stond lang onder de douche; de boiler raakte uitgeput en het water werd kouder. Hij voelde zich niet vies, maar had simpelweg geen zin om aan de dag te beginnen. Marla was weg. Ze had een hoorcollege semiotiek en was al te laat. Hij zwaaide haar uit en gaf haar geen kus. De kans was erg groot dat hij Marla nooit meer zou zien. Dat was prima. Hij hield niet van tepelpiercings.

Toen hij terugkwam op zijn kamer zag hij het schermpje van zijn telefoon van licht naar donker springen. Hij had een oproep gemist. Mooi. Bellen deed je pas na één uur 's middags. Hij zette koffie en ging in zijn vensterbank zitten, naakt, met een handdoek om zijn middel, en keek de straat in. Er dwarrelden pluisjes in het rond die door warme windvlagen van bloesemende bomen werden geblazen. Het was een broeierige lente. Loom, en niet al te geschikt voor studeren. Hij zag zijn onderbuurman aan een fiets sleutelen. Zijn broek hing, uiteraard, halverwege zijn billen. Af en toe mompelde hij wat tegen het roestige wrak waar hij aan zat te morrelen. Naast hem lag een buil shag uit te drogen. Aram dronk de net te hete koffie en was blij dat zijn drie maanden stage voorbij waren. Hij had nu ook ergens op een knullig redactiekantoor regionieuws kunnen uittypen of ludieke filmpjes maken over gammele festivals. Niets van dat alles. Hij had college, en college kon je overslaan. Aan de andere kant van zijn kamer zoemde zijn telefoon nogmaals. Aram wachtte tot het trillen stopte en stond toen op.

Hij had twee gemiste oproepen. Van Bo. Bo Flinterman. Blijkbaar had hij ooit het nummer van die jongen opgeslagen, ergens in de afgelopen drie jaar waarin ineens iedereen met een mobiel rondliep. En blijkbaar stond het nog steeds in zijn contactenlijst. Bo. Gekke, geflipte, uit zijn leven verdwenen Bo. Wat zou hij in godsnaam willen? Bijkletsen? Geld lenen? Misschien wilde hij iets afspreken, oude tijden laten herleven, of misschien had hij vervelend nieuws. Een van zijn ouders kon zijn overleden; had zijn moeder niet altijd hoofdpijn? Hoe dan ook, hij had twee keer gebeld, dus blijkbaar vond hij het zelf nogal urgent. Aram keek naar het schermpje, naar die maffe, uit twee letters bestaande naam die hij misschien al wel zeven jaar niet meer uitgesproken had. Bo. Bootje Flinterman. Daar had hij nou eens effe helemaal geen zin in.

'Moet je niet opnemen?' vroeg Liz. Arams telefoon lag tussen hen in op het terrastafeltje en bromde nu voor de derde keer. Hij had een hekel aan het geluid. Het was dwingend, onvriendelijk. Als een zeurend kind dat je altijd bij je had en niet kon negeren, simpelweg omdat het je kind was. Hij schudde van nee.

'Wie is het dan?'

'Een oude vriend.'

'Ah, maar nu is het geen vriend meer?'

'Niet echt. We zijn uit elkaar gedreven.' Aram pakte een bitterbal uit het schaaltje naast de twee glazen witbier, doopte hem in het te krappe bakje mosterd en stak hem in zijn mond.

'Waarom?' vroeg Liz terwijl ze haar blonde plukken in een paardenstaart bond.

'Omdat hij gek is.'

Liz knikte. Dat begreep ze wel. Ze nam een slok bier en keek voor zich uit. Aram peuterde wat vuil van onder zijn nagels en rolde er een klein zwart balletje van. Er kwamen wat meisjes langs die hij volgde van achter zijn zonnebril. Liz en hij konden prima zwijgen. Het was niet ongemakkelijk; ze deden alleen hun mond open als ze wat te zeggen hadden. Hun vriendschap was gebouwd op dit soort simpele, stilzwijgende afspraken. Een andere was dat ze beslist niet met elkaar naar bed zouden gaan.

'Is het die gedachtelezer?'

'Hm?' Arams gedachten moesten een paar rondjes vliegen voor hij weer wist waar ze het over hadden. 'O. Ja. Ja, het is de gedachtelezer. Hij belde vanmorgen ook al. Voor het eerst in … weet ik 't.'

'Cool', zei Liz. 'Waarom heb je niet opgenomen?'

Aram schudde zijn hoofd.

'Bo is niet om te lachen', zei hij. 'Bo is zielig.'

'Hoe weet jij dat nou?' zei Liz. 'Misschien is het wel helemaal goed gekomen met 'm. Misschien studeert-ie inmiddels medicijnen en doet-ie vrijwilligerswerk. Weet jij veel.'

Aram zweeg en dronk van zijn bier. Vier gemiste oproepen. En een sms: Bel me.

'Nee', zei hij. 'Dat lijkt me bijzonder stug.'

Ze zwegen weer. Ergens in de verte dreef een wolkje. Eenzaam.

'Ik vind foef wel een goeie', zei Liz toen.

'Hm?'

'Een vriendelijk woord voor kut zocht je toch? Foef. Kun je daar wat mee?'

Die avond, in bad, probeerde Aram zich te herinneren waar hij Bo voor het laatst had gezien. Het was een vage geheugenflard, een beeld dat geen vaste vorm wilde aannemen. Het moest in de kroeg geweest zijn, of in een club, ergens waar de muziek luid stond en er groene en rode lichten heen en weer flitsten. Misschien had hij toen zijn nummer gevraagd, als bewijs dat hij 'echt zin had weer eens wat te drinken samen'. Ze hadden waarschijnlijk wat dingen in elkaars oor geroepen, elkaar op de schouder geslagen. Het was een leeg moment geweest, ongetwijfeld. Geen betekenis, geen belang. Alleen geschikt voor het vergeetboek. Het kon, nu hij erover nadacht, ook best in een winkel geweest zijn. Hij zuchtte en liet zich langzaam onderuitzakken. Sloot zijn ogen en hield zijn adem in. Het water sloot zich boven zijn hoofd. Geluid verdween, behalve zijn eigen hartslag en het ruisen in zijn oren. En toen herinnerde hij zich het mailtje.

Een kwartier later zat hij achter zijn computer en speurde in het archief van zijn e-mailprovider. Dat ging vijf jaar terug en dus kon wat hij zocht niet verdwenen zijn. Bo had het een jaar of vier geleden gestuurd, ze waren zeventien en elkaar al een tijdje kwijt. Het was 's nachts geweest en niet alleen was Aram zelf dronken, hij vermoedde ook de nodige beneveling bij zijn oude vriend. Ook toen hij het de volgende dag nog eens teruglas. Hij had nooit gereageerd. Hij was het vergeten, zoals zo veel dingen uit die tijd. Hij opende het bericht en keek ernaar. Er was geen aanhef.

Er trekt een schaduw over me heen. Ik weet ook niet waarom. Hoe ouder ik word, hoe minder ik begrijp. Dat komt omdat ik langzaam begin te beseffen dat niks een reden heeft. Snap je dat? Alles valt uit elkaar of wordt minder, iedereen verzuipt of houdt zich vast aan zinloos drijfhout, en jij staat in het midden. Er is niemand die je komt helpen. Omdat niemand de antwoorden heeft. En daarom moet je dit weten: ik neem jou niks kwalijk. Dat heb ik nooit gedaan. Je liet me in de steek en zo hoort dat. Zo zijn kinderen. We kenden geen genade, want niemand had het ons geleerd. We waren dom. We wisten helemaal niks, alleen waarom je bang zou moeten zijn als het donker wordt. Dat is wat kind-zijn inhoudt. Je hebt geen enkel besef, behalve dat de wereld gevaarlijk en verneukt is. Dat je terecht gaat komen in een grote klotezooi en dat je daar niet klaar voor bent. Niemand is dat. Alleen kunnen sommige mensen beter tegen zichzelf liegen dan andere. Zij zijn de mazzelaars. Zij redden het misschien. Ik hoop dat je gelukkig wordt. Dat je slaagt in het leven. Ook een beetje namens mij. Bo

Hij bleef een tijdje naar het venster kijken en sloot het toen af. Stond op en liep naar het raam. Het was stil op straat. Hij pakte zijn telefoon en keek naar de gemiste oproepen en het sms-bericht. 'Laat me met rust Bo', zei hij hardop. 'Laat me asjeblieft met rust.'

Maar Bo liet hem niet met rust. Toen Aram die vrijdag terugkwam van de weekendborrel trof hij hem aan, zittend op de stoep voor zijn voordeur. Hij hield een blikje bier omhoog. 'Van een van je huisgenoten gekregen. Om de tijd te doden', zei hij. 'Ik zit hier al een uurtje.' Aram knikte. Dat had die etter van een Janjaap op zijn geweten, dat kon niet anders.

'Hoe gaat het?' vroeg hij, terwijl Bo een shagje draaide. 'Goed. Heel goed, eigenlijk', zei Bo. 'Ik heb even geen huis, maar verder is het allemaal te gek, het leven.'

'O?' zei Aram, niet zozeer uit nieuwsgierigheid als wel uit beleefdheid. In feite was hij bijzonder ongelukkig met de gang van zaken.

'Ja', zei Bo. 'Ik ben al drie maanden vrijgezel, wat echt een opluchting is na Stephanie. Die ken jij niet, maar dat geschifte kind heeft me he-le-maal leeggezogen. En ik heb werk. Al een tijdje en het is ook niet zo heel erg leuk, maar werk is werk. Nee, het gaat echt goed. Ik heb de boel op de rails. Je ziet het niet aan me, maar het is echt zo.'

Bo was spierwit maar had een heldere blik in zijn ogen. Zijn donkere haar zat onder een pet verstopt. Een pet die hij nog kende van vroeger, en die de tand des tijds wonderwel had doorstaan. Aram kon niet bepalen of Bo er goed uitzag of juist verschrikkelijk.

'Zullen we even naar binnen gaan?' vroeg Bo. 'Of moet je dingen doen?'

Aram keek naar de sleutelbos in zijn hand.

'Nee. Nee, ik heb niks te doen.'

'Te gek!' Bo stond in het midden van Arams kamer en keek in het rond. Er was niet veel te zien; een tweepersoonsbed, een bank, een koelkast met een tv erop en een bureau. Bo liep naar de koelkast en trok hem open.

'Mag ik?' vroeg hij, wijzend op een fles Fanta. Aram knikte.

Bo pakte de fles, keek om zich heen, verdween toen naar de keuken. 'Jij ook?' hoorde Aram hem roepen terwijl hij kastjes open- en dichtdeed.

'Ja hoor.'

Aram ging op de leuning van de bank zitten. Bo kwam binnen met twee volle glazen sinas. Hij gaf er een aan Aram en dronk het zijne in één teug leeg. Een en ander werd bezegeld met een boer en toen ging hij zitten.

'Lang niet gezien', zei hij. Aram knikte. 'Je zat op de school voor journalistiek toch? Doe je dat nog steeds?'

'Ja.'

'Cool. Leuk?'

Aram trok een twijfelachtig pruilmondje.

'Ja hoor. Best.'

'Cool. Heel cool. Wat ga je doen? Tv? Krant? Dat laatste, zeker? Wat heb jij ook alweer gedaan, havo? Atheneum?'

Aram keek naar zijn bed en zag een klein rood vlekje in het witte hoeslaken. Was dat van Marla? Of zat het er al een tijdje?

'Atheneum', antwoordde hij terwijl hij naar het vlekje bleef staren. Het zat ongeveer halverwege het bed. Hij had een ongesteld meisje geneukt. Dat, of het was vanmorgen begonnen. Of – ook een mogelijkheid – de onbeholpen, logge dronkenmansseks was er debet aan. Er stond hem vaagweg iets bij over bijten.

'Ja, atheneum ja', zei Bo. 'Jij ging naar het atheneum. Je vergeet dat soort dingen. Als je elkaar nooit meer spreekt, bedoel ik dan. Mag ik hier roken?'

Aram knikte. Bo haalde het shagje van achter zijn oor en stak op. Ze zwegen. Bo rookte en keek om zich heen. Hij glimlachte toen hij een *Batman*-spaarpot zag. In een kamer elders in het huis werd muziek aangezet. Aram meende Pearl Jam te herkennen. Hij spitste zijn oren en constateerde dat het van boven kwam, uit de kamer van Janjaap.

'Je vraagt je zeker af waarom ik hier ben?'

Aram haalde zijn schouders op. Wilde iets zeggen in de trant van 'Daar hoef je geen reden voor te hebben', maar zweeg. Hij overwoog een shagje te vragen, maar op de een of andere manier leek het ongepast. Daarbij wilde hij graag dat Bo zo snel mogelijk wegging.

'Ik zit in therapie', zei Bo. 'Dat is heel erg goed voor mij.'

'O?'

'Ja. Ik had dat veel eerder moeten doen. Maar ja, sommige dingen doe je niet of zo.'

Aram knikte. Hij had niet het flauwste benul.

'Nou ja, als het helpt dan helpt het', zei hij.

'Precies!' lachte Bo. 'Precies.'

'Nou, mooi.'

'Ze heet Jantine en het is best een lekker wijf', zei Bo. Hij grinnikte en hield zijn shag onder Arams neus. Aram pakte het aan, rolde er een en stak op.

'Afijn, dat doet er niet toe, maar het is wel leuk. Lekker uitjanken bij geile Jantine. Maar waarom ik hier ben is dus dit: we zitten in een soort van traject dat gaat over dingen afsluiten. Losse eindjes. Punten zetten, zeg maar. We noemen dat "Het fotoboek". Ken je dat?'

'Nee', zei Aram.

'Boeit ook niet. Is maar een metafoor.'

Aram inhaleerde diep en liet de rook langzaam uit zijn

mond kringelen. Hij had een onprettig gevoel in zijn buik.

'Ik ben zo'n los eindje?' vroeg hij toen. Bo knikte.

'Weet je nog, dat mailtje dat ik je ooit gestuurd heb? 's Nachts was dat. En dronken, ik was ook dronken.'

Aram knikte weer.

'Je schreef iets over een schaduw en antwoorden. En dat je me geluk wenste en me niks kwalijk nam. Dat.'

Bo tikte af in zijn net niet lege glas. De zwarte askegel mengde zich met het bodempje frisdrank en veranderde in een grauwe derrie.

'Ja', zei hij toen. 'En dat meende ik dus niet.'

Boven hen draaide Janjaap Pearl Jam richting volume tien.

'Jezus', zei Liz. 'Daar zit je ook niet op te wachten, zo op de drempel van het weekend.'

'Nee, niet bepaald.' Aram lag op zijn rug in het gras en keek naar een vlieger in de vorm van een straaljager.

'En toen heeft-ie je verrot gescholden en is-ie weggegaan?' Liz lag met haar hoofd op zijn buik en at een zak Smarties leeg.

'Nee. Nee, hij heeft heel geduldig zitten vertellen wat er volgens hem allemaal mis was aan … nou ja, aan hoe ik het achtergelaten heb. En dat hij ook wel begreep dat ik elf was, of twaalf, maar dat het hem altijd is blijven achtervolgen en dat hij dat pas kon afsluiten als hij het uitgesproken had. Naar mij. Dat Jantine hem dat had opgedragen.'

'Jantine … Dat is toch geen naam voor een psycholoog?'

'Nee?'

'Nee.'

'O. Wat wel, dan?'

Liz dacht even na.

'Felix.'

'O.'

De vlieger maakte een paar vervaarlijke zwenkbewegingen, wist nog heel even de balans te hervinden, maar tuimelde toen richting de aarde. Aram kon niet zien waar hij terechtkwam.

'Hoe héb je het eigenlijk achtergelaten?' vroeg Liz.

'Wat? Bo?'

'Ja.'

Aram zag Bo, die in een hoek van de klas stond, bij het raam, ingesloten door een leerling of tien, en op krijserige toon werd uitgemaakt voor gestoorde. Voor mongool. Voor nog veel meer. Zelf zat hij aan de andere kant van de klas,' spelend met zijn etui. Er was geen leraar te bekennen. Aan de ramen hingen voetbalcollages. Nederland was Europees Kampioen geworden. En Bo huilde.

Hij sloot de deur in zijn geheugen. Gaf Liz niet direct antwoord, maar grabbelde in de zak Smarties. Hij propte er een stuk of tien tegelijk in zijn mond en maalde ze luidruchtig tot een brij.

'Nou?'

'Gewoon', zei hij met zijn mond nog vol. 'Zoals die dingen gaan. Voorbij. Dat soort dingen gaan gewoon voorbij.'

De vlieger verscheen weer in zijn gezichtsveld. Hij hoorde iemand applaudisseren en een hoge vrouwenstem 'Goed zo!' roepen. En hij sloot zijn ogen. Een week later zouden ze dit gesprek allebei vergeten zijn. Twee weken later zouden ze voor het eerst met elkaar naar bed gaan.

En veel later zou Aram bedenken dat op dat moment de tijd begon met twee keer zo snel verstrijken.

De man kwam binnen, sloot de deur achter zich met een sleutel en ging naast Pandora zitten. Pandora deed alsof ze sliep. Ze hoorde hem ademen.

'Ik weet dat je wakker bent', zei hij. Ze probeerde normaal te ademen. De man klonk raar. Zenuwachtig.

'Ze zijn naar je op zoek', zei hij. Hij friemelde wat aan zijn broekspijpen, veegde zijn handen eraan af. 'Ik zorg dat ze je niet kunnen vinden. Je hoeft niet bang te zijn.'

Pandora hoestte zachtjes. Dat gebeurde vaker, de afgelopen dag en nacht. Ze had het nog altijd koud. Er stak iets in haar borst. En ze droomde raar, over plekken die niet bestonden en mensen die ze niet kende. Ze rolde zich nog wat op, rilde. De man leek het niet te merken.

'Ik weet wat je denkt, Pandora', zei hij. 'Wat je écht denkt. Diep van binnen. Ik kan dat horen. Ik kan horen dat je hulp nodig hebt. Dat je het alleen niet redt. Ik heb een gave.'

Ik heb een gave. Hij zei het echt. Het voelde alsof naalden zich in haar lijf boorden, op wel honderd plekken. Ze kwam overeind, greep de man bij zijn T-shirt. Ze keek hem recht in zijn ogen, zijn rare, doorlopen ogen, en ze schudde van nee. Ze schudde zo hard als ze kon van nee. De man greep haar hoofd vast.

'Hou op', zei hij. 'Je bent in de war.'

Ik ben niet in de war, wilde Pandora in zijn gezicht krijsen, jij bent in de war! Je bent knettergek! Ze spartelde en trapte en deed haar mond open en weer dicht, maar de man was zo veel sterker. Hij raakte niet in paniek. Hij bleef rustig en kreeg haar steeds beter in zijn greep. Hij drukte haar tegen de grond en fluisterde in haar oor: 'Niet bang zijn. Ik ben hier. Ik weet wat je nodig hebt en wat goed voor je is. Ik kan echt bij je komen. Ik zit in je hoofd. En jij in het mijne. Je bent veilig bij mij.'

Pandora gaf het worstelen op en sloot haar ogen. Ze huilde geluidloos.

'Je bent veilig bij mij', bleef de man fluisteren. 'Je bent veilig bij mij.' Zijn adem was warm en rook naar zwavel.

In een rugzak op haar slaapkamer zat een Iron Man-actie-figuurtje. Ze had het van haar zakgeld gekocht voor de verjaardag van haar broertje. De verjaardag die ze nooit zou meemaken. Terwijl de man weer naast haar ging zitten en over haar hoofd aaide, dacht ze aan het poppetje. En aan Jonas, die er waarschijnlijk nooit mee zou spelen. En aan al het andere dat nooit zou gebeuren. Ze vroeg zich af of haar moeder nog naar haar zocht. Of er überhaupt nog iemand zich om haar bekommerde. En of haar vader haar kon zien, vanaf de plek waar hij nu was. Het maakte niet uit. Ze zouden haar niet vinden. Ze lag hier, in het niets, ziek te zijn, met naast zich iemand die haar verzorgde als een stuk speelgoed. Ik ben zelf een actiefiguurtje geworden, dacht ze. Maar ik heb geen superkrachten. Mij kun je langzaam uit elkaar trekken. En dat is het dan.

Pandora had nog altijd een kamer in haar hoofd. De kamer die ze had gebouwd toen ze zes was. Alles wat ze niet kon zeggen werd daar opgeslagen, en dat was veel. Het was een schraal verlicht vertrek met zwarte muren. Schoolbordzwart.

Op die muren stonden woorden, zinnen, letters en leestekens. Boze kreten en moppen die ze anderen had horen tappen maar nooit zou kunnen doorvertellen, vereeuwigd in wit krijt. Woorden die ze leerde maar waar ze de betekenis niet goed van wist. 'Poliep'. 'Vestibule'. 'Fellatio'.

Er was een hoek van de kamer speciaal voor verhalen die haar leuk leken om op feestjes te vertellen. Opgeschreven in witte steekwoorden. En een hele muur met vragen die ze wilde stellen. Het plafond was ingeruimd voor haar toekomstplannen, maar die veranderden steeds, waardoor het een onleesbaar gebeuren was geworden. Ze wreef over haar koude bovenarmen. Die plannen kon ze misschien wel wegvegen. Het oppervlak voor iets anders gebruiken. Het had niet veel nut om over wat voor toekomst dan ook na te denken. Omdat er alleen nog maar het nu was.

Soms raakten de muren vol. Ze probeerde ruimte te creëren door dubbele woorden uit te wissen en verbanden te leggen met lijnen en pijlen. Ze was een keer tegen een van de muren aan gevallen. Het plekje met de verhalen over haar eerste schooljaar. Halve zinnen als 'Broek geplast' en 'Lunchpakket van papa meegenomen, pindakaas met sambal', waren ineens tot een grote witte veeg verworden. Het had veel moeite gekost er wijs uit te worden. De verhalen te herstellen. Toen het eenmaal gedaan was, vroeg ze zich af waarom ze die herinneringen wilde vangen in zinnen. Deed het ertoe? Deed zij ertoe? Het meisje dat niet praten kon en dus meestal in haar eentje speelde. Wat voor zin hadden zinnen als niemand ze hoorde, en dus niemand ervan wist? Bestonden ze dan eigenlijk wel?

De laatste dagen kwam ze vaker in de kamer. Het was er fijner, warmer dan in de echte wereld, waar haar lichaam was.

In die wereld dacht ze soms dat haar ogen aan het donker begonnen te wennen. Dat ze dingen zag. Maar dan realiseerde ze zich dat dat helemaal niet kon. Want donker is donker. En dat wordt nooit lichter. Als de man kwam om eten te brengen en tegen haar te praten had hij een lamp bij zich. Het licht deed pijn. Pas na een paar minuten kon ze naar hem kijken. Zijn witte huid en plukkerige haar pasten bij zijn geur. Hij rook gek. Naar stof. Hij rook naar een zolder, dat was het, een muffe zolder waar oud speelgoed en vergeten foto's lagen. En aan zijn ogen kon je zien dat hij niet veel sliep. Dof en rood. Misschien sliep hij wel nooit.

Toen Pandora elf werd, kreeg ze een gouden kettinkje voor haar verjaardag. Omdat zwijgen goud is, zei haar moeder.

'Ik snap het niet', zei Jonas.

Pandora deed het kettinkje om. Haar moeder legde de betekenis uit aan haar kleine broertje terwijl Pandora in de spiegel keek. Het kettinkje leek een klein beetje licht te geven.

'Krijg ik dan een zilveren ketting?' vroeg Jonas.

'Jij hebt vorige week een Mickey Mouse-rugzak gekregen', zei haar moeder. 'En bovendien ben jij niet jarig.'

Jonas grijnsde.

'Ik ben nog lang niet jarig', zei hij, en hij moest daar zelf vervolgens heel hard om lachen. Pandora aaide het kettinkje.

Nu aaide ze haar nek. Het kettinkje was ze kwijtgeraakt, ergens tussen het moment dat haar broertje haar omverduwde en haar opsluiting in dit koude vertrek. In een film zou het gevonden worden en leiden tot haar bevrijding. Films waren dingen die je moest vergeten nadat je ze gekeken had. Anders ging je hopen op iets wat niet bestond.

Aram bekeek het huis van een afstandje. Het was een vies, oud fabriekspand aan de rand van de stad. Eromheen lag een deels verlaten bedrijventerrein. Her en der was nog te zien wat er vroeger gezeten had: een stickerbedrijf, een oudpapierhandel en een autoshowroom, en achter de daken verrees een enorme bierbrouwerij, die af en toe via twee schoorstenen een wolk stoom de lucht in blies. De gekraakte fabriek stond alleen, en zag er allesbehalve bewoond uit. Er was een groot rolluik, waardoor vroeger waarschijnlijk goederen naar binnen werden gereden. Daarnaast zat een roestige deur. Voor de rest waren er veel ramen, sommige dichtgetimmerd, sommige afgeplakt, en een paar nog intact. Achter één zat een poster: WORLD PEACE IS POSSIBLE.

Hij liep naar het gebouw toe. Naast de bruinrode deur was een stoffig venstertje. Hij probeerde naar binnen te kijken, maar er was nauwelijks licht. Hij had geen zin om met zijn mouw over de viezigheid te wrijven, dus hij besloot maar gewoon aan te kloppen. De deur was van hol metaal en het gebons galmde als een kerkklok. Drie keer sloeg hij, met zijn vuist. Daarna wachtte hij. Er gingen twee minuten voorbij. Hij wilde net een rondje om het gebouw maken, op zoek naar een andere ingang of wellicht een kapot raam, toen de deur ineens knarsend openging en er een meisje voor zijn neus stond.

'Hallo', zei ze opgewekt. Ze had een kleurige mix van kleren aan, dreadlocks die samengebonden waren in een staart, en haar linkeroor zat vol met ringetjes. Ze keek Aram aan met een twinkeling in haar ogen, alsof hij verwacht werd en er binnen stiekem een surpriseparty op hem wachtte. 'Wie ben jij?' vroeg ze.

'Hai. Aram', zei Aram.

'Dag Aram', zei het meisje. 'Femke.' En ze stak haar hand uit. Aram schudde hem. 'Wat kom je doen?'

Aram probeerde langs haar heen te kijken. Hij zag niet veel. Een donkere gang, met her en der een waxinelichtje op de grond.

'Ik heb dit adres van Ruud. Woont Ruud hier? Niet dat ik Ruud zoek, ik zoek Bo', zei hij. Femke trok haar wenkbrauwen op.

'Heus?'

'Ja. Hoezo?'

'Niemand zoekt Bo.'

'O?'

'Of, nou ja, niet sinds ik hier woon. Wat an sich niet zo heel gek lang is. Maar toch. Er komen hier elke dag mensen aan de deur, maar niemand voor Bo. Behalve laatst een agent.'

Aram hield zijn gezicht in een neutrale plooi. Femke was blijkbaar uit zichzelf scheutig met informatie. Reuzehandig, en bovendien was ze knap.

'Nu ik erover nadenk,' ging ze verder, 'weet ik niet of die agent wel voor Bo kwam. Doet er ook niet toe, want ze was zo weer weg.'

Femke duwde de deur verder open. Het ging met een schrapend geluid.

'Kom binnen', zei ze. 'Geen idee of-ie thuis is, maar zo ja, dan mag je hem zelf uit zijn bed trekken.'

Bo was niet thuis. Aram keek rond in wat de slaapkamer van zijn oude vriend moest voorstellen terwijl Femke in de deuropening met een klikarmbandje stond te spelen.

'Wat een teringzooi', zei ze vrolijk. Aram knikte.

'Ik wist niet dat krakers zo veel kleren hadden.'

Femke grinnikte. 'Ik geloof dat niemand zo veel kleren heeft', zei ze terwijl ze een roze sjaaltje van de grond viste. 'Dit staat hem vast enig.'

Aram zette een paar passen. Er bleef een sok aan zijn rechterschoen hangen. De kamer was klein en leek op een ontplofte inloopkast. Er was nauwelijks vloer te zien. Na wat geveeg met zijn voeten kwam er kaal beton tevoorschijn. Aan de muren hingen met fluorescerende verf beschilderde doeken en een oude *Jurassic Park*-poster die hem ergens aan deed denken. In de hoek stond een bed, maar ook dat was bezaaid met kledingstukken.

'Hij is hier overdag eigenlijk zelden', zei Femke. 'Zou niet weten wat hij dan doet. Ik geloof niet dat-ie werk heeft.'

Aram bukte en raapte een zwembroek op. Het prijskaartje zat er nog aan.

'Niet zwemmen in elk geval', zei hij. Femke giechelde.

'Wil je cola?'

Vijf minuten later zaten Aram en Femke op witte, plastic stoelen aan een tuintafel midden in de enorme fabriekshal. Ze hadden allebei een lauw blikje cola voor zich staan.

'Dus je zit hier nu een week of twee?' vroeg Aram. Femke knikte.

'Ja, ik heb Ruud vorige week op een feestje ontmoet. Ik was een soort van dakloos, logeerde bij een ex, dus dat was een probleem. Hij zei dat ze hier ruimte genoeg hadden. Dus toen heb ik de volgende dag mijn spullen gepakt en ben ik hier ingetrokken.'

'En Bo vond dat oké?'

'Ik denk het. Ik heb hem maar één of twee keer echt gesproken. Het is een apart iemand.'

'Kun je wel zeggen.'

'Ja! Hij is warrig. Als hij langer dan een minuut praat, breekt zijn verhaal in stukjes uiteen. Geen touw meer aan vast te knopen. Maar hij is wel lief, verder.'

Aram nam een slok. 'Lief'. Ja, daar moest hij het wel mee eens zijn. Tenzij het karakter van zijn oude vriend mettertijd enorm veranderd was, kon je Bo beslist zo typeren: lief.

'Eigenlijk is hij aardiger dan Ruud', ging Femke verder. 'Die is nogal bot en doet niet veel. Nu bijvoorbeeld, ligt hij nog steeds te maffen. Terwijl het drie uur 's middags is en hij gisteren niks gedaan heeft. Maar ja.'

'Maar ja?'

'Ik woon hier dankzij hem. Dus mij hoor je niet klagen.'

'Ah ja.'

'Ik geloof dat hij met me naar bed wil.' Ze haalde haar klik-armbandje los en tikte er een paar keer mee tegen haar voorhoofd. 'Ik hou in principe niet van neuken om iets gedaan te krijgen. Jij?'

Aram keek naar haar terwijl ze het bandje weer terug klikte, een shagbuil tevoorschijn haalde – wat is dat met krakers en shag? – en aan het draaien sloeg. Toen ze klaar was, stak ze haar shagje aan met een lucifer en schoof de buil over tafel richting Aram.

'Of rook je niet?'

Aram keek naar de buil en pakte hem.

'Soms', zei hij, en hij begon met rollen.

Hij zou er uiteindelijk twee uur blijven zitten. Bo kwam niet.

In de kamer in Pandora's hoofd was een halve muur volgeschreven met angsten. Soms kwam daar iets bij en soms veegde ze er een weg. Ze stond voor de muur en ging met haar vinger langs de krijtwoorden. 'Slangen'. 'Messen'. 'Verdwijnen'. Ze bleef hangen bij dat laatste woord. Kon iets nog een angst zijn als het al gebeurd was? Met die gedachte gleed haar vinger verder tot hij bij 'Dood' kwam. Daar bleef hij weer steken. Ze keek ernaar. Het was een groot, lelijk neergekalkt woord. Ze keek ernaar en voelde er niks bij. Het waren vier letters. Meer niet. Als je ze in een andere volgorde zette stond er 'Dodo'.

De laatste keer dat de man was gekomen, had hij haar naam gezegd. 'Pandora'. Hij had hem fluisterend uitgesproken, alsof het een geheim was dat ze deelden. Terwijl haar naam een van de weinige dingen was waar niemand geheimzinnig over deed. Het meisje met die rare naam, dat was ze, waardoor mensen niet naar haar hoefden te verwijzen als 'het meisje dat niet kan praten'.

'En dit is Pandora', zei haar vader, en hij gaf haar een tikje tegen haar achterhoofd. Ze stonden in het klaslokaal van een peuterschool; het was Pandora's eerste dag. Ze keek naar de grond. Daar lag een houten eend met een touwtje om zijn nek.

'Pandora, wat een bijzondere naam', zei de mevrouw die zich net had voorgesteld als juf Wieneke. 'Hoe bent u daar zo op gekomen?'

'Vonden we mooi', zei haar vader. Achter de brede heuppartij van de juf zag Pandora een groep kinderen over elkaar heen buitelen rondom een grote berg speelgoed. Het gegil weerkaatste tegen de muren van het lokaal.

'Goh', zei juf Wieneke. 'Origineel. Heeft ze ook een doos?' en ze giechelde.

'Een doos?'

'Ja. De doos. Van Pandora.'

Haar vader keek de juf verbaasd aan en zei: 'Ze heeft een doos met blokken. Hoezo?'

Jaren later had Pandora haar eigen naam gegoogeld. Er bleek een heel verhaal achter te zitten, waar ze niet veel van begreep, maar ze snapte nu wel het grapje over de doos, dat ze nooit vergeten was. Ook besefte ze dat haar ouders geen enkel besef hadden gehad dat ze haar vernoemden naar een of ander sprookjesfiguur. Of wat het dan ook was.

'Ik ben de eerste vrouw', had ze die avond op een vel papier geschreven dat ze aan haar ouders gaf. Haar ouders keken verbaasd.

'Wat bedoel je?' vroeg haar moeder. Pandora pakte een nieuw vel en begon aan het verhaal over de doos vol ziekte en ellende, maar gaf het halverwege op. Een jaar nadat haar vader was overleden, kreeg ze van haar moeder een boek over Griekse mythes.

'Ik begrijp er geen bal van', zei ze. 'Maar jij misschien wel.'

Juf Wieneke liep met haar vader mee naar de deur terwijl Pandora achterbleef in het klaslokaal vol gillende kinderen. Ze mompelden wat tegen elkaar, de juf knikte en terwijl haar vader wegliep, kwam ze terug en legde een hand op Pandora's schouder.

'Zullen we eens bij de rest gaan kijken?' zei ze. Pandora fronste. Twee blonde jongetjes die heel erg op elkaar leken hadden een plastic robot te pakken en stonden er aan weerszijden aan te trekken. Juf Wieneke liet haar meteen weer alleen om dit opstootje in de kiem te smoren. Terwijl ze daarmee bezig was zag Pandora in de hoek een ander jochie zitten. Hij had een tube lijm gevonden en was bezig zijn vingers aan elkaar te plakken. Er drupten dikke klodders op de neuzen van zijn schoenen. Hij was al een heel eind. 'Waarom zei je niks?!' zou juf Wieneke even later verontwaardigd aan haar vragen, om daarna snel beschaamd haar excuses aan te bieden. Het jongetje moest naar de EHBO, de robot was kapot, en Pandora voelde voor het eerst in haar leven iets wat op acceptatie leek. Misschien hoefde ze wel niet zo nodig ergens bij te horen.

Ze stond met haar rug tegen de muur en wachtte. Ze was duizelig. Misselijk en koortsig. Het was begonnen in haar maag, maar had zich uitgebreid tot in haar botten en nu ook in haar huid. Hoofdpijn, die vlak achter haar ogen zat en daar rondscharrelde als een rat, knaagde aan de bedrading. Iemand moest haar beter maken. En de man ging het niet doen. Bij zijn laatste bezoek had ze zijn hand gegrepen en die tegen haar voorhoofd geduwd. Maar hij trok hem terug. Zei dat ze zich geen zorgen moest maken. Dat het echte gevaar buiten was, en niet hier binnen.

Soms, als ze opgekruld op de grond lag – dat hielp een beetje tegen het beroerde gevoel – merkte ze dat ze zinnen bedacht zoals ze die weleens in verhalen tegenkwam. 'Deze ruimte is een doodskist', schoot haar bijvoorbeeld gisteren te binnen. En wat later: 'Ik ben bezig te verdwijnen.' Ze schreef ze op in de kamer in haar hoofd. Het was het soort taal dat ze bewonderd had in boeken. Zinnen die over andermans leven gingen en nooit over het hare. Maar nu ging het wél over haar. En terwijl ze tegen de muur stond en zich schrap zette, terwijl ze buiten de man het slot open hoorde maken, dacht ze: ik wil best wel doodgaan, maar niet hier. Het was een goede zin, vond ze, omdat hij waar was. 'Dood' was gewoon maar een woord, dat was zo. Vier letters in een bepaalde volgorde. Maar de betekenis ervan was iets wat je kon voelen. Iets wat alles in je wakker schudde.

De deur ging knarsend open en Pandora zette zich af. De man had het te laat door en schreeuwde toen ze tegen hem op knalde. Het dienblad met eten kletterde op de grond en klodders erwtensoep en scherven vlogen alle kanten op. Hij wankelde achteruit. Pandora voelde de deurpost en rook de buitenlucht, voelde een windvlaag tegen haar gezicht. Een paar seconden lang ervoer ze dat er nog altijd meer was dan haar gevangenis. Een wereld daarbuiten. Dat er iets was waar ze naartoe kon, een plek waar ze thuishoorde. Omdat ze nog niet verdwenen was. Ze stapte over de drempel. En toen voelde ze zijn hand haar paardenstaart vastgrijpen.

*

Ik begrijp best dat het moeilijk te bevatten is. Haar wereld is zo agressief veranderd dat ze zich niet zomaar kan neerleggen bij de regels van haar nieuwe bestaan. En mij kan ze niet zomaar vertrouwen. Dat begrijp ik best. Maar het is mijn taak haar te laten inzien dat ze hier hoort. Bij mij. Nergens anders.

Ik ben erachter waarom ze niet praat. Ik heb onderzoek gedaan, kranten gelezen en nu weet ik het. Ik werd er zo door geraakt dat ik bijna omviel. Het meisje zonder stem is terechtgekomen bij de man die gedachten kan horen. Het is bijna te perfect.

Het is zoals het zijn moet, voor ons allebei. Ze heeft me aangevallen. Geprobeerd me omver te duwen zodat ze de kamer kon ontvluchten. Weg van mij en van die vier muren. Terwijl ik en de vier muren het enige zijn waar ze nog op kan rekenen. Dat snapt ze niet. Na al die tijd dus nog altijd niet. Dat maakt deze taak voor mij een stuk moeilijker.

Niet erg. Ik wist al dat het een test zou worden toen ik haar vond, en nog veel meer nu ik weet dat ze naar haar op zoek zijn. In feite is er niks veranderd.

De politievrouw belde vandaag. Geen idee hoe ze aan mijn nummer komen. Ik heb het niet gegeven. Of me nog altijd niks te binnen is geschoten. Ik slaagde erin geloofwaardig te klinken. Nee, er was me niks te binnen geschoten. Ik kon ze niet verder helpen. Ze bedankte en hing op.

Ze komen dichterbij, dat is duidelijk. Ik ben geen idioot.

Het is goed dat ik haar niet in mijn eigen huis heb ondergebracht. Ze zullen haar niet zoeken in de oude lijmfabriek. Daar zoekt niemand. Maar dan nog. Op mijn hoede zijn. Niemand vertrouwen.

Aram werd wakker en merkte dat zijn vrouw weg was. Hij vroeg zich af wanneer dat zou ophouden. Wanneer het punt zou komen dat hij gewoon zou opstaan om te pissen, te ontbijten en zijn tanden te poetsen en zou denken: och ja, ooit lag er iemand naast me. Mis ik haar? Nee, ik mis haar niet. Ik wen alleen traag.

Het verbaasde hem hoe langzaam de menselijke geest zichzelf herprogrammeert. Roestige raderwerken zijn we, dacht hij terwijl hij in zijn onderbroek naar beneden sjokte. Hij keek naar de deurmat, waarop geen krant meer lag sinds hij hem had opgezegd, weken geleden. De ochtend wierp een kil, levenloos licht naar binnen. Hij liep naar de keuken, waar op de drempel zijn pantoffels wachtten. Hij schoot ze aan, opende de koelkast en bekeek het karige ontbijtassortiment. Nam de mogelijkheden door – brood met ansjovis, brood zonder ansjovis, ansjovis zonder brood – en sloot toen de deur weer. Een snack onderweg, daar zou het wel weer op uitdraaien. Prima. Hij keek door de achterdeur de tuin in. Er zat een dikke poes naar het lege vogelhuisje te loeren. Ze zwiepte haar staart wat heen en weer maar ondernam verder geen stappen.

'Er is niemand thuis, sufferd', mompelde Aram.

Hij dronk koffie aan de witte keukentafel. Voor hem lagen volgeschreven A4'tjes die hij vannacht uit zijn printer had getrokken bij gebrek aan een notitieblok. Elk vel papier had groot een naam in het midden staan, met eromheen een woordspin aan associaties. Bo lag in het midden, eromheen Femke, Liz (met foto), Pandora, Manja Zerbst en Leen de Jager. Bij die laatste had hij een wesp getekend. Het had alle schijn van een systeem. Even was het in hem opgekomen dat hij een mysterie creëerde waar daar helemaal geen sprake van was. Dat Bo niet meer dan een potentiële getuige was geweest, wellicht in de buurt toen Pandora van het toneel des levens verdween, misschien niet eens bruikbaar, en dat hijzelf de zaak veel te groot maakte. Maar die gedachte had hij met graagte weer verworpen. Liz hield geen dossiers bij van iedereen die ze sprak gedurende een zaak. Waarom zou ze? Er zat al genoeg ruis op de lijn. Als Bo onschuldig was, kon hij hem helpen dat te bewijzen. En als hij er wél iets mee te maken had, was het misschien nog niet te laat. Dan kon het onheil wellicht nog afgewend worden. Het lijntje tussen held en slechterik is flinterdun.

Als Bo er samen met mij voor kan zorgen dat dat meisje terug naar huis kan, zijn we allebei een winnaar in dit verhaal, al is het maar voor even.

Hij stond op en staarde een tijdje naar de foto van Liz. Die was genomen in een park. Ze lag op een handdoek en grijnsde naar de camera. De wind speelde wat met haar pony. Ze was blij, verliefd. Keek hem aan vanuit dat vrolijke verleden. Hij voelde niks.

Er nevelde lauwe motregen naar beneden toen hij de voordeur achter zich dichttrok en naar zijn fiets liep. Zijn telefoon trilde in zijn zak.

Kwam je vandaag nou weer langs? Zo ja, kun je vloeitjes meenemen? Groetjes, Femke.

Hij begon aan een antwoord toen er nog een bericht verscheen:

Sorry, dat is heel erg onbeleefd om te vragen. Zo ben ik niet opgevoed. Neem vooral geen vloei mee, ik heb het niet verdiend. Nog meer groetjes, Femke.

Komt goed, typte hij. Is Bo er ook?

Hij wachtte even, maar er kwam geen antwoord. Hij stopte zijn telefoon in zijn zak en vroeg zich af of er onderweg naar het industrieterrein een tabakszaak of tankstation zat. Aan de overkant van de straat zag hij Hubert met zijn baasje. Ze zwaaide, wees naar de lucht en trok een vies gezicht. Aram tikte tegen zijn hoofd alsof hij een hoed ophad. De vrouw deed hetzelfde, maar zij droeg er zoals gebruikelijk wél een. Hubert trok aan de lijn. Hij wilde naar huis.

'Hai!' Femke keek naar het pakje vloei dat Aram naar voren stak. 'Je bent het beste mens ooit!' jubelde ze. Ze wenkte hem verder te komen en liep de gang in richting de hal die als woonkamer fungeerde.

'Hij is boodschappen doen!' riep ze over haar schouder. 'Tenminste, dat is wat-ie zei, maar ik heb hem nog nooit met een tas zien thuiskomen. In elk geval verwacht ik 'm over niet al te lange tijd terug!'

Aram zag dat haar kleren onder de verfvlekken zaten. Ze had een rafelige tuinbroek en een gescheurd zwart shirtje aan, beiden bezaaid met grote klodders latex.

'Aan het verven?'

'Ja! De muren waren grijs van de rook en weet-ik-veelwat-verder-nog, dus ik dacht, daar doe ik effe wat aan! Als bedankje voor dat ik hier mag wonen.'

De grootste verfvlek zat op het zitvlak van de te grote broek.

'In de verf gaan zitten?'

'Hoezo?'

'Er zit een enorme witte vlek op je kont.'

Ze draaide zich om en keek hem aan.

'Dat is helemaal niet hoffelijk om te zeggen.'

'Weet ik', zei Aram. 'Maar ik heb vloei voor je meegenomen, dus ik heb wat krediet.'

Ze knikte. 'Dat is helemaal waar.'

Hij kwam de hal binnen en keek om zich heen. Femke had een constructie gebouwd van een tafel en een ladder, waarmee ze erin geslaagd was al een van de minstens vier meter hoge muren wit te schilderen.

'Vindt de eigenaar dit ook leuk?' vroeg hij.

'De eigenaar?'

'Ja. Dit pand is toch van iemand, niet?'

Femke keek naar de witte muur en de verfspetters op de betonnen vloer. Ze haalde haar schouders op.

'Tegen de tijd dat we hieruit moeten, zijn er alweer driehonderd pakken shag, duizend joints en zeven feestjes overheen gegaan', zei ze. 'Dan zijn ze allang weer mooi grijs.'

Haar stem kaatste door de kale ruimte. Ze ging op een van de plastic tuinstoelen zitten en grabbelde twee witte plastic bekertjes uit een plastic koker.

'Cola?'

Aram knikte. Welja, dacht hij, doe maar weer cola. En stuntelig gerolde shag. Hij plofte neer in een stoel.

'Waarom ben je eigenlijk zo hard op zoek naar Bo?' vroeg Femke.

'We moeten praten.'

'Dat klinkt ernstig.'

'Dat valt hopelijk heel erg mee.'

Ze grinnikte. Ze had een breed assortiment aan lachjes. 'Deze hele situatie zou in het zwart-wit moeten zijn', zei ze.

'En dat jij dan een zwarte gleufhoed ophebt.'

'Hoezo?'

'Sorry, in mijn hoofd klonk het heel logisch.' Ze lachte weer. Wierp hem haar shagbuil toe. 'Heb jij geen werk?'

Aram schudde van nee.

'O.'

'Ik ben ontslagen', zei hij.

'Waarom?'

Hij zweeg even.

'Bedrijfsongeval.'

'O-ow.' Ze schonk twee bekertjes vol met cola en gaf hem er een. 'Met gewonden?'

Aram knikte. Op de eerste verdieping ging er muziek aan. Een diepe bas dreunde door het plafond.

'Ruud is wakker', zei Femke. Er kwam wat gruis naar beneden gedwarreld. 'Wat voor werk deed je?'

Aram had geen zin om antwoord te geven. De zin 'Ik zat bij de televisie' brak uiteen in zijn hoofd en verwerd tot losse, absurde woordjes die niets meer te maken hadden met zijn leven zoals het was. Hij haatte elke letter ervan. En hij vermoedde dat Femke dat ook zou doen. Dus bleef hij stil, precies lang genoeg om het moment raar te maken. Hij had het warm.

'Beroep je je op je zwijgrecht?' vroeg Femke grijnzend.

Hij knikte.

'Prima', zei ze. 'Ik ook.'

Het geluid van de dichtslaande voordeur kaatste door het pand. Voetstappen klonken door de gang, aritmisch, tegen de beat van de muziek in, en toen verscheen hij in de deuropening. Hij was bleker, magerder en behaarder dan vroeger. Zijn knokige schouders staken uit in zijn los zittende shirt, hij had een grote kras op zijn wang en een zonnebril met ronde glazen op, zo een die hij jaren terug verfoeid zou hebben. Maar het was onmiskenbaar de vriend die Aram al jaren niet gezien of gesproken had. Hij bleef op de drempel staan. Het was stil. Zeker vijf seconden. Toen stak Femke haar shagje aan en stond Aram op.

'Hallo, Bo', zei hij.

'En nu?'

'Geen idee, Joep. Moet ik dat al weten?'

'Je moet niks.'

'Mooi.'

'Hoe was het, om Bo weer te zien?'

'Gewoon.'

'Gewoon?'

'Ik weet niet. Ik voelde er niet zo veel bij, geloof ik. Geen steek in mijn hart of ijsklomp in mijn maag of wat dan ook. Gewoon. Het was Bo. Hij zag er verschrikkelijk uit, maar dat verwachtte ik al.'

'Hoe denk je dat hij het vond om jou te zien?'

'Geen idee.'

'Geen idee?'

'Nee. Hij zei niet zo veel.'

'Dus het was geen bijzonder moment?'

'Ach, bijzonder … Raar, dat omschrijft het beter. Het was een raar moment.'

'Raar?'

'Ja, raar. Kun je daar wat mee?'

'Ik hoef er niks mee te kunnen.'

'Mooi. Ik ook niet.'

'Ik kan me herinneren dat je het de vorige keer had over iets wat je per se moest achterhalen, omdat je er slecht van sliep. Waar is die overtuiging gebleven?'

'Weet ik 't. In bed?'

'Mag ik iets zeggen?'

'Ga je gang.'

'Ik geloof je cynisme niet.'

Aram frunnikte aan zijn schoenveter en luisterde naar het ritmische getik van een tuinsproeier, dat door het open raam naar binnen sijpelde.

'Voor wie was je daar, Aram? Voor jezelf, of voor Bo?'

'Ik zou het niet weten.'

'Er moet toch een reden zijn waarom je dit hebt opgepakt?'

'Vast.'

'En?'

'Jezus Joep, ik doe het gewoon. Oké? Omdat het Bo is. Omdat zijn leven verneukt is. En het mijne ook. Misschien dat dit een verschil kan maken.'

'Wat voor verschil?'

'Het verschil tussen een mislukking zijn en iemand die ertoe doet. Bo was altijd de sneue van ons twee. Maar dat is voorbij. We zijn allebei kapot. Dus dat zal het wel zijn. Je moet ergens beginnen met repareren, toch?'

'Aha, dus je bent een held?'

'Nee.'

'Niet? Je redt jezelf én een noodlijdende vriend. Is dat niet heldhaftig?'

'Ik betwijfel of ik iemand kan redden. Ik doe maar wat.'

'Hm.'

'Wat hm?'

'Jammer.'

'Waarom?'

'Ik hou wel van helden.'

'Nou, dan moet je mij niet hebben.'

'Misschien dat je jezelf nog gaat verrassen.'

In zijn hoofd hield Aram een bingo bij van de clichés die zijn therapeut op hem afvuurde. Zijn kaart was bijna vol. Maar ongetwijfeld, dacht hij, ongetwijfeld is het allemaal waar. En zijn het daarom clichés.

'Weet je wat het is, Joep?' zei hij. 'Ik heb geen vrienden in de buurt die ik na vijven kan bellen voor een glas bier. Die heb ik gewoon niet. Ik snap dat je misschien naar mij kijkt en denkt: die jongen heeft vrienden. Maar dat is niet zo. Ik heb er nul. En eerst gaf dat niet, omdat ik succesvol ging worden.'

Vivié knikte traag.

'Maar dat werd ik niet. En nu ben ik alleen.'

'Want Liz is weg?'

'Liz … ja, Liz. Die is weg. Dappere Liz. Weggelopen van iets wat allang dood was.'

'Is dat hoe jij het ziet? Of hoe zij het verwoordt?'

Aram ging verzitten. 'Ik mis haar niet, als je dat bedoelt.'

Vivié trok een verbaasd gezicht. Aram vroeg zich af of het oprecht was, of dat zijn therapeut een register met gezichts-uitdrukkingen had om een reactie uit te lokken. Hij bedacht dat hoewel dit op een gesprek leek, het in feite allemaal om hem draaide. Over een half uur zou hier iemand anders zitten. Iemand die evenveel aandacht verdiende, omdat hij daarvoor betaalde.

'Nee', zei Aram. 'Ik mis haar niet. Vind je dat gek?' Daar gaf Vivié geen antwoord op. Gelukkig voor hem hoefde hij dat ook niet. Antwoorden moest je zelf vinden. Wat een allejezus heerlijk beroep.

*

Je weet nooit zeker of iets geëindigd is. Behalve als het om levens gaat. Maar de rest – levensfases, liefdes, vriendschappen – je weet nooit zeker dat, wanneer het voorbij is, het ook voorbij blijft.

En zo kan het dus zijn dat, hoewel ik zeker wist Aram nooit van mijn levensdagen meer te spreken, hij gisteren ineens in mijn woonkamer zat. Uit het verleden gestapt, pats, mijn heden in. Dat vindt hij zelf ongetwijfeld ontzettend vanzelfsprekend.

Hij zag eruit zoals ik altijd gedacht heb dat hij eruit zou gaan zien. Sterk. Donker. Superieur. Beter dan de rest en zich daar bewust van. Het was een heel bizarre ervaring. Ik liep een situatie binnen waarin alles al vastlag. Aram was terug in mijn leven, van het ene op het andere moment, en ik wist ook meteen dat hij niet meer weg zou gaan. Hij was terug en daar was niks meer aan te doen. Ik verbeeldde het me niet, hij was er echt, want Femke praatte tegen hem. En ze keek naar hem. En ik naar haar. En ik dacht: godverdomme, jíj hebt hem binnengelaten. Jij wil hem hier, ik zie het aan je. Jij gaat zorgen dat hij blijft.

Het gaat verkeerd en dat mag niet. Het mag niet verkeerd gaan.

Mijn meisje gorgelt en spuugt naar me, ze heeft me gekrabd. Er loopt een enorme kras over mijn wang. Mensen gaan daar vragen over stellen.

Ze lijkt wel bezeten. Ik vraag het haar: Zeg me wie er achter je aan zitten! Zeg me waar je voor vlucht. Maar het enige wat ik hoor in mijn hoofd is Help. Help me. Ook al vecht ik, ook al verzet ik me: Help me, Bo. Help me alsjeblieft.

Ik mag me door niets laten afleiden. En niemand mag in de buurt komen. Ook Aram niet. Die heeft zijn kans gehad. Hij kan de tering krijgen.

Hoe dan ook, ik stond daar, en hij zat daar, en Femke giechelde wat (dat doet ze veel) en trippelde weg om iets te pakken, haar schoenen geloof ik.

Ik wil met je praten, zei hij.

Hoezo? vroeg ik.

Gewoon, zei hij, omdat we elkaar al zo lang niet gezien hebben. We waren beste vrienden, jij en ik, zei hij.

Ik weet niet hoe hij dat uit zijn mond geperst kreeg na al die jaren, maar het lukte. Hij zei het: beste vrienden.

Gewoon eens bijkletsen, zei hij ook nog.

Ik heb een excuus bedacht. Geen tijd nu. Andere keer. Nee sorry, echt geen tijd. Ben naar mijn kamer gegaan en daar gebleven tot hij weg was. Aram terug in mijn leven is wel het laatste wat ik nu kan gebruiken.

Het ergste is: toen ik hem daar zag zitten, met zijn uitgestreken, gladgeschoren smoel en zijn dure jack, werd het doodstil in mijn hoofd. Geen zuchtje, geen fluistering; niks. Ik heb Arams gedachten nooit kunnen horen. Misschien heeft hij zijn hoofd voor me afgesloten omdat ik het hem verteld heb. Ik had dat nooit moeten doen.

Pandora keek om zich heen. Ze was in een andere kamer dan de kamer waarin hij haar had opgesloten. Het leek op een oude hotelkamer of een ruimte in een kasteel. Bruin hout, rood pluche. Iets uit een film. Er hing een kroonluchter aan het plafond, er waren kasten en er stond een lange tafel in het midden. Erop een fruitschaal met rottend fruit. En er lag een gekke knuffel op de leuning van een oude fauteuil. Een groezelig beest dat al lang meeging. Ze bekeek hem. Het was niet één specifiek dier maar bestond uit delen van een zebra, een beer, een olifant en nog iets. Het ding joeg haar angst aan. Het klopte niet. Ze keek rond. Er was geen deur, geen raam. Net als in haar eigen woorden-en-zinnen-kamer, de kamer in haar hoofd. Dit was geen plek op de wereld waarin haar lichaam was. Dit was ergens anders. Ze wist niet hoe ze hier gekomen was en kneep haar ogen dicht. Schudde met haar hoofd. Toen ze haar ogen weer opendeed, was het weg. Ze was weer gewoon in het donker. In haar gevangenis. De man stond in de deuropening. Hij had het dienblad vast. Ze rook eten. Eten en lijm. Op deze plek rook het altijd naar lijm. Ze voelde haar lijf weer. Kou en tintelingen, koortsige pijn. En ze vroeg zich af waar ze was geweest, zonet. En hoe ze er gekomen was.

BO! Is dit je goede nummer? Kreeg het van Femke maar ze wist het niet zeker. Nu ja, stuur effe wat terug als het klopt. Goed om je weer te zien in elk geval, en jammer dat je geen tijd had. Mazzel! Aram

Blijkbaar niet het goede nummer? Ik belde vanmorgen een paar keer maar er nam niemand op. Kreeg ook geen voicemail. Grt, Aram

Bo ouwe struikrover! BEL ES TERUG! Of sms ☺

'Hé, Bo, met Aram. Tenminste, ik neem aan dat je Bo bent, ik kreeg zo'n standaard voicemailbandje van "Dit is de voicemail van nul, zes, twee, drie, drie ..." nou ja, je snapt het. Ik dacht: ik bel even. Misschien heb je geen beltegoed meer, of is je abonnement verlopen, of weet ik veel wat, of misschien heb je geen mobiel meer of is dit gewoon niet het goeie nummer, maar goed, dat weet ik dus niet vanwege die voicemail. Hoe dan ook, je kunt me terugbellen op nul, zes, twee, vijf, vijf, zeven, acht, vijf, acht, nul en ik probeer het zelf later ook nog wel een keer. Dit is dus Aram. Doei!'

Aram hing op en leunde achterover in zijn stoel. Voor hem op het computerscherm een Worddocument. Twee namen stonden in kapitale letters naast elkaar: BO, PANDORA. En daarachter knipperde de cursor. Treiterig, uitdagend.

Is Bo in staat een jong meisje te ontvoeren? Of te vermoorden? Is hij zo ver afgedreven? Hij hoorde stemmen. Dat was toen. Daar moet hij toch mee geholpen zijn? Bij dat soort gevallen wordt ingegrepen. Zo werkt dat. Zoiets onderdrukken ze. Met therapie, medicijnen, elektroshocks, weet ik veel. Niemand hoeft stemmen te horen, daarvoor weten we te veel. In deze wereld hoeft niemand gek te zijn.

Hij vouwde zijn handen achter zijn hoofd. Wat ben je aan het doen, Aram? Hij nam een slok wijn en liet zijn vlakke hand een paar keer op het toetsenbord vallen. Hizers76t34y huonadfkjfjjf, was het resultaat.

Hoe afschuwelijk is het om Bo te zijn? Kan hij zijn losgescheurd van de wereld terwijl niemand het gemerkt heeft? Een ontwrichte geest, gebroken, in staat om dingen te vernietigen? Weggekropen in zijn kraakpand, met het licht uit, wachtend op het ogenblik waarop hij iemand met zich mee kan trekken, het donker in.

Hij keek naar de vellen papier op tafel. De namen. Bo, Femke, Liz, Pandora, Jonas en Manja Zerbst. Hij liep ernaartoe, pakte het vel met Liz. Zat zij nog achter Bo aan? Moest hij haar bellen? Hij verfrommelde het vel. Met een boog gooide hij het net naast de prullenmand. Vervolgens deed hij hetzelfde met Manja Zerbst, die was raak, en met Jonas, en met Femke. Als laatste pakte hij het vel met Bo erop. Hij keek ernaar.

'Wat heb je gedaan, Bo?' vroeg hij. 'Wat heb je gedaan?'

Bo gaf geen antwoord.

Aram smeet het papier in de prullenbak. Hij keek naar het vel dat over was. Pandora. Hij keek er lang naar. Maar er kwam niks. Hij liep naar de bank, griste zijn jack ervanaf, opende de voordeur en liep de schemering in. De krekels begeleidden zijn aftocht met een zomerse symfonie.

De volgende dag kwam Femke langs, onaangekondigd. Aram zat in zijn voortuin.

'Hallo', zei ze. Hij had haar niet gezien, schrok buitensporig en zijn glas limonade viel om. Gegeneerd keek hij op.

'Hallo.'

'Ik was in de buurt. Kapper', zei ze, en ze wees naar haar hoofd, waarop haar dreadlocks plaats hadden gemaakt voor halflange bruine plukken.

'Ik zie het.'

'Mooi?'

'Ja.'

'Ik keek vanmorgen in de spiegel en vond mezelf er ineens heel kinderachtig uitzien. Vandaar.'

Aram besloot ter plekke dat hij Femke nodig had. Bo liet hem niet in de buurt. Als hij wilde voorkomen dat Bo ten onder zou gaan aan zijn eigen verknipte geest, moest hij iets doen, voordat de politie hem het huis uit sleepte. Of hij nu een zwijgende getuige was of een dader, of niets met de zaak-Pandora te maken had; het ging slecht voor hem aflopen. Tenzij, heel misschien, Aram ingreep. Dat was de enige oplossing. Hij kon het in orde maken, voor zover dat nog mogelijk was. En daar had hij Femke bij nodig. Ook daarom kwam het goed uit dat hij eveneens met haar naar bed wilde. En nu stond ze voor zijn neus. Een alleraardigste meevaller.

'Leuk hier', zei Femke.

'Dank je', zei Aram.

'Nooit geweten dat deze wijk er was. Ik bedoel, je komt hier uit jezelf nooit langs, snap je? Er is niks, na deze plek. En ervoor eigenlijk ook niet.'

Aram knikte. Hij woonde op een dood eind.

'Grappig vind ik dat soort plekken. Ik vraag me altijd af hoe mensen er terechtkomen', zei Femke. Ze keek om zich heen, maar er was niet echt iets te zien.

'Ze kiezen ervoor', zei Aram. Femke klakte met haar tong. Ze boog voorover, pulkte een aansteker uit haar sneaker, haalde vervolgens een sigaret uit een pakje dat achter haar riem geklemd zat en stak hem aan. Ze inhaleerde diep, sloeg haar armen over elkaar en bleef staan waar ze stond. Aram zweeg. Zijn vingers zaten tussen de pagina's van het boek dat hij op zijn schoot had liggen. Alsof hij zo weer verder wilde lezen. Hij bedacht dat het er misschien ongastvrij uitzag en haalde ze ertussenuit. Hij legde het gesloten boek op de stapel naast hem. Femke volgde de handeling met haar ogen, en bleef naar de stapel kijken.

'Veel', zei ze.

'Ja', zei Aram.

'Ga je die allemaal lezen?'

'Dat is het plan.'

Ze zwegen weer. Er vloog een troep ganzen over. Ze keken ernaar, allebei, te lang. Toen liep Femke het tuinhekje door, naar hem toe, en ging op zijn schoot zitten.

'Gaan wij nou nog een keer zoenen, of hoe zit dat?'

Aram trommelde op de plastic armleuningen van de tuinstoel.

'Ik denk het wel', zei hij toen. Ze zoenden, lang, en daarna liep ze naar de keuken – 'Meer limonade?' – met een vastberaden vlotheid die Aram zich deed afvragen of iemand die zo door het leven ging niet constant in gevaar was. Iemand die nooit naar links en naar rechts keek voor ze de straat overstak. Hij wreef met zijn hand in zijn nek. Die was nat van het zweet. 'Raar wijf', mompelde hij, en hij voelde zich een paar seconden lang beter dan hij zich in jaren gevoeld had. Het grensde aan vrolijk. Hij moest zich concentreren, besefte hij, niet uit het oog verliezen waarom hij bepaalde dingen deed. Maar aan de andere kant had hij best recht op een beetje plezier. Dat was het lot hem wel verschuldigd.

'Gebruik jij drugs?'
  'Ja.'
'Veel?'
'Mwah.'
'Dagelijks?'
'Nee gek!'
'Wekelijks?'
'Soms.'
'Ah.'
Hij had er een tuinstoel bij gehaald en nu zaten ze naast elkaar de straat in te turen. Er was nog altijd weinig leven. Af en toe passeerde er iemand, meestal met een boodschappentas, eenmaal met een rolkoffer, maar voor de rest was de buurt waarin Aram woonde zo dynamisch als een ansichtkaart.
Hier begint niks en eindigt van alles, raar dat ik dat nu pas doorheb.
'Wat voor drugs?'
'Keta, lsd, soms een pilletje.'
'Oké.'

189

'Vind je dat verkeerd?'

'Nee, niet direct.'

'Mooi.'

Hij keek naar Femke. Ze had haar ogen gesloten. Haar handen rustten op haar blote buik, ze had haar paarse shirtje opgerold, en tussen haar vingers door zag Aram iets glinsteren. Een navelpiercing. Waarom ook niet?

'En Bo?'

'Bo wat?'

'Gebruikt die?'

'O. Nee.'

'Nee?'

'Niets. Hij is daar heel heftig in. Wil het niet zien, ook. Ruud liet een keer een zakje speed rondslingeren. Hij werd he-le-maal gek.'

'En medicijnen?'

'Medicijnen? Waartegen?'

'Weet niet.'

Aram dacht na. Ergens in zijn achterhoofd huisde de overtuiging dat Bo zich al vanaf zijn zestiende had volgepropt met alle verdovende middelen die hij maar te pakken kon krijgen. Maar waarop was dat idee gestoeld? Hij groef, maar vond niks.

'Waar denk je aan?' vroeg Femke.

'Aan Bo.'

'Geil.'

'Niet echt, hè?'

'Nope.'

In de verte was een jongetje bezig met een skippybal. Hij probeerde erop te blijven zitten en er de straat mee op en af te stuiteren, maar elke keer werd hij overmand door enthousiasme, waardoor hij te hard afzette, te hoog kwam, en dan na het terugkaatsen gelanceerd werd. Hij viel en stond op zonder te huilen. Vastberaden. Af en toe verscheen zijn moeder aan het tuinhekje. Ze vroeg iets onverstaanbaars, waar het jongetje steevast nee op schudde.

Aram dronk limonade en keek naar Femkes benen. Die waren bloot, wit, begonnen bij haar zwarte sneakers en eindigden in een kort rood rokje. Hij vond ze mooi.

Hoe lang is het geleden dat ik naar benen heb gekeken?

Hij dronk nog meer limonade. Heel erg lang geleden. Benen waren tijdens zijn huwelijk verworden tot gewoon benen. Niets meer en niets minder. Net zoals billen billen waren, een gezicht een gezicht, lippen niets meer dan lippen. Zelfs de seks met Liz ging op het eind niet meer over neuken. Of andersom. Maar waarover dan? En waarover ging het nu? Hij vroeg zich af of er tussen alles wat er het afgelopen jaar gebeurd was iets zat waarop enige logica van toepassing was. En of logica überhaupt een goed criterium was als je je leven onder de loep nam.

'Zeg, Aram', Femke boog zich naar hem toe. 'Jij zit toch niet naar mij te gluren, is het wel?'

'Jawel.'

'O. Nou, mooi is dat.'

Aram grijnsde een zelfverzekerde grijns waarvan hij bij god niet wist waar hij hem vandaan haalde. Het voelde als een grootse prestatie. Femke stond op en liep naar binnen.

'Ga je mee?'

'Waarheen?'

'Wat denk je?'

＊

Ik ben jarig. In het licht van alles wat er momenteel aan de hand is, is dat natuurlijk belachelijk: jarig zijn. Maar toch is het zo. Niks aan te doen. Mijn moeder belde, mijn vader kwam ook even aan de telefoon en ik had een sms'je van Aram: Gefeliciteerd ouwe kutzak! Ik kan me niet herinneren dat wij elkaar ooit zo noemden. Verder was Ruud het natuurlijk vergeten en had Femke een taart gekocht. Of gebakken, dat weet ik niet. Het is worteltaart en hij is niet heel erg lekker, maar ze presenteerde hem heel blij en trots en ik vond het lief, toch.

Ik ben 35.

Ik liep door de stad, op weg naar de supermarkt, met mijn laatste twintig euro van de maand in mijn zak. Boodschappen doen, eten kopen voor Pandora. Ik kwam langs een etalage en daarin stond een Barbapapalamp. Groot en roze en hij kostte achttien euro, afgeprijsd van dertig. Ik heb iets met Barbapapa. Barbapapa stond op mijn eerste dekbedovertrek dat ik me kan herinneren. En toen ik zes was kreeg ik het Barbapapahuis van mijn ouders. Alle Barbapapa's zaten erin, en ze hadden hun eigen kamer. Barbabob, Barbabee, Barbabenno; allemaal.

Ik stond daar bij die etalage, keek naar die lamp en dacht: ik ben jarig. Ik ben jarig en ik ga die lamp kopen. Ik heb meer recht op een cadeau dan Pandora op haar eten. Misschien is dat slecht maar het is zo. Mijn meisje. Mijn meisje wil mijn meisje niet zijn. Dat is oké, echt, dat begrijp ik, maar ik mag ook best iets voor mezelf, af en toe, bijvoorbeeld op mijn verjaardag.

Is het een cadeau? vroeg de verkoper.

Ja.

Hij pakte een rol heel kinderachtig pakpapier.

Hebt u geen gewoon pakpapier? Voor volwassenen?

Is het niet voor een kind?

Nee.

O. Oké. Ik dacht, misschien voor uw zoon of dochter, of zo.

Ik heb geen zoon of dochter.

Ook goed.

Hij koos ander pakpapier, grijs, dat vond ik prima, en hij pakte zwijgzaam de lamp in terwijl ik toekeek. Zijn handen trilden een beetje. Ik legde de twintig euro neer, nam de lamp en de twee euro wisselgeld en liep naar buiten. Ik was blij. Ik had een cadeau voor mezelf gekocht. Dat is helemaal niet raar. Dat is het normaalste wat ik in tijden gedaan heb.

Ik heb de lamp thuis uitgepakt en op mijn kamer gezet. Hij gaf een mooi, warm, roze licht. Ja, dacht ik, hier word ik blij van, blij en tevreden.

Pandora heeft genoeg eten. Voor nu. Het is niet zo dat ik niet goed voor haar zorg.

Ze lag in de hoek en staarde voor zich uit. Ik ga dood hier. Het is voorbij. Veertien jaar oud ben ik en het is voorbij.

Er was nauwelijks energie over om nog kwaad, verdrietig of bang te zijn. Ze had koorts, tenminste, dat moest haast wel; het ene moment rilde ze van de kou, het andere moment leek ze van binnenuit te verbranden. Hoe warm was het buiten? Ze kon er alleen maar naar gissen. Het was zomer. Was het nog zomer?

Vroeger, toen Pandora's vader nog leefde en Jonas nog niet kon lopen, zorgde haar moeder voor haar als ze ziek was. Dan lag ze op de bank en kreeg ze thee, bouillon en natte washandjes op haar voorhoofd. Haar moeder werkte thuis. Aan wat precies, dat wist ze niet. In elk geval had het geen haast, want ze deed de hele tijd andere dingen tussendoor, en de keren dat Pandora met griep op de bank had gelegen vertroetelde ze haar de hele dag. Dat hield op toen haar vader overleed.

Waar ga je heen? had Pandora een keer gebaard bij het ontbijt, terwijl haar moeder zich in een mantelpakje ritste.

'Ik werk bij de tandarts.'

Onze tandarts?

'Nee, een andere.'

Is die wél aardig?

'Ja hoor', zei haar moeder, met een lach die iets geheimzinnigs had.

Ik ben niet dom, dacht Pandora, ik weet best wat dingen betekenen. Maar ze vroeg niet door. Dingen waren van zichzelf al ingewikkeld zat.

'De tandarts is een homo', zei Jonas, met zijn mond vol cornflakes. Haar moeder gaf hem een tikje tegen zijn achterhoofd.

'Dat zeggen we niet, Jonas de Jager!'

Jonas keek beduusd. Hij was acht en kwam elke dag thuis van school met nieuwe woorden. Wist hij veel. Pandora at haar kom leeg en stond op.

We gaan, Jonas, wenkte ze. Haar moeder pakte haar bij haar schouders.

'Als je de bus mist, kom je terug hiernaartoe en wacht je op de volgende, ja? Je gaat niet lopen.'

Pandora knikte. School was niet ver weg, maar zelf lopen mocht niet. Ook dat begreep ze heel goed. In geval van nood kon ze niet om hulp vragen. Dat zou waarschijnlijk altijd zo blijven. Jonas kon woorden als 'homo' uitproberen; zij kon geen 'help' roepen. Ze ging naar de kamer in haar hoofd en schreef op de muur: *Er komt een dag dat ik mezelf kan repareren.*

Ze krulde zich op in de hoek, tegen de koude muren. Ze vroeg zich af of ze nog kon huilen. Niet dat het zin zou hebben. Huilen had nooit zin. Je kreeg er hoofdpijn van en het maakte geen enkel verschil. Tranen en geluiden. Flauwekul. Dingen veranderen en ik ook. Jammer dat het zinloos is.

De man kwam binnen. Hij ging naast haar zitten en zweeg. Hij zweeg eigenlijk alleen nog maar, de laatste tijd. Af en toe prevelde hij iets. Vroeg hij haar om hem te helpen. 'Laat me iets weten', zei hij dan, zo zacht dat ze het bijna niet kon horen. Ze begreep er niets van. Maar nu zei hij niets. Hij zat daar maar, naast haar in het pikkedonker, zodat ze alleen maar kon voelen dat hij er was.

Ze sloot haar ogen.

Toen ze ze opende, was ze weer in de vreemde kamer. De kamer die haar kamer niet was. Met de muren van hout, zonder ramen erin, en het rode pluche. De lange tafel. De grote fauteuil met de gekke knuffel op de leuning. Ze liep langs de kasten tegen de muur. Er stonden videobanden in, die dingen herkende ze van vroeger. Op de tafel stond nog altijd de fruitschaal, met het fruit dat niet goed meer was. Aan het plafond bungelde de kroonluchter zachtjes heen en weer, het vertrek zwak verlichtend. Dit was niet haar hoofd. Dit was ergens anders.

Ze knipperde weer met haar ogen, en het was weg. Ze was terug in haar lichaam en terug in haar gevangenis. Naast haar ademde de man diep en schor. Te moe om te proberen nog iets te begrijpen bleef ze op de grond liggen. De kou was ijzig en trok haar langzaam en genadeloos mee een diepe, lege slaap in.

Help me.

'Wat moet je eigenlijk van Bo?' Femke zat op het voeteneind van zijn bed, naakt, en at een Snickers. Hij had geen idee waar ze die vandaan gehaald had.

'Ik maak me zorgen om 'm.' Hij rekte zich kreunend uit, ging rechtop zitten en propte wat kussens achter zijn rug. Het raam stond open, de hitte werd onschadelijk gemaakt door een briesje. Het was in alle opzichten een moment om in te willen verdwijnen, maar dat kon de bedoeling niet zijn.

'Gewoon zomaar ineens?'

'Ja. Zo zou je dat wel kunnen zeggen.'

'Beetje laat, geloof ik.' Ze grijnsde haar tanden bloot. Overal zat chocola. Aram strekte zijn voeten een paar keer, zodat er een tinteling door zijn benen trok. Buiten riep iemand iets, en iemand anders riep iets terug. Het ging over voetbal.

'Er is iets aan de hand, geloof ik', zei Aram. 'Iets gevaarlijks. Iets wat Bo zelf niet kan oplossen. En ik wel, misschien.'

Femke gooide hem het laatste stukje chocoladereep toe. Hij ving het en stopte het in zijn mond.

'En nu je vrijgezel bent en werkeloos heb je daar natuurlijk voldoende tijd voor.' Een knipoog.

'Ja, in principe wel ja.'

Ze klom van het bed en liep naar het raam. Hij staarde naar haar heen en weer wiegende billen en kon wel juichen. Ze keek naar buiten, schijnbaar totaal niet geïnteresseerd in het feit dat iedere voorbijganger met oog voor zijn omgeving haar borsten kon zien.

'Wat vind jij van Bo?' vroeg hij.

'Wat ik al zei: lief. Lief maar raar.'

'Dat is het?'

Het viel hem nu pas op dat tussen haar schouderbladen een tatoeage van een gitzwarte roos prijkte. Klein, sierlijk.

'Ja, dat is het wel.'

'Niet het gevoel dat er iets mis met hem is?'

Ze draaide zich om. 'Hoezo?'

Het naar binnen vallende licht omlijstte haar lichaam. Aram werd er ineens weeïg van in zijn borst. Zijn grote borst waarin, besefte hij met een kleine schok, bijna geen spoor meer te vinden was van zijn liefde voor Liz. Hij kneep even zijn ogen dicht. Wat snel, dacht hij, wat ontzettend snel, en wat ontzettend wonderlijk, welbeschouwd. Ze verscheen voor hem. Haar gezicht, haar schouders, haar blonde haren. Heel even. Ze keek hem aan. En weg was ze weer. Hij deed zijn ogen open en daar was Femke. Geen blonde paardenstaart maar bruine plukken. Ze glimlachte en hij glimlachte terug. Het was prima zo.

Verliefd worden is voor oude dwazen. Zeker net na een scheiding. Verlaten mannen van vijfendertig jaar en ouder krijgen algauw iets wanhopig. Ze duiken op de eerste de beste gewillige vrouw die voorbijkomt en spreken meteen van een volgelopen hart. Van weke knieën. Ze zetten hun ribbenkast wagenwijd open. Ze jagen de vrouw in kwestie weg met hun achterlijke, kinderachtige gedoe en blijven andermaal gebroken achter. Een hart dat twee keer achter elkaar vertrapt wordt, is niet meer te lijmen. Ze worden cynisch en rimpelig, en gaan te veel Westmalle of Duvel drinken.

Ik kijk wel uit, dacht Aram. Femke stond onder de douche. Hij probeerde zich te scheren voor een beslagen badkamerspiegel. Dan was het maar meteen duidelijk dat hij geen show voor haar opvoerde. Dat hij gewoon zichzelf was en bleef, en dat ze niet te veel moest verwachten. Hij hoopte dat ze er iets van zou zeggen. Dat deed ze niet. Ik word geen vijfendertigjarige zieligerd. Aan verliefdheid waag ik me niet. Zomerkriebels: prima. Seks: zalig. Maar het moet wel leuk blijven. We gaan hier niet de poorten openzetten voor meisjes met rokjes en lokken en wiegende billen. We zullen me daar belazerd wezen.

'Zeg', zei hij. 'Zou je wat voor me willen doen?'

'Wat dan?'

'Zou je Bo een beetje voor me in de gaten kunnen houden? Kijken wat hij uitvreet, waar hij overdag heen gaat; dat soort dingen?'

Femke draaide de douche uit en schoof het gordijn opzij.

'Jij hebt vast een handdoek', zei ze. Aram, met zijn huid prikkend van de aftershave, graaide er een van het wasrek en reikte hem aan.

'En misschien ook wel een biertje', voegde ze eraan toe.

'Jij en Bo gaan ver terug, of niet?' Ze waren teruggekeerd naar de voortuin. De zon was achter de huizen verdwenen, maar de stenen waren nog warm. Ze dronken bier.

'Heel ver.'

'Ga je hem redden?'

'Weet niet. Misschien. Ik kreeg gewoon het idee ... Nu ja, ik had reden om te denken dat hij misschien in de problemen zit.'

Femke lachte.

'Bo ís problemen.'

Aram knikte, daar had ze ongetwijfeld gelijk in.

'Maar voor de rest geloof ik niet dat er veel spannends in zijn leven gebeurt. Echt niet. Hij gaat elke dag begin van de middag weg en komt dan 's avonds weer terug. Het is net of hij een baan heeft. Volgens Ruud gaat hij gewoon in een van de andere lege gebouwen op het terrein zitten. Ik zou niet weten wat-ie daar doet. Schilderen, meth koken, een dansvoorstelling repeteren … geen idee.'

Aram zuchtte. De lucht kleurde roze.

'Toch', zei hij. 'Als je het een beetje voor me zou kunnen uitpluizen …'

Femke knikte en zei: 'Uitpluizen. Begrepen.'

'Ik weet het ook niet', zei Aram. Hij ging rechtop zitten en pakte Femkes pakje sigaretten van de grond. Hij stak er twee op en gaf er eentje door. 'Maar ik heb niks beters te doen.' Hij inhaleerde en bedacht zich. 'Of ja, nu wel, natuurlijk. Jou. Ik bedoel … dat jij iets beters bent. Om te doen. Niet dat ik jou "te doen" heb. Als in "iemand doen". Dat niet. Maar wel dat ik dus iets beters te doen heb, nu. Ik kan alleen niet de hele tijd …' Hij besloot de zin niet af te maken.

Femke schonk hem een lieve blik. Ergens tussen begrip en vertedering, of zoiets.

'Dat hebben we allemaal weleens', zei ze. En ze vertelde een anekdote uit haar jeugd. Iets met de Efteling, maar Aram vergat het meeste.

In de klas was Aram de enige die zweeg. Hij speelde wat met zijn gum, pulkte er kleine stukjes af en legde ze op een hoopje op de hoek van zijn lessenaar. De juf was er niet. Even krijt halen. Juffrouw De Meer ging wel vaker 'even krijt halen'. Dat betekende achter de school een sigaretje roken.

Er werd geschreeuwd. Twintig kinderen stonden in de hoek van de klas in een halve kring en riepen dingen. 'Gek!' en 'Gestoorde!' Middelpunt van de kring was Bo. Hij zat gehurkt tegen de verwarming aan en drukte zijn handen tegen zijn oren. De verwarming moest gloeiend heet zijn. Het was winter maar bijna dertig graden in het klaslokaal.

Vier minuten geleden was er nog niets aan de hand geweest. Juffrouw De Meer was net weg en iedereen had braaf aan zijn rekensommen gezeten. Tot Boris zich naar Bo boog.

'Kun jij niet meer praten?' siste hij. Bo reageerde niet. Hij reageerde al een jaar lang bijna nergens op.

'Hé!' zei Boris. 'Ik heb het tegen jou, kutje!'

Bo haalde zijn schouders op en schreef verder. Boris tikte tegen het topje van zijn potlood, waardoor er een kras in Bo's schrift ontstond. Bo stopte en keek voor zich uit. Zijn ogen stonden glazig. Werden vochtig.

'Je moet eens normaal gaan doen, kutje', zei Boris. Aram, schuin achter Bo, probeerde zich op zijn som te concentreren. Dit soort situaties ging gewoon voorbij als je er niet te veel aandacht aan gaf. Dat was altijd zo. Gewoon niet op reageren.

201

Bo leek dezelfde tactiek te hanteren, maar Boris was op oorlogspad.

'Jij bent niet helemaal goed', zei hij. 'Jij praat met niemand meer. Je zit hier maar. Gewoon te zitten. Sukkel.'

Bo bleef voor zich uit kijken. Er leek een traan aan zijn wimper te hangen, maar Aram kon het niet goed genoeg zien om het zeker te weten. Hij had buikpijn. Juffrouw De Meer moest terugkomen. Dan kwam alles vanzelf weer in orde.

'Als je nu niks zegt', zei Boris, 'dan pak ik je straks. Na school. Dan trap ik je in elkaar.'

Bo draaide zijn hoofd een kwartslag. Keek Aram aan. Het klopte, van de traan. Hij was bezig aan een langzame weg naar beneden, over Bo's wang. Zijn ogen stonden wanhopig. Hij vroeg om hulp. De afgelopen maanden was het contact tussen de twee verwaterd tot niks. Maar nu sprak hij hem aan. Rechtstreeks maar zonder woorden. Hij had hem nodig.

'Hé! Kutje!' Boris was gaan staan en gaf een tikje tegen Bo's achterhoofd. Bo keek weg. Aram ook. Er gebeurde niks. Seconden tikten voorbij op de enorme wandklok boven het schoolbord. De hele klas keek met ingehouden adem toe. Aram had zonder het te merken zijn hand rond zijn etui gevouwen en kneep erin. Boris torende boven Bo uit en ademde snel, hoog, als een puppy die een hulpeloos insect gevonden heeft en hem zojuist de eerste mep heeft verkocht. Je kon de verwarming horen tikken, vechtend tegen de kou. En toen zei Bo: 'Jij hebt je zusje gevingerd.'

Boris' gezicht verstarde terwijl de adrenaline uit zijn blik wegtrok. Hij werd bleek. Her en der zakte letterlijk een mond open. Zelfs de klok leek stil te staan.

'Ik weet dat', zei Bo, zo zacht dat het bijna onhoorbaar was, en toch hoorde iedereen het. 'Ik weet alles.'

En toen begon het geschreeuw.

Binnen de kortste keren was de situatie veranderd in een hel van geluid. Er was alleen nog maar lawaai; tegen de muren weerkaatsende angst en woede.

'Je wordt opgesloten, jij bent niet normaal!' werd er gegild. Iemand gaf Bo een schop. Bo deed niks. Hij kreeg nog een schop. Opgekruld tegen de verwarming incasseerde hij. Als een gewond dier. Het insect wist dat hij reddeloos was.

Niemand keek naar Aram. Zachtjes pakte hij zijn spullen en liet ze in zijn rugzak glijden. Voorzichtig, tandje voor tandje, ritste hij hem dicht. Hij stond op zonder de stoel te verschuiven, hing de rugzak om en verliet de klas. Niemand hoorde hem, niemand zag hem. Hij ging naar huis.

*

Mijn meisje wil mijn meisje niet zijn. Ze krabt, ze bijt, of ze doet niks, ligt in een hoek en kijkt naar me. Ze is een dolle hond. Een valse zwerfkat. Een huisdier dat je lief wil hebben, maar dat jou niet moet. Het is een afschuwelijke vergelijking, maar ik weet geen betere.

Het is alsof de radio tussen twee zenders in is blijven hangen. Alsof ik twee Pandora's hoor. De ene smeekt me om mijn hulp, de andere haat me en vervloekt me en zegt dat ik haar moet laten gaan.

Ik ben in de war.

En toch. Ook de dolle hond kan zonder jou niet overleven. De zwerfkat is ten dode opgeschreven als je hem niet meeneemt.

Ik vermoed dat Femke iets met Aram heeft. Ze is vaak weg. Eerst was ze bezig ons hele pand op te knappen, nu zijn er onafgeschilderde muren en liggen er kwasten te verdrogen. Ze vroeg me een keer: Waarom zijn jullie geen vrienden meer? Ze zien elkaar, ik weet dat, en ze slapen met elkaar. Heel slim. Hij komt dichterbij. Aram is journalist, dat heb ik opgezocht op internet. En die agent aan de deur laatst, dat is zijn ex-vrouw. Dat zag ik op een foto. Ik weet niet wat ze van plan zijn met z'n allen en hoeveel ze weten, maar het net sluit zich. Ik moet een opening vinden om doorheen te zwemmen en Pandora met me meenemen. Niet in paniek handelen. Overal over nadenken. Ik heb een kans gekregen om het goede te doen. En die kans pak ik.

Wat ik aan het doen ben, is belangrijker dan wat dan ook. Ik wil Aram uiteraard niets aandoen, dat moet je begrijpen. Maar als het moet dan gebeurt het. Ik ben het afwachten voorbij.

'Je ziet er goed uit, Aram, mag ik dat zeggen?'

'Dat mag je zeggen, Joep.'

'Zijn daar speciale redenen voor?'

'Het is lekker weer. En er is een meisje.'

'Een meisje?'

'Femke.'

'Aha. Leuk. Meisjes zijn leuk.'

'Eigenlijk wil ik niet over haar praten.'

'Dat mag. Waarom niet, als ik vragen mag?'

'Ik denk dat welke woorden ik er ook aan wijd, ze alleen maar kwaad kunnen doen. Het is niks, het ís gewoon, en dat is precies goed. Ik moet het niet willen plaatsen, dus hou ik lekker mijn muil.'

'Nou, dat is prima, Aram.'

'Ja.'

'Maar je zei: het is lekker weer. Dat doet dus veel voor je? Dat maakt een groot verschil?'

'Ik dacht vanmiddag aan Ismaël.'

'De jongen die je een gebroken nek hebt geschoten?'

'Ja.'

'En wat denk je dan?'

'Ik zie zijn gezicht niet meer.'

'O.'

'Ik zie de situatie nog glashelder voor me. De aanloop, de

klap, het neergaan; ik zie alles nog. Behalve zijn gezicht. Raar
hè?'

'Waarom is dat raar?'

'Nou, het is een herinnering. En er mist een deel. Een heel
belangrijk deel.'

'Misschien is de herinnering wel minder belangrijk geworden.'

'Hoe bedoel je?'

'Zoals ik het zeg.'

'Verwerkt?'

'Misschien.'

'Dat lijkt me nogal snel.'

'Er staat geen maat op dat soort dingen.'

'Nee, dat zal wel niet.'

'Goed.'

'Goed?'

'Het is goed, dit, Aram. Je bent in beweging.'

'Oké.'

'Weet je zeker dat je het niet toch over die Femke wilt hebben?'

Aram sloot de voordeur van Viviés praktijk achter zich. Hij
stak zijn handen in de zakken van zijn spijkerbroek en begon te lopen. En hij overwoog Vivié en zijn consulten maar
eens te laten voor wat ze waren. Men kon hem nog meer
vertellen. Over langetermijnresultaten, vallen en opstaan,
en de delicate genezingsprocessen van de geest. Hij was er
wel zo'n beetje klaar mee. Voelde zich goed en kon de rest
zelf wel uitvogelen, en daar kon hij de stralende zon, een
glas bier en een poedelnaakte Femke veel beter bij gebruiken dan goeie, ouwe Joep Vivié. Bovendien was er Bo. Een

verhaal dat vele malen belangrijker moest zijn dan dat van hemzelf. Een verhaal waarin hij voor de verandering de held zou kunnen zijn.

Liz, ik wil je bellen. Moet met je praten. Over Bo Flinterman.
Groetjes, Aram

Liever niet. Ik heb je niet zo veel te zeggen. En jij hebt met Bo
Flinterman niks te maken. Liz

Ik ken Bo al heel lang.

Nou en?

Ik ken een verdachte in je belangrijkste zaak en jij zegt 'nou
en'?

Bo Flinterman is geen verdachte. Laat me met rust Aram.

Hoezo is Bo geen verdachte?

Ik hoef dit aan jou niet uit te leggen, Aram, en het mag ook
niet. Dus neem van me aan: [1] we hebben Bo bekeken en we
zijn verdergegaan. Jij [2] hebt niets met deze zaak te maken
en ook niet met mij. Dus asjeblieft, laat het rusten. We zitten
erbovenop. Ga iets doen. Zoek werk, zoek [3] een vriendin,
zoek iets om je bezig te houden. Word gelukkig. Tabee.

Ik heb een vriendin.

Fijn voor je.

En jij?

Donder op.

Hij kwam. En hij ging. En hij kwam. En hij ging weer. Hij bracht eten, dekens, stripjes paracetamol. Soms zat hij een tijdje naast haar. Ze voelde de koorts door haar lijf jagen, het leven uit haar lichaam wegsijpelen. Ze was zijn plantje. En hij gaf haar water, maar kon niet voorkomen dat ze steeds slapper werd, dat haar bladeren gingen hangen en dat ze van binnenuit verdorde. Haar hoofd vulde zich met beelden die niks met elkaar te maken hadden.

Een huis op een klif. Rode luchten. Een paard. Een meisje uit haar klas. Een bord spaghetti. Haar moeder. Haar vader. Ze kwam nog maar zelden in de kamer in haar hoofd. Ze had niks om op te schrijven. De zwarte muren stonden vol met dingen die er niet meer toe leken te doen. Ze hadden niets meer met haar te maken. En dus bleef ze er weg. Af en toe namen haar gedachten haar mee naar de vreemde kamer. De kamer met de rode stoel en de kasten met videobanden. Daar bracht ze dan een paar seconden door voordat ze weer terug naar de realiteit werd getrokken. Ze probeerde een verband te vinden tussen de momenten waarop ze weggleed naar dat vertrek. Soms voelde ze dat ze het begreep, maar voordat ze er woorden aan kon geven was het weer weg. Het had iets te maken met de man. Maar wat? Wat en waarom? Ze probeerde haar gedachten af te maken, maar het lukte niet. Ze was te ziek.

Ze sliep veel en als ze ontwaakte, duurde het lang voor ze

wist waar ze was. *Ergens waar het koud is.*

Ze trok de dekens over zich heen. Het hielp niet. De vloer en de muren waren vochtig en het rillen stopte niet meer. Ze krulde zich op en wachtte op niks. De man kwam. En hij ging. En hij kwam en ging weer. En op een gegeven moment stopte hij met komen.

'Hallo?'

'Bo? Met Aram!'

'Hallo Aram.'

'Ik heb geprobeerd je te bellen.'

'Weet ik.'

'Je nam niet op.'

'Nee.'

'Maar nu wel.'

'Ja.'

'Oké. Fijn. Dat is fijn. Hoe is het met je?'

'Je moet me niet bellen, Aram.'

'Wat?'

'Je moet me niet bellen.'

'O. Maar ik wil je spreken. Er zijn dingen die ik tegen je moet zeggen.'

'Dat zal best.'

'We kunnen een keer afspreken, toch? Je woont vlakbij. Ik weet al waar het is. Ik kan langskomen. Neem ik bier mee. Ja?'

'Nee.'

'Doe niet zo raar, man. Hé, dat moet kunnen, toch? Jij en ik, een biertje? Daar gaat toch niemand dood van?'

'Laat me met rust.'

'Van bier is nog nooit iemand doodgegaan. Serieus. Ik wil echt weten hoe het met je is. Wat je doet en zo. En of ik je ergens mee kan helpen, je weet wel.'

'Je hoeft me nergens mee te helpen.'

'Femke mag je graag.'

'O.'

'Ik bedoel: ze mag je heel graag. Zij heeft zeg maar het beste met je voor. En ze zegt dat je niet veel omhanden hebt. Nou, en ik heb dat ook niet. Dus ik dacht ... Nou ja, een keertje praten, dacht ik.'

'Ik ga nu ophangen.'

'Wacht, Bo.'

'Nee, Aram.'

'Bo, ik wil je gewoon iets vragen. Alleen maar even iets checken. We hoeven niet van alles op te rakelen. We hoeven helemaal geen vrienden te zijn als jij dat niet wil.'

'Dat weet ik.'

'Nou dan.'

'Ik heb je niks te zeggen.'

'Ik ...'

'Dag Aram.'

Nadat Bo had opgehangen, stond Aram op en liep naar de keuken. Hij zette de waterkoker aan, bedacht dat hij nooit thee dronk en dus helemaal niet wist of hij thee in huis had, en begon in zijn keukenkastjes te rommelen. Ik maak mezelf iets wijs. Het had heel even een goed plan geleken, nog één keer bellen. Heel even zelfs een heel goed idee, omdat Bo deze keer opnam. Maar bij het horen van zijn stem waren Arams hoop en strijdlust gesmolten als Hollandse sneeuw vlak voor Kerst. Bo wilde niet praten. Hij wilde niets. Het was de Bo die hij kende van vroeger allang niet meer. En je zult zien: hij heeft er niets mee te maken. Dat meisje is weg en Bo heeft er niets mee te maken. Liz zei: Laat het rusten. Ze heeft gelijk.

Achter een pot ingedroogde jam vond hij een paar zakjes English blend. Hij hing er een in een mok kokend water. Het zakje zonk naar de bodem. Bruine sliertjes kringelden naar boven. Het boek Bo was lang geleden gesloten. En nu had hij het weer geopend, vanwege een zelfverzonnen rol in een plot dat niet bestond. Omdat hij iemand wilde redden. Wie dan ook. Wie beter dan vertroebelde, bange Bo, die gedachten las die er niet waren? Stemmen hoorde in de stilte. Het was hopeloos.

Toen Femke een half uur later aanbelde, lag Aram op de bank in de woonkamer te slapen. De English blend stond koud geworden op het aanrecht.

Hij voelde haar adem tegen zijn rug en zag door zijn gesloten oogleden heen dat het ochtend was. Een roze waas. Tegenwoordig sliep hij met de gordijnen open. Hij ging rechtop zitten. Femke kreunde, rolde zich op haar andere zij en sliep door. Aram zette zijn voeten naast het bed en stond op. Hij keek over zijn schouder. Haar bruine haar lag uitgewaaierd over het kussen. De deken maar half over haar naakte lijf heen. Op haar heup en bovenbeen zag hij de tatoeage van verschillende bloemen, die hem de vorige nacht al was opgevallen, maar toen zonder kleur. Hij had inmiddels drie lichaamsversieringen ontdekt. Stiekem hoopte hij dat er meer waren. Hij liep naar de badkamer. Het was warm en zijn huid jeukte van opgedroogd slaapzweet, en dus besloot hij de dag te beginnen met een koude douche. Terwijl het water over zijn lijf stroomde en rillingen langs zijn rug joeg, hoorde hij Femke in de slaapkamer mompelen.

'Wat zeg je?!' riep hij.

'Wat een spuuglelijk schilderij!'

'Klopt!'

'Wie is die man?'

'Geen idee!'

Vijf minuten later liep hij naakt de slaapkamer binnen, onderwijl zijn haar drogend met een handdoek. Femke zat rechtop in bed, nog altijd naar de afbeelding van de zure, oude man te kijken. De donkere kleuren van het Spartaanse stilleven staken vreemd af bij het witte behang.

'Waarom kijkt hij zo zuur?'

'Dat is een groot raadsel', zei Aram. 'Maar ... vind je hem zuur? Ik heb altijd gedacht dat hij verdrietig is.'

Femke fronste, bekeek het schilderij lang en zorgvuldig.

'Het is woede', zei ze. 'Geen verdriet, woede. Omdat het te laat was. Iemand heeft de buidel getrokken om grootvader te vereeuwigen, maar grootvader kon niet meer vereeuwigd, want hij was al zo goed als dood. Ik zou daar ook kwaad om worden, denk ik.'

Aram grinnikte.

'O', zei Femke. 'En het is de oude lijmfabriek waar Bo heen gaat. Staat een meter of tweehonderd rechts van ons pand.'

Toen Femke weg was, liep Aram de achtertuin in. Hij ging in het midden staan, keek om zich heen en besefte dat hij hier al weken niet geweest was. De lege potten, de zakken tuinaarde en de onderdelen die samen een tuinset moesten vormen, lagen nog op de plek waar hij ze had neergelegd na aanschaf. Er zat spinrag op, stof, her en der ontkiemde zelfs iets groens. De koude douche had maar even geholpen;

nu de zon in zijn nek scheen voelde hij het zweet op zijn voorhoofd. Het was een dag voor de zee. Jammer dat Femke moest werken. Ze hadden naar het strand kunnen rijden. Of een meertje; er lagen vast meertjes in de buurt. Gek dat hij zich daar tot op heden helemaal niet in verdiept had. Een mens moest toch weten waar het water was? Behoorde dat geen oerdrift te zijn?

Hij ging op een stoel zitten, naast de opgestapelde zakken tuinaarde, en keek voor zich uit. 'Tuinaarde', zei hij, zonder reden. En daarna nog een keer: 'Tuinaarde.' Hij streek met zijn vingers over het plastic en herhaalde het woord als een mantra. 'Tuinaarde, tuinaarde, tuinaarde, tuinaarde, tuinaarde, tuinaarde, tuinaarde, tuinaarde, tuinaarde, tuinaarde, tuinaarde.'

Tot het al zijn betekenis verloor. Tot het met tuinen niets meer te maken had, en ook niet met aarde; tot het alleen nog maar een combinatie van klanken was.

Hij ging naar De Ochtend, nam plaats op het terras en bestelde bier. Bij gebrek aan de zee was het een goede dag om een beetje dronken te worden in de middag. Er was geen noodzaak meer tot wat dan ook. Wat moest hij dan?

Hij bedacht dat hij al een aantal weken niet was lastiggevallen. Niemand die hem bedreigde of uitmaakte voor kindermishandelaar. Niemand die hem bestookte met grappen of verwijten. De wereld was het incident vergeten. Er waren belangrijker zaken. Het circus had zijn spullen gepakt en was verder getrokken. Henk bracht zijn biertje. Er zat verder bijna niemand op het terras, alleen een studente met een laptop en een van de stamgasten wiens naam hij steeds vergat. De zomervakantie was voorbij. De middagen waren weer van hen die iets beters te doen hadden dan werken. Maar zelfs met dat in het achterhoofd was het uitzonderlijk stil. Zelfs huisdronkaard Jacques ontbrak.

'Is Jacques er niet?' vroeg hij aan de stamgast, om maar iets te vragen. De stamgast antwoordde niet. Aram vroeg zich af of hij hem wel gehoord had.

'Jacques is opgepakt', zei Henk, die van de rust gebruikmaakte om een sigaretje te roken.

'Opgepakt? Onze Jacques?'

'Ja, zit nog steeds vast.'

'Hoezo dat?'

'Het bleek dat hij nogal vaak rondhangt in dat bos waar dat meisje verdwenen is. Toen ze langs zijn huis gingen om hem wat vragen te stellen troffen ze hem stomdronken aan. Het schijnt dat hij meteen begon te janken en riep dat hij er niks mee te maken had. Dat hij haar wel gezien had en misschien ook wel een beetje bang had gemaakt, maar dat hij verder van niks wist.'

Aram verstijfde. 'Jezus …'

'Ja, en op het bureau heeft hij blijkbaar bekend dat hij haar zijn lul heeft laten zien.'

'Niet! Zijn lul?!' bemoeide de stamgast zich ermee.

'Echt.'

'En nu?'

'Ja, vastgehouden dus. Geen enkel bewijs dat hij er verder wat mee te maken heeft, maar zo iemand kun je niet terug de straat op sturen. Denk ik. Of misschien weten ze meer.'

Aram dronk in één teug zijn bier op, maar zijn keel bleef droog.

'Nou, dan heeft hij het gedaan', zei de stamgast. 'Het is

anders te toevallig, toch? Er lopen toch geen twee viezeriken tegelijk in zo'n bos rond?'

Aram stond op. Hij probeerde normaal te kijken, te bewegen, maar hij voelde zich dronken. Jacques was het meisje tegengekomen! Jacques had zijn pik uit zijn broek gehaald! Wat betekende dat? Hij legde drie euro op het tafeltje en begon te lopen.

'Die komt er hier niet meer in, mocht-ie ooit vrijkomen, dat snap je', hoorde hij Henk nog zeggen.

Thuis ging hij aan tafel zitten. Hij legde zijn voorhoofd op het koele hout. Daar had je het. Eindelijk. Wat had hij zichzelf wijsgemaakt? Er was zo veel dat hij niet wist. Er was een verdwenen meisje, er was een oude vriend, er was een ronddolende dronkenlap en er waren allerlei vraagtekens waarvan hij er nul kon wegnemen. Hij mengde zich zonder enige kennis van zaken in iets wat belangrijker was dan hij ooit zou zijn. Hij richtte zich op en keek voor zich uit. Er dansten vlekken voor zijn ogen.

Het is klaar. Bo is voorbij. Vanaf nu gaat het vizier op dingen waar ik invloed op heb. Femke. Werk vinden. De tuin. Mijn leven oppoetsen. Wat dan ook. Hij wreef over zijn gezicht. Ergens diep van binnen voelde hij iets opgloeien. Het leek op opluchting. Hij stond op van de tafel, liep naar de koelkast en dronk cola tot zijn buik vol zat. Tot hij het gevoel had dat hij het in één keer achterovergeslagen biertje van zo-even onschadelijk gemaakt had. Daarna gooide hij een paar plenzen water in zijn gezicht en ging met zijn handen door zijn haar. Hij bleef even staan terwijl de druppels van zijn wangen en kin op zijn overhemd vielen. En hij zuchtte. Jacques, Bo, Pandora ... Het was mooi geweest. Het was niet langer zijn probleem. En eigenlijk was het dat ook nooit geweest. Hij pakte zijn portemonnee van tafel en verwisselde zijn slippers voor schoenen.

Hij had zin in Chinees.

Pandora lag op de grond en stierf. Ze voelde het. Het leek op in slaap vallen maar dan heel langzaam. Alsof haar lichaam wegzonk in warm drijfzand en ze de kracht niet had om te spartelen. Alsof het goed was zo.

Ze merkte dat de man in de deuropening naar haar stond te kijken. Eventjes. Hij ademde zwaar. Daarna ging hij weg. Ze had hem geen naam gegeven. Hij had hem niet gezegd en zij had er ook geen bedacht, terwijl ze dat normaal gesproken altijd deed. Maar voor deze man had ze geen naam kunnen verzinnen, en ze wilde het ook niet.

Haar vingers verdwenen als eerste. Ze voelde ze niet meer en zag ze ook niet. Ik verdwijn, dacht ze. Eindelijk. Straks besta ik niet meer. Hoe zou dat zijn?

Ze wist niet of ze haar ogen open of dicht had. Gek. Ze lachte erom, zonder geluid. Omdat het niet uitmaakte. Omdat over een paar momenten alles weg zou zijn. Die gedachte cirkelde een paar rondjes in haar hoofd, als een vogel op zoek naar het raam waardoor hij naar binnen is gevlogen. Wanhopig geklapwiek. En toen vond hij het. Het raam, en daarachter de buitenlucht. Hij schoot erdoorheen, maakte een rondje boven de kamer alsof hij nog even twijfelde, en verdween toen de blauwe hemel in. Er waren geen wolken.

*

Ze is dood. Ik vond haar vanochtend. Gisteren ademde ze nog. Ik heb naar haar gekeken. Daarvoor was ik al twee dagen niet geweest. Dat ging simpelweg niet. Ik kon het niet meer opbrengen. Haar gedachten waren oorverdovend. Hulp. Ze vroeg om hulp. Niet van mij. Van anderen. Dus bleef ik weg. Ze had nog eten, daar had ik voor gezorgd, en er stond een fles water.

Het was niet nodig om dood te gaan. Omdat ik goed voor haar gezorgd heb. Maar dat zag ze niet. Ze heeft zich verzet zoals een kind zich verzet tegen een prik.

Heb ik verteld over de eerste keer? In de supermarkt. De allereerste keer dat ik iemand hoorde denken. Ik was tien, of negen – de jaren lopen soms een beetje door elkaar – en moest horen hoe een man naast me dacht aan zijn vrouw en hoezeer hij haar haatte en wilde vermoorden. Pas jaren later snapte ik: die man heeft dat zelf niet bewust meegemaakt. Het kwam omhooggeborreld vanuit de kelders van zijn gedachten, maar hij merkte het niet. Hij is na dat moment, na die ontmoeting die waarschijnlijk onopgemerkt aan hem voorbijging, naar huis gegaan en heeft zijn vrouw gekust. Gekust met liefde die hij zichzelf had aangepraat. De haat zat diep in hem verstopt en hij had er zelf geen weet van. Maar ik had het gehoord. Ik als enige. En ik wist vanaf toen: die man haat zijn vrouw. En omdat hij het diep heeft begraven, verwordt het in zijn hoofd tot een sluimerende kracht. Een groeiend duister dat hij zelf niet opmerkt. En toen besefte ik met wat voor vloek ik opgezadeld was. Mensen echt begrijpen; dat is een verantwoordelijkheid die niemand zou mogen hebben.

Ze is dood. Ik heb gefaald. Ze is er niet meer en haar gedachten zijn gedoofd. Ik weet niet wat ik moet doen. Ik heb de hele dag naast haar lichaam gezeten, maar er kwam geen antwoord. Ik hoor alleen mezelf nog denken en wat ik denk is verschrikkelijk.

Ze hebben hun zin gekregen. Ik ben een moordenaar geworden. Een gek, een gestoorde. Waarom heeft ze me niks laten weten? Ik hoorde haar, ik weet het zeker, en ik heb niet gehoord dat ze doodging.

Ik herinnerde me laatst een therapiesessie, eentje die ik vergeten was. Als ik eerlijk ben is die hele toestand verworden tot een grauwe brij, maar af en toe schiet me ineens weer iets te binnen. Dat zal dan die voortschrijdende waarde van het proces zijn waar het zo vaak over ging. Of zoiets. Hoe dan ook: ineens zag ik het weer glashelder voor me. Die vorsende blik. Erachter dat raam, waardoor ik de kloostertuin kon zien en de stad in de verte. En toen de vraag: Waarom denk je dat jij dit moet doormaken? En ik haalde mijn schouders op omdat ik daar geen antwoord op wist. Vervolgens gingen we over op iets anders. Pas veel later begreep ik dat het belangrijkste woord in die vraag het woord MOET was. Waarom denk je dat jij dit MOET doormaken? En ik realiseerde me dat daarin een allesbepalende waarheid verscholen lag. Ik MOET dit doormaken. Waarom, of waarvoor; dat zal me ooit duidelijk worden. Ik heb dat destijds herhaald als een mantra. Ik mocht het niet vergeten, maar ik vergat het toch. Totdat ik het meisje vond. Toen veranderde alles.

Uiteindelijk heb ik nooit op iemand kunnen rekenen. En

na Aram, na mijn ouders, na de rest van de wereld ben ik het nu zelf die mij in de steek heeft gelaten. Dat is nog wel het ergste.

Ik moet van het lichaam af.

'Wat mag het zijn?' vroeg het blonde meisje met eetstokjes in haar knotje. Aram bekeek het menu. Een bak Chinees, wilde hij zeggen, maar daar kon (hij zocht en vond haar naamplaatje) Nancy vast niets mee. Een roomblank, oer-Hollands meisje achter de toonbank van een afhaalchinees; het was vast ouderwets van hem dat hij dat een moeilijk beeld vond, maar dat interesseerde hem niks. Nancy hoorde niet hier maar in een snackbar. Dan maar een ouwe zeikerd.

'Bami en een portie ku lo yuk', zei hij. Het meisje fronste.

'Geen groente?'

'Geen groente.'

Zelf weten, zei haar blik, maar haar mond zweeg terwijl ze zijn bestelling noteerde en het briefje aan een constructie hing die het via een luikje de keuken in takelde. Hij ging zitten op een van de oude bioscoopstoelen die aan de muur geschroefd waren. Er was verder niemand in de wachtruimte. Hij hoorde het gerammel van pannen en het oplaaien van vlammen in de keuken en het gekletter van het fonteintje midden in het restaurant. Een gouden draak stond hem dommig aan te kijken. Hij sloeg zijn benen over elkaar en wiebelde wat met zijn voet. Vroeger lagen er weekverse tijdschriften op het tafeltje naast hem, maar nadat bleek dat een lokale dakloze op onbewaakte momenten binnenkwam om deze te stelen hadden ze, om de aanschaf van een camera uit te sparen, besloten hiermee te stoppen. Nu lag er nog slechts een verouderd wandelmagazine voor vrouwen. Op de voorpagina stond een club vriendinnen lachend elkaars nordic-walkingstokken te bewonderen. Aram pulkte wat aan de hoekjes van de bladzijden maar weigerde het tijdschrift open te slaan, terwijl achter de toonbank Nancy in vloeiend Chinees iets naar de keuken riep. Boven de deur hing een televisie waarop de leader van het journaal te zien was, zonder geluid. Zijn telefoon trilde tegen zijn bovenbeen. Femke.

Ga eens uit mijn hoofd.

Hij glimlachte, maar stuurde niks terug. Straks misschien. Hij had een afspraak met zichzelf en daar zou hij zich aan houden.

'Wilt u stokjes of normaal bestek?' Nancy stond een plastic zak in te ruimen.

'Normaal, graag', zei Aram, wat hem alweer op een frons kwam te staan. Op een dag snappen de Chinezen zelf ook dat een vork makkelijker schept, dacht hij, en hij wendde zich naar de tv, waar het eerste journaalitem in beeld kwam.

Het duurde even voordat hij snapte waar hij naar keek. Er werd een open plek in het bos gefilmd, in de verte waren afzetlint en een gele tent te zien, en er liepen agenten af en aan. Pas toen Liz voor de camera verscheen drong het tot hem door.

Het meisje. Ze hebben haar gevonden.

'Wat denk ik nu?'

'Dat weet ik niet, Aram.'

'Hoezo niet?'

'Ik hoor jou niet.'

'Waarom niet?'

'Weet ik niet.'

'O.'

'Ik kan niet kiezen wie ik hoor. Of wat. Het komt gewoon. Of niet.'

'Shit.'

'Ja.'

'Best wel zinloos.'

'Ja.'

'Denk je dat het ooit overgaat? Als je volwassen bent of zo?'

'Ik weet het niet, Aram. Ik weet niks. Oké?'

'Oké. Sorry.'

'Ik wou soms dat ik iemand anders was.'

'O. Ik niet.'

'Waarom niet?'

'Omdat je dan misschien minder tof zou zijn.'

*

Ik droeg handschoenen. Ik heb haar kleren uitgetrokken en haar gewassen. Dat is verkeerd, maar het moest.

Ik heb haar versleept, gewikkeld in vuilniszakken. Dat voelde pervers en afschuwelijk. Ik pakte Femkes bakfiets. Al even walgelijk. Daar hebben feestende hippies en honden in gezeten. Zatlappen in gelegen. En nu een dood meisje. Ik heb het haar niet gevraagd, Femke. Stiekem die fiets meegenomen. Ze lijkt me de laatste tijd te bespieden. Dat zal ze wel voor Aram doen of zoiets, het interesseert me niet meer. Ik ben aan het werk gegaan zonder ergens over na te denken. Ik weet een sluiproute. Een bospad dat geen echt pad is. Ik ben geen mensen tegengekomen.

Toen ik thuiskwam heb ik de handschoenen verbrand. En mijn eigen kleren, die ook. Daarna ben ik op mijn kamer gaan zitten. Vanaf de vensterbank staarde Mormel me aan. Mormel is, zoals ik je geloof ik al verteld heb, mijn knuffel van vroeger. Of nu ja, in feite is hij al mijn knuffels. Toen ik heel klein was had ik een zebra, een teddybeer, een olifant en een Goofy. Die sliepen allemaal bij me in bed. Ze vielen er steeds uit omdat het te druk was en op een dag besloot ik stoer te doen en ze allemaal weg te gooien. Niet doen, zei mijn moeder, krijg je spijt van. Ze passen niet in mijn bed, zei ik. Oké, zei mijn moeder.

Toen ik de volgende dag op mijn kamer kwam zat Mormel er. Mijn moeder had al mijn knuffels aan stukken geknipt en er één beest van genaaid. De armen en benen van Goofy, de romp van de zebra, het hoofd van de olifant met de zachte oren van de teddybeer, omdat ik daar vroeger altijd aan frunnikte.

Wat is dat? vroeg ik.

Dat is Mormel, zei mijn moeder.

Ik hoef Mormel niet. Waar zijn mijn knuffels?

Weg.

Takkewijf, zei ik. Het was de eerste keer dat ik mijn moeder uitschold. Ze liep mijn kamer uit en ging naar beneden. Daarna spraken we een aantal dagen niet. Ik heb Mormel in een kast gegooid en hem er pas maanden later weer uit gehaald. Eigenlijk, dacht ik toen ik hem beter bekeek, is het heel knap gedaan. Eigenlijk is het heel lief. Maar dat zei ik niet.

Ik heb Pandora neergelegd, vlak bij de plek waar ik haar vond, en wat bladeren over haar heen gestrooid. Het was stil. Voor het eerst sinds tijden was het stil. En ik voelde niets. Na de paniek was er rust gekomen, als een groot pak sneeuw dat op me neerdwarrelde en bleef liggen. Ook nu, nu ik weer in de kamer ben waar ik haar heb gehouden en net met sop en een staalborstel alles heb afgeschrobd totdat de spieren in mijn bovenarmen brandden en mijn ogen prikten, voel ik niks.

Aram ramde op de metalen deur. Het dreunde door de hal als paukenslagen.

'Bo!' schreeuwde hij tussen de slagen door, maar het had geen zin en dat wist hij. Hij stond hier al vijf minuten op de deur te beuken, met geen enkel resultaat. Femke was er niet – hij had een berichtje gestuurd – en verder deed er niemand open. Hij overwoog haar te bellen en om de sleutel te vragen. Maar dan moest hij uitleggen waarom. Dan moest hij zeggen: Er is een net overleden meisje neergelegd in een bos en de huidige verdachte kan dat niet gedaan hebben, want die zit vast. Bo heeft het gedaan. Vraag me niet waarom, maar ik weet het.

Dat te zeggen zou weleens gevolgen kunnen hebben die hij totaal niet kon overzien. Voor alles en iedereen.

Ergens in de stad stond een tasje met Chinees op een stoep. Tenminste, dat moest wel, want hij had hem niet meer bij zich.

'Bo!' Elke keer als hij de naam riep kreeg die minder betekenis. Bo. Het was niets meer dan een klank. Een oproep aan niemand. Of een jammerklacht.

Hij liep om het gebouw heen en keek naar de ramen. Het merendeel was geblindeerd. Afgeplakt met posters of stukken karton. Ergens op de tweede verdieping stond er een open, maar bij gebrek aan een ladder of regenpijp had hij daar niets aan. Het gebouw had ooit dienstgedaan als veevoederfabriek, zag hij nu. Er was een afbladderende koe zichtbaar op de bakstenen muur, naast een groot rolluik en een ladingdock voor vrachtwagens. Aan de achterkant van het gebouw torenden drie schoorstenen richting het luchtruim, een ervan beslagen met een verroest trappetje. Toen hij om de torens heen was gelopen en een binnenplaatsje had ontdekt waar gras en struiken groeiden, vond Aram eindelijk wat hij zocht: een achterdeur. Hij probeerde de deurklink. Uiteraard gaf die niet mee. Hij keek om zich heen. De plaats was klein en donker, aan drie kanten ommuurd, hoger dan hij breed was. Hoe het gras en onkruid hier zo welig hadden kunnen tieren, was hem een raadsel; hier scheen nooit de zon.

Bo had vanaf zijn zeventiende in kraakpanden gewoond. Zijn moeder had dit Aram ooit verteld tijdens een feestje van zijn ouders. Op een dag was Bo na een ruzie kwaad de deur uit gelopen en pas drie weken later weer teruggekeerd. Om wat spullen te halen. Hij voelde zich niet in de positie iets over de keuzes van zijn voormalige beste vriend te zeggen, dus hij was naar buiten gegaan en had een sigaret opgestoken. Een eindje verderop stond de vader van Bo te roken. Ze zeiden niets tegen elkaar.

Hij liep een paar rondjes over het binnenplaatsje. Geen open deur, geen raam waar beweging in te krijgen was. Grauwe muren, hoge planten en wat graffiti. Femke had gezegd dat Bo zich hele dagen in een ander pand op hetzelfde terrein ophield. Een oude lijmfabriek. Als hij niet thuis was, bevond hij zich naar alle waarschijnlijkheid daar. Hij moest op zoek naar dat gebouw; de oude veevoederfabriek ging hij niet binnenkomen zonder iets te slopen. Hij wilde geen sporen achterlaten. Het was van groot belang dat hij in dit hele verhaal zo onzichtbaar mogelijk bleef, voor alle partijen.

'Hallo?'

Hij draaide zich om. Achter hem stond een man met een kaal hoofd. Hij had een zonnebril op en droeg geen T-shirt. Op zijn borst was een grote scheur van inkt te zien, waaruit een slecht getekend duiveltje probeerde te ontsnappen.

'Goeiedag', zei Aram, op een manier die hij herkende van interviews die hij vroeger afnam. Het was alsof hij naar de stem van een ander luisterde.

'Ik woon hier', zei de man. Het waren onschuldige woorden, maar zo klonken ze niet.

'Ben jij Ruud?'

De man zei niks. Hij stond precies in de smalle opening die toegang tot het binnenplaatsje bood. Achter hem leek de strook daglicht kleiner dan zo-even.

'Ik heb jou een tijdje terug aan de telefoon gehad. Ik zoek Bo', zei Aram. 'Nog steeds. Ik ben een vriend van hem. Van langgeleden. Basisschool en zo.'

Ruud zette zijn zonnebril af. Zijn ogen waren dof en rood. Hij was stoned. Aram hoopte dat hij stoned was.

'Waarom bel je hem dan niet?' vroeg Ruud.

'Hij neemt niet op.'

'Dan zal hij je wel niet willen spreken.'

Aram stak zijn handen in zijn zak, hopend dat dit er nonchalant uitzag. Hij keek omhoog, naar het blauwe vierkantje lucht. Ruud kwam dichterbij.

'Ik ken jou', zei hij.

*

Het niks voelen trok op, als een mistbank, en erachter zat een wolk van vuur. De paniek keerde om als een boemerang,

232

kwam in alle hevigheid terug, fluitend door de lucht, krijsend als een krankzinnige vogel. Hij raakte me in mijn nek en ik moest gaan liggen. Daarna had ik geen reden om op te staan. Dus bewoog ik me niet meer. Er gebeurde iets raars. Er bewoog iets, achter in mijn hoofd. Als een soort beestje dat in beweging kwam. En het maakte geluid. Heel even. Toen werd het weer stil. Ik weet niet wat het was.

Nu hoor ik, heel in de verte, iemand mijn naam roepen. Het is dun en ijl en bijna niet te horen, maar mijn oren zijn subliem, getraind om door het gefluister heen te luisteren. Bo, roept de stem, en de stem is van Aram.

*

Aram hield Ruud een sigaret voor. Ruud nam hem aan, viste een zippo uit zijn zak en stak hem op. Daarna gaf hij Aram vuur.

'Jij bent van dat ene schijtprogramma', zei hij. Aram knikte.

'Klopt.'

'Dat is niet meer op tv, hè?'

Aram schudde van nee. Hij inhaleerde diep en blies de rook richting het blauwe vierkant boven hen.

'Wat doe je nu?' vroeg Ruud. Aram schokschouderde wat.

'Niet zo veel.'

'Ik ook niet', zei Ruud. Ze zwegen. Aram vroeg zich af of hij weg kon lopen. Ruud stond nog steeds voor de opening. Maakte ook geen aanstalten aan de kant te gaan. Keek Aram strak aan terwijl hij rookte.

'Zeg', vroeg hij. 'Vergis ik me nou, of ben jij ook degene die onze Femke ligt te flensen?'

De leegstaande panden op het industrieterrein leken in allerijl verlaten. Her en der stond een verroest fietswrak en sommige containers puilden uit van afval dat nooit was opgehaald. Aram vroeg zich af hoe het kon dat hier bijna een vierkante kilometer aan ruïnes stond te verpieteren zonder dat de gemeente er iets mee aanving. Wellicht lagen er al lang plannen. Of misschien ging de boel gesloopt worden, wist hij veel. Hij las geen kranten meer en meed het internet; hij had geen recht van spreken.

Hij bleef staan voor een vierkant, grijs gebouw met louter ingegooide ramen. 'Hij gaat vaak naar een van de oude fabrieken', had Ruud gezegd. 'Volgens mij houdt hij daar een poes. Hij zanikte altijd om een poes, maar ik wilde dat niet, en een tijdje terug hield hij er ineens mee op. Dat zou een hint kunnen zijn. Het is die kant op.' Deze informatie had hij verstrekt nadat Aram hem op het hart gedrukt had homoseksueel te zijn en Femke derhalve totaal niet interessant te vinden 'op die manier'. Een leugen die tot zijn grote verbazing aansloeg. Hij bedankte Ruud, rende het terrein over en vond het oude gebouw vrijwel meteen. Hij bekeek de gescheurde, afbrokkelende façade. Er zaten meerdere deuren in, allemaal van roodbruin metaal, allemaal verzegeld met een hangslot door de klink. Aan weerszijden van het pand woedden dichte struiken, geen doorkomen aan. De achterkant bereiken zou een ontzettende rotklus zijn.

'Bo!' riep Aram, zonder verwachting. Het weerkaatste tussen de vele stenen muren. Daarna was er stilte.

Ik ben te laat, dacht Aram ineens. Natuurlijk ben ik te laat. Hij is weg.

*

Ik hoor het nog een keer. Mijn naam, hard en schel, zoals de stem van Aram altijd geklonken heeft. Hij is dichtbij. Waarom is hij gekomen? Wat weet hij? Ik moet denken aan zo'n puzzel uit een zomerboek, met van die puntjes die je moet verbinden en dan wordt het, weet ik veel, een miereneter of zo. En ik bedenk dat de puntjes van dit hele verhaal misschien wel veel helderder zijn dan ik heb gezien. Dat ze dichter bij elkaar stonden dan de bedoeling was, en dat Aram ze verbonden heeft.

Misschien is hij niet alleen. Misschien heeft hij die politieteef bij zich. Of meerdere. Het maakt niet uit. Of hij nou in zijn eentje voor die deur staat of met een heel cordon agenten. Niemand zal begrijpen dat het niet mijn schuld is.

Ik sta op en loop de kamer uit. Wil de deur op slot doen, maar ik kan de sleutel niet meer vinden. Nu hoor ik hem weer. Hij staat inderdaad ergens onder een raam. Ik vraag me af hoe lang het zal duren voor hij de open deur aan de zijkant vindt en naar binnen komt. Zal ik nu gedwongen worden nog meer afschuwelijks te doen? Werkt het zo? Als de stront eenmaal aan het rollen gaat, of de sneeuwbal, of hoe je het ook noemen wilt, is er dan geen weg meer terug? Zijn dood en verderf een cirkel, of een spiraal?

Ik raap een stuk pijp van de grond. Hij is zwaar en roestig. Met de juiste zwaai kan je er iemands hoofd mee splijten. Dat weet ik zeker. Maar dat is niet wat ik wil. Ik ben geen mens dat hoofden splijt. Ik moord niet. Ik heb altijd alleen maar het beste voor iedereen gewild. Ik heb alleen maar willen helpen.

Vergeef me alsjeblieft.

*

'Bo!' Hij bleef het roepen, als een ritmisch mantra, terwijl hij voor de oude fabriek op en neer liep. De ramen op de begane grond waren, hoewel merendeels kapot, voorzien van hekwerk. Hij probeerde de struiken aan de zijkant te vertrappen en erdoor te komen, maar hij haalde zijn arm open aan de doorns. 'Kut!' Hij bleef even staan en keek gefrustreerd om zich heen. Wat nu? Naar huis? Onverrichterzake op de bank neerploffen? Nee, hij had genoeg nederlagen moeten slikken. Ineens zag hij een houten plaat liggen. Het ding was één bij twee meter en zag er licht uit. Hij tilde het van de grond, zette het rechtop tegen het dikke struikgewas en sprong er met zijn volle gewicht tegenaan. Hij hoorde een scheurend geluid en hij viel door de dikke laag bladeren en takken heen. Een striemend gevoel op zijn arm. Hij was erlangs. En op de plek waar hij lag zag hij, behalve een berg roestige rotzooi, wat bakstenen en een autoband, een grote zwarte deur. Hij stond op een kier.

*

Ik hoor de deur beneden piepen. Hij is binnen. Hij roept mijn naam. Hij zal me vinden. Hij gaat me zien. Met mijn natte kleren van het schoonmaken, met mijn loden pijp, in de kamer waar het allemaal misging. En ik zal hem moeten doden of mezelf moeten overgeven. Over me heen laten komen wat er al mijn hele leven over me heen komt. Ik zal weggestopt worden. Toch nog, na al die tijd. Weg met Bo.

Aram hoorde iets vallen op een van de verdiepingen boven hem. Hij stond in een kleine gang en zag dat zich aan het eind een trappenhuis bevond. Hij trok een sprintje en vloog met drie treden tegelijk de trap op, en kwam uit op een betonnen overloop. Er waren meerdere deuropeningen zonder deur in de sponning, waarachter lege, ogenschijnlijk identieke ruimtes. Hij koos op gevoel. Een grote kamer met niets op de vloer en niets aan de muur. Vergeelde ramen met vlekken. In de hoek stond een stoel zonder zitting. Hij liep terug, op zijn hoede voor van alles. Voor wat dan ook.

'Bo?'

Niks. Hij ging een andere kamer binnen. Eveneens leeg. Een half verzakt systeemplafond. Hij verkende alle kamers die hij via de overloop bereiken kon en vond niets, behalve gruis, planken en her en der kloddres van wat naar hij hoopte de voorheen geproduceerde lijmvoorraad was. De laatste ruimte die hij binnenliep lag in het midden van het pand. Geen ramen. Aan het plafond bungelde een leeg fittinkje en langs twee muren lagen grote bergen folders. 'Berger Contactlijm; laat je niet los!' Aan het einde van de ruimte zag hij een openstaande metalen deur. Erachter was het donker. Aan de buitenkant zaten twee ijzeren ringen met een ketting erdoor bij wijze van slot. Langzaam, zijn oren gespitst op geluid, zijn handen klam, liep hij ernaartoe. Zijn schoenen oorverdovend knerpend in het gruis. Er leek een temperatuurdaling in te zetten, alsof hij een koudefront binnenliep. Alsof er achter die deur een nieuwe ijstijd begon.

'Ga weg, Aram!' Het kwam van beneden. Hij hoorde snelle voetstappen en een deur slaan. Hij draaide zich om. De kamer kon wachten. Met drie stappen was hij terug op de overloop en in twee ademteugen de trap af. Hij schoot naar rechts, intuïtief, de gang door, en was nog net op tijd om de buitendeur te zien terugkaatsen via de muur. Door het matte glas van de ramen zag hij een silhouet in de struiken verdwijnen. Hij rende de deuropening door en struikelde over een baksteen. Hij viel met zijn handen in iets scherps en een witte flits schoot door zijn hoofd. Hij rolde op zijn zij, vloekte, absorbeerde een paar seconden lang de pijn, en besefte meteen daarna dat Bo weg was. Hij ging op zijn knieën zitten en keek naar zijn handpalmen. Een stuk of wat rode gaatjes, netjes op een rij. Prikkeldraad.

*

Hij zag me. Ik ben weggerend, maar hij heeft me gezien. En mijn stem gehoord. Hij gaat de kamer vinden. Het is zover. Ik word kapotgemaakt. Omdat dat is hoe dingen gaan.

*

Hij depte het bloed met een zakdoek. Schopte met de neus van zijn schoen tegen wat ooit een hek was, maar nu verroest op de grond de schuld van zijn verwondingen lag te zijn. Hij moest een tetanusprik halen. Fijn. Maar eerst wilde hij terug naar boven. Naar de enige kamer die hij nog niet gezien had. De zwarte kamer met het slot.

Hij bleef een tijdje op de drempel staan. Keek naar het glimmende hangslot dat in de sponning bungelde. Naar de emmer sop en de staalborstel op de grond. En naar het beschimmelde etensbord in de hoek. De lege fles. Een ijzige hand sloot zich om zijn maag en kneep erin. Toen pakte hij zijn telefoon uit zijn broekzak, scrolde door zijn contactenlijst en belde Liz. Het duurde even voordat ze opnam.

'Ja?'

'Liz. Met Aram. Ik heb iets gevonden.'

Aram! Ga jij naar die stille tocht voor het meisje? Ik wel, geloof ik.

X, Femke

Nee. Wil wel maar moet iets belangrijks doen. Steek jij een kaarsje op, namens mij?

Liefs, Aram

Moet je doen dan?

Lang verhaal.

Wil je vertellen?

Ja. Binnenkort.

X

Hij stond op de stoep voor het politiebureau. Achter hem sloot Liz de deur. Hij keek niet om terwijl zij waarschijnlijk terug naar haar bureau wandelde, waar ze net een uur lang met haar ex-man had zitten praten. Hij zuchtte diep en lang en sloot zijn ogen even. Het voelde als ronddraaien. Hij had ter plekke staand in slaap kunnen vallen als er niet een auto met luid dreunende dancemuziek voorbij was gekomen. Toen hij zijn ogen weer opende, was er niets veranderd. De wereld was nog steeds even absurd als voorheen.

Zijn gesprek met Liz was hem meegevallen. Ze nam hem serieus. Benaderde hem vanuit haar rol als rechercheur. Dat vond hij prettig. Ze zou de kamer in de lijmfabriek bekijken. Ook had ze zijn minutieus omschreven geschiedenis met Bo aangehoord ('Hebben we het hier niet heel lang geleden al eens over gehad?' 'Volgens mij niet.' 'Volgens mij wel.'), opgenomen (met toestemming) en wat aantekeningen gemaakt. 'Ik probeerde eerder aan de bel te trekken', had hij gezegd. Zij had geknikt. 'Maar je luisterde niet.' Nogmaals knikken. 'Ik vind dat niet erg professioneel van je.' Daarop had ze gezwegen. En hem uiteindelijk weer uitgeleide gedaan. Ze dankte hem voor de verschafte informatie en ging ermee aan het werk. Ze zou hem nog wat laten weten. Ze schudden handen. Hun huwelijk was nog nooit zo voorbij geweest.

Hij kauwde op een kauwgumpje dat zijn smaak verloren had. Hij had zin om Femke te zien. Tegen haar aan te liggen en niet meer na te denken over wat hij had ontdekt. Wat hij al die tijd al had geweten. Maar hij móést nadenken. De dingen op een rijtje zetten. Een plek geven. Hij had het juiste gedaan. De hele zaak uit handen gegeven aan hen die daarvoor op de wereld waren. Dat was goed. Hij moest zich niet meer bemoeien met andermans rotzooi. Daar kwam alleen maar ellende van. Hij had goed gehandeld. Maar ook voelde het alsof hij zijn handen van Bo af trok. Voor de zoveelste keer. En dat voelde minder juist. Hij spuugde het kauwgumpje uit in de goot en keek het na terwijl het stuiterend in een rioolput verdween.

Hij liep naar zijn fiets, grabbelend in zijn broekzakken, en merkte nu pas dat hij zijn sleutelbos niet meer had. Zijn zakken waren op zijn mobiele telefoon na leeg. Hij stond stil en vloekte. Ze moesten eruit gevallen zijn toen hij door die struiken heen sprong. Of toen hij struikelde over die baksteen. Ze lagen godverdomme nog bij de lijmfabriek. Even twijfelde hij. Naar het fabrieksterrein gaan en ze zoeken of gewoon lekker naar huis, de sleutel van onder de derde tegel van rechts pakken en op de bank gaan liggen. De laatste optie lonkte, zijn hoofd smeekte om rust, maar hij begon al de andere kant op te lopen. De richting van de fabriek in, met een knagend voorgevoel in zijn middenrif.

III

Ze kijkt om zich heen. Langzaam. Angstig. Ze is niet in haar gevangenis, niet in de kamer in haar hoofd, niet in de lucht. Ze is ergens anders. Er is geen pijn, geen tinteling, geen stijfheid, geen wolken in haar hoofd die langzaam optrekken. Niks. Er is alleen deze ruimte. De kamer die niet haar kamer is. De kamer waar ze al een paar keer in terecht is gekomen toen ze haar ogen sloot. De bruine muren van hout, zonder ramen. Het rode pluche. De grote fauteuil. Op de leuning ligt de knuffel. De kasten met videobanden. De tafel met de fruitmand vol rot fruit. De kroonluchter, het zwakke licht.

Ze kent dit vertrek, al weet ze niet waar het is. Wat het is. Ze kan er niet weg. Er is geen realiteit meer om naar terug te keren.

Ze beweegt naar de fauteuil. Het pluche is ruw, oud. De rare, verbouwde knuffel op de leuning staart haar aan met zijn glanzende, zwarte kraalogen. Gek beest, met zijn olifantenkop, slungelbenen en zebrastrepen. Het ligt daar, slap, levenloos, met zijn vreemde lichaampje dat niet klopt, en lijkt naar haar te kijken. Ze geeft het een duwtje en hij valt met een plofje op het tapijt. Met zijn gezicht naar beneden.

Hoe kom ik hier? Ze weet het niet. Nu ze erover nadenkt merkt ze dat ze nog maar heel weinig weet. Het laatste wat ze zich herinnert, is doodgaan.

Aram staat roerloos op zijn eigen tuinpad. Het poortje achter hem valt heel traag, piepend terug in zijn sponning. De onbeschilderde voordeur staat open. Natuurlijk staat zijn voordeur open. Hij had het al geweten toen hij terug naar huis liep. Zijn sleutels lagen niet bij de lijmfabriek. Daar lagen ze niet omdat Bo ze gevonden heeft, en meegenomen. Dat was hem meteen duidelijk. En nu zit Bo in zijn huis. Op hem te wachten. Dat kan haast niet anders.

Hij legt zijn hand op de broekzak waar zijn telefoon in zit en aarzelt. Liz bellen? De politie laten komen en hen een eind laten maken aan wat er dan ook gaande is? Het zou de meest pragmatische oplossing zijn. De enig juiste zelfs, en toch kan het niet. Het kan niet omdat hij lang genoeg laf geweest is. Voor één keer is hij liever dom.

Hij gaat zijn huis binnen; zijn voordeur is niet langer zijn voordeur, maar de poort naar een ongewisse situatie. Verlossing, de dood, pijn, catharsis; het kan allemaal en lijkt allemaal net zo onmogelijk.

De gang is onverlicht. Altijd geweest. Nu pas valt het op. Hij wacht bij de deur naar de woonkamer. Ook die staat open. Hij steunt met een hand tegen de muur, die net zo warm is als de lucht, en wacht weer. Dan gaat de telefoon. Die vervloekte vaste lijn. Het snerpende gerinkel snijdt door de stilte. Hij gaat vier keer over, niemand neemt op. Natuurlijk neemt er niemand op. Dan springt de voicemail aan.

'Dit is de automatische telefoonbeantwoorder van Aram de Smet. Ik luister dit ding nooit af, zoals je wel zult begrijpen. Bel dus liever naar mijn mobiel, stuur een mailtje, of laat me anders lekker met rust.'

Piep.

'Dag Aram, dit is Joep Vivié. Je mobiele nummer heb ik niet, helaas, en ook geen e-mailadres, dus toch maar even zo. Hopelijk hoor je het. Ik vroeg me af of je nog op consult ging komen. Of dat je misschien besloten hebt dat het genoeg is geweest. In dat laatste geval had ik dat graag gehoord. Hoe dan ook, ik heb je nu al twee weken niet gezien en vroeg me af wat de reden is. Volgens mij maakten we mooie stappen. Nu ja, bel me maar terug als je dit hoort. Of laat het erbij. Het is aan jou, uiteindelijk.'

Vivié hangt op en het wordt weer stil. Aram spitst zijn oren. Hij hoort iemand ademen. Zwaar, diep. Het geluid vult de ruimte en zijn hoofd. Hij gaat de hoek om en loopt de woonkamer binnen. Bo zit op de bank, kaarsrecht, met zijn ogen strak op Aram gericht, en hij heeft een mes op schoot liggen. Een mes uit het blok in de keuken, vorige week nog langs het aanzetstaal gehaald, vlijmscherp. Hij gebaart naar de stoel tegenover hem. Ga zitten. Die stoel staat daar al tijden, zonder enige functie. Wie heeft dat ding daar ooit neergezet? Hij vraagt zich af of het te laat is voor een sprint naar de deur. Of Bo hem in kan halen. Zo ja, dan gaat dat mes waarschijnlijk tussen zijn schouderbladen. Die kans is aanwezig. Duikt hij naar voren en probeert hij Bo onschadelijk te maken, dan gaat het mes in zijn borst. Gaat hij zitten en probeert hij Bo tot rede te brengen, dan heeft hij een kans. Dan hebben ze allebei een kans. Hoewel ze die misschien niet verdienen.

De wereld buiten de deur verdwijnt. Aram voelt het. Ze doen er niet meer toe: de straat, de wijk, de buren met hun hondjes, Femke, Liz, het dode meisje; ze zijn allemaal ondergeschikt aan dit allesverslindende hier en nu. Ze zijn alleen. Ze moeten dit samen doen. Wat dan ook.

Hij gaat zitten. Bo blijft naar hem kijken. Hij krabt aan zijn achterhoofd. Er vallen wat schilfers op zijn dunne schouders. En Aram zou zweren dat een plotselinge, eenzame windvlaag de buitendeur met een klap dichtslaat. Maar hij weet het niet zeker.

Er is een half uur voorbijgegaan. Aram noch Bo heeft iets gezegd. Buiten zet de schemering in, Aram kan Bo's gezicht bijna niet meer ontwaren. Hij heeft de hele tijd doodstil naar hem zitten kijken, en Bo keek terug, roerloos. Alleen toen de krekels begonnen te tjirpen verschoot hij even, alsof hij ervan schrok. Aram heeft een droge keel. Hij zou een moord doen voor een glas water, maar hij is niet degene met het mes. Hij is de baas niet.

'Ik kan het echt, Aram', zegt Bo dan, zonder voorbode het stilzwijgen doorbrekend.

'Wat?'

'Gedachten horen. Ik ben niet gek. Ik kan het echt. Behalve bij jou.'

Aram kan niet zien of hij hem nog altijd aankijkt of niet. Het is weer stil. Hij gaat verzitten, langzaam, het leer van de stoel kraakt.

'Ik heb haar gewoon niet goed verstaan.'

'Wie?'

'Pandora. Ik heb haar niet goed verstaan. Of mezelf dingen wijsgemaakt. Ik weet niet. Blijkbaar kan dat.'

Aram knikt. Blijkbaar kan dat.

'Wat dacht je dan dat ze dacht, Bo?'

'Help me.'

Aram knikt weer. Gaat nogmaals verzitten. Hij wil Bo kunnen zien, maar durft niet richting de lichtknop te bewegen, ook al is die vlakbij.

'Misschien dacht ze dat ook wel', zegt hij. 'Maar ging het juist over jou. Misschien moest ze gered van jou.'

Hij hoort Bo zachtjes lachen.

'Ja. Misschien is dat wel zo. Tamelijk wrang wel, hè?'

Op de kleine salontafel tussen hen in ligt Femkes pakje shag. Bo pakt het en rolt er een sigaret van. Hij hangt hem tussen zijn lippen, haalt een doosje lucifers tevoorschijn, strijkt er een af en zuigt de vlam in de kop van het frommelige peukje.

'Rook jij nog?' vraagt hij.

'Soms', zegt Aram. Bo werpt hem het pakje en de lucifers toe. Aram draait, steekt op en zuigt lang en diep. De rook, ontstaan uit verdroogde shag, prikt in zijn borst.

Op het salontafeltje staat een kaars. Bo knikt ernaar. Aram strijkt nog een lucifer af en steekt hem aan. De vlam geeft veel meer licht dan hij verwacht had. Hij gaat weer achteroverzitten en kijkt naar Bo. Bo kijkt terug. Vermoeide ogen die toch zo veel uitstralen. Angst, paniek, woede.

'Het is jouw schuld, Aram', zegt hij. 'Uiteindelijk is het allemaal jouw schuld.'

Aram zwijgt. Alle antwoorden zijn verkeerd. Bo grinnikt.

'Weet je wat grappig is?' zegt hij. 'En dan bedoel ik niet grappig op de zure manier, maar gewoon grappig. Dat jij en ik ooit dachten dat we een goochelduo konden worden. Weet je nog? Twee jongens van acht, allebei met twee linkerhanden geboren, maar dat gaf niet. We zouden elkaar om de beurt vastketenen en in een aquarium met piranha's laten zakken. Of in een bak met slangen. Of in een vat met zoutzuur. En altijd zouden we onszelf bevrijden. Ontkomen aan alles. En daar zouden we beroemd mee worden. De grootste ontsnappingsartiesten allertijden.' Hij lacht. 'Hadden we dat even mooi mis.'

Aram lacht ook. Zachtjes en ongemeend.

'Laat mij maar spectaculair aan mijn einde komen.' De kop van een interview met Aram in het lokale nieuwsblad, ongeveer een jaar geleden, dringt zich ineens op. In datzelfde interview noemde hij een paar voorbeelden. 'Een piano op mijn hoofd, bijvoorbeeld, of tijdens een surfvakantie door een haai aan repen gescheurd worden. Ja, laat mij maar uit een helikopter vallen of door de bliksem geraakt worden. Dat lijkt me wel wat. Iets wat de mensen niet vergeten.'

Hij kijkt naar de man tegenover hem, die met zijn vingers over het lemmet van het enorme mes strijkt.

'Een moord, ook niet verkeerd. En dat het dan jaren duurt voor de dader gepakt wordt. Na een slepend maar spannend onderzoek. Zo leef je toch een beetje voort.'

Het begint te regenen. Bo zakt wat onderuit op de bank. Hij heeft al een uur niets meer gezegd en Aram vraagt zich af of hij misschien in slaap aan het vallen is. Hij is moe, zijn ogen zijn klein. De angst moet hem uitgeput hebben. Hoe kan dat ook anders, hij heeft een klein meisje vermoord. Hoe heeft het allemaal in godsnaam uit kunnen draaien op een situatie als deze? Aram duwt zijn nagels in het kussen waar hij op zit.

Omdat ik niet doorzette. Omdat ik weer eens iets beters te doen had. Neuken bijvoorbeeld. Lekker boven op Bo's huisgenootje kruipen en blind zijn voor wat er zich een paar kilometer verderop afspeelde.

'Alles is onvermijdelijk', zegt Bo ineens. 'Met terugwerkende kracht', en hij grinnikt. 'Diep hè?' Hij hijst zichzelf omhoog en gaat weer rechtop zitten. 'Ik begin een beetje moe te worden.'

Aram knikt. Ineens voelt hij zijn ogen prikken. Zijn neus

tintelt. Niet janken nu, verdomme. Niet janken. Bo buigt zich weer naar het salontafeltje en pakt de shag.

'Heb je iemand verteld over de kamer?' vraagt hij terwijl hij draait.

'Nee.'

'Lieg niet.'

'Ik lieg niet, Bo.'

'Ja, dat kan ik dus niet met zekerheid zeggen. Omdat ik je niet hoor. Ik hoor alleen wat je zegt. Niet wat je denkt. Weet je hoe ongelofelijk kut dat is?' Hij slaat op de bank en staat op. Zijn net gerolde sigaretje bungelt tussen zijn droge lippen. Aram voelt een ijsklomp groeien in zijn maag. Dit kan niet goed aflopen. Niemand weet dat ze hier zijn. Niemand komt hem helpen.

'In een ander universum was ik een superheld geweest', zegt Bo. 'In een nep-universum, of hoe zeg je dat?'

'Fictief', fluistert Aram.

'Precies! Fictief! Jezus christus.' Hij loopt naar het raam en staart door de luxaflex naar buiten. Hij staat met zijn rug naar Aram toe. Aram weegt zijn kans af. Nu toeslaan? Afzetten en met zijn volle gewicht in de aanval? Te lang. Bo draait zich om. 'Jij woont in een hele saaie buurt, of niet?'

Aram knikt weer. 'Er is niks na deze plek, en niks ervoor.'

Bo glimlacht. Hij rolt het mes heen en weer tussen zijn vingers. Buiten is de straatverlichting aangegaan. De lampen gloeien dieprood op.

'Ik heb het alleen maar goed willen doen, Aram. Ik heb alleen maar willen helpen. Ik wist zeker dat het klopte. Ik hoorde haar. Echt waar. Ik hoorde haar. Net zoals ik iedereen hoor. De hele dag. Neem me mee, zei ze. Neem me mee. Dus dat deed ik.' Hij loopt terug naar de bank en gaat weer zitten.

Aram rilt. Het lijkt ineens een stuk kouder. Herfst, vanuit het niets.

'Ik ben mezelf een beetje kwijtgeraakt, Aram. Dat is het. Eindelijk dan toch ben ik mezelf een beetje kwijtgeraakt. Ik heb het verschil niet kunnen horen tussen mijn eigen gedachten en die van anderen. Snap je dat?'

'Ik snap het.'

'Nee, dat doe je niet.'

Aram sluit zijn ogen en haalt diep adem.

'Wat ga je met dat mes doen, Bo?'

'Dat weet ik nog niet.'

Ze zwijgen. Buiten zetten de krekels een tandje bij. Bo trekt een gezicht alsof hij een hap van een citroen neemt.

'Wat is er?'

'Ik haat krekels.'

Hij pakt de lucifers van het tafeltje en steekt zijn sigaret aan. Hij inhaleert alsof zijn leven ervan afhangt.

Pandora loopt rondjes door de kamer. Waarom is er geen deur? Wat voor kamers hebben er geen deur? Ze weet het wel. De kamer in haar hoofd. Maar hoe hard ze ook probeert, naar die kamer kan ze niet meer. Ze zit hier opgesloten. Alweer opgesloten. Ze krabt op haar hoofd, maar voelt haar vingers niet.

Het zwakke licht van de kroonluchter flikkert af en toe en de stoelen werpen lange schaduwen op de donkerbruine muren. Ze beweegt naar de fauteuil. Pakt de knuffel van de grond. Staart een tijdje in de zwarte kraalogen. *Wat nu? Wat nu, wat nu, wat nu?* Ze kijkt om zich heen. Onder de tafel staat een dik, oud, grijs tv'tje. En onder het beeldscherm zit een grote, rechthoekige gleuf. Een videorecorder. Ze loopt ernaartoe, laat zich zakken tot ze onder de tafel kijken kan en bestudeert het ding. Het is een televisietoestel uit de vorige eeuw. Het beeldscherm is klein en wordt omzoomd door dik, viezig plastic. Er zit een laag stof op het glas. Ze haat stof. Sommige mensen gaan er graag met hun vinger doorheen om het dan onder je neus te houden: 'Kijk, smerig hè?' Zulke mensen zijn vervelend.

Ze gaat naar een van de kasten en bekijkt de ruggen van de videobanden. Er staan data op. Data en tijden. Ze pakt er eentje. 9 december 1991, 22:48. Ook op de videohoes zit een dikke stoflaag. Ze trekt hem open, haalt de band eruit en smijt de hoes in een hoek. Ze kruipt naar de tafel, wurmt zich tussen twee stoelen door en gaat naast het tv'tje zitten. Het beeldscherm komt langzaam tot leven. Ruis. Ze duwt de band in de gleuf en staart naar het beeldscherm, dat op zwart springt. Lange tijd gebeurt er niets, behalve dat er af en toe een wit korreltje in beeld verschijnt, als een kortstondig teken van leven. Teleurgesteld blijft ze zitten. Dan komt er met horten en stoten een film op gang. Ze schrikt. Schimmige, schokkerige beelden van een trap, een deur, een lamp die aangaat, een bed, dekens die opzijgetrokken worden, iemand die eronder kruipt en een hand die naar een touwtje grijpt. Donker. Geritsel. Ze laat zich vooroverzakken en brengt haar gezicht tot vlak bij het glas. Erachter ziet ze een silhouet. Twee glanzende ogen die oplichten in het duister.

Een kleine jongen in een bed. Klaarwakker. Hij is bang. Zijn ogen schieten heen en weer alsof hij geluiden hoort, maar er zijn geen geluiden. Het is stil.

Dan hoort ze het. De ruis in zijn hoofd. Gefluister, gezang, gemurmel, gelach, en door alles heen zijn eigen gedachten: *Dit gaat altijd zo blijven. Ik zal dit altijd moeten horen en niemand zal het ooit begrijpen. Ik kan niet meer naar school omdat niemand het begrijpt. Ik kan nooit meer ergens heen. Ik ben een freak.*

Aan het voeteneind van het bed staan een Superman- en een Batmanpoppetje. Ze zijn neergezet in gevechtspose. De jongen wrijft over zijn oren. Dat maakt herrie en dat vindt hij fijn. Het overstemt de rest. Maar hij kan het piekeren niet stopzetten. Ze hoort hem malen, dwars door de ruis heen. Hij denkt aan zijn ouders, aan hoe het voor iedereen misschien beter zou zijn als hij dood was. Hij denkt aan ene Jantine, een vrouw die hem zou moeten begrijpen maar dat niet doet. En hij denkt aan Batman en Superman. Twee freaks die het tot superheld geschopt hebben. *Maar ik ben geen superheld. Ik kan iets wat ik niet wil kunnen, en dat gaat me langzaam helemaal gestoord maken. Gestoord en alleen.*

'Gaat het?'
    'Ik heb koppijn.'
    Bo zit al een tijdje met zijn hoofd in zijn handen. Hij heeft minutenlang niet opgekeken. Ook nu hij antwoordt blijft hij in dezelfde houding zitten. Aram overweegt nogmaals een poging om hem te overmeesteren. Het mes ligt los op Bo's schoot. Hoeveel fracties van een seconde zal het hem kosten het weer in de hand te nemen en naar voren te stoten, op het moment dat Aram hem aanvliegt? Net te veel? Of net te weinig? Hij aarzelt. Dit zou zijn laatste kans kunnen zijn. Dan kijkt Bo op en alles vervliegt, alweer.
    'Koppijn?' vraagt Aram zo aardig mogelijk.
    'Ja. Keiharde koppijn.'
    'Hoor je stemmen?'
    'Ik weet het niet. Doet er niet toe. Fuck it.'
    Aram schuift wat naar voren.
    'Ik kan aspirine voor je pakken?'
    'Flikker op.'
    Aram kijkt naar de klok naast de boekenkast. Half twaalf. Om de een of andere reden vindt hij het een heel ontmoedigende tijd. Via een openstaand raam in de achterkamer – heb ik dat vanmorgen niet dichtgedaan? – sijpelt de vochtige, kille buitenlucht het huis binnen. Er staat kippenvel op zijn armen. Tegenover hem gaat Bo met zijn duim over het lemmet van het keukenmes. Hij staart naar zijn knieën. Zijn blik is gepijnigd. Aram merkt ineens dat hij vreselijk moet plassen.
    'Bo?'

'Wat?'

'Waar denk je aan?'

Hij moet hem op zijn gemak stellen. Kalmeren. Inspelen op de restanten van hun oude vriendschap. Iets zien te herstellen, al is het maar een piepklein brokstukje.

'Aan hoe jij mij genaaid hebt. Twee keer.'

Zijn vingers vouwen zich om het handvat van het mes en knijpen erin. Aram slikt, knikt langzaam en voelt zijn blaas in zijn buik opzwellen als een springkussen.

'En verder?' vraagt hij, wat hij zelf meteen een idiote vraag vindt. Hij hoort de trillerige wanhoop in zijn eigen stem.

'Aan Superman', zegt Bo.

Aram vraagt niet verder. De seconden tikken weg, worden minuten. Zijn telefoon trilt in zijn zak. Bo kijkt niet op en Aram wacht tot het stopt. Femke? Liz? Hij hoopt dat er nog een keer gebeld wordt. Zo vaak mogelijk. En dat de beller argwaan krijgt omdat hij niet opneemt. Misschien even komt checken of alles in orde is. Maar dat gebeurt niet. Het blijft stil.

Het beeld springt op zwart en de recorder duwt de videoband van zich af, als een kleuter die zijn eten niet lust. Pandora staart ernaar. Ze blijft zitten met haar knieën opgetrokken en legt haar hoofd op haar armen. Wat heeft ze net gezien? Dat jongetje in bed, met zijn angsten en zijn wanhoop, heet Bo. Dat weet ze, al weet ze niet hoe. *Het was een herinnering.* Ze kijkt naar de kasten met videobanden. Het zijn er duizenden. Duizenden herinneringen.

Ze kruipt onder de tafel vandaan en begint rondjes door de kamer te lopen. Langs de stoel, langs de enge knuffel, langs de kasten met video's, terwijl de geur van rottend fruit in haar neus prikkelt.

Ze gaat in de fauteuil zitten, zet de knuffel op haar knie. Ze kijkt ernaar. Een zebra, een olifant, een beer, en nu ze goed kijkt herkent ze de schoenen van een Disney-figuurtje. Ze speelt wat met de oortjes van het ding en kijkt de kamer rond. Het is geen echte kamer. Dit soort kamers bestaat niet. Een kamer zonder deur, waar je niet in en uit kunt, althans niet met je lijf. Ze laat zich achteroverzakken, staart naar het plafond en zegt: 'Dit is niet waar.'

'Wat zei je?'

Bo kijkt op. Aram kijkt hem aan vanuit de stoel, zijn gezicht zwakjes verlicht door de wakkerende kaarsvlam.

'Niks.'

'Jawel', zegt Aram. 'Je zei iets.'

'Wat dan?'

'Je zei: "Dit is niet waar."'

Bo bolt zijn wangen op. 'O.'

'Wat bedoel je daarmee? Met "Dit is niet waar"?'

'Weet ik het.'

'Want het is wél waar, Bo. Dat moet je goed beseffen. Het is wél waar. Jij zit hier, bij mij, nadat je hier hebt ingebroken. En er is een dood meisje, Bo. Een meisje dat nog geleefd had als jij haar niet had meegenomen. Dat is allemaal aan de hand. Dat is allemaal waar.'

'Dat weet ik!' Bo's ogen worden groter en hij kijkt zijn oude vriend woedend aan. 'Dat weet ik, Aram!'

'Waarom zeg je dan ...'

'Hou je bek!'

'Dit gaat slecht voor je aflopen, Bo.'

Bo springt op, zijn ogen zijn groot en hij trilt.

'Hou je bek!' gilt hij nog een keer. Aram deinst terug in zijn stoel, kijkt naar het mes, waar Bo's vingers als wit uitgesla-gen plantenstengels omheen geklemd zitten. En de situatie bevriest. Aram meent zelfs de krekels niet meer te horen. Ik ga dood, denkt hij, niet voor het eerst vandaag. Het is zover. Het kan niet meer anders. Hij kan niet terug. Vroeg of laat heeft Bo de benodigde moed bijeen en dan steekt hij. Omdat het niet meer uitmaakt. Het is alles wat hem nog rest. Mij vermoorden en zichzelf voor een trein werpen.

'Ik hoor haar', zegt Bo. Ineens lijkt hij Aram niet meer te zien, maar dwars door hem heen te kijken, naar de muur achter hem. Zijn verstarde lichaam trilt niet meer. De woede druppelt weg uit zijn ogen.

'Je hóórt haar?'

'Het meisje. Ik hoor haar.' Hij zet twee kleine stapjes naar achteren en laat zich heel langzaam terugzakken in de bank. 'En dat kan niet. Want ze is dood.'

Hij leunt met zijn hoofd achterover, waardoor zijn gezicht verdwijnt in de schaduw. Huilt hij? Aram ziet de aangespan-nen spieren in zijn hals. Wat is er aan de hand? Hoezo hoort hij haar?

'Jij hoort geen dode mensen, Bo. Dat is niet volgens de spelregels', zegt hij. Bo reageert niet. Hij zit daar, doodstil, en lijkt nauwelijks te ademen. Alsof hij bewusteloos is.

'Bo?'

'Ze is niet weg.'

'Hoezo is ze niet weg?'

Bo brengt zijn handen naar zijn hoofd en duwt op zijn ge-sloten ogen.

'Ze zit in mijn hoofd.'

Ze zit op de grond. De kamer tolt. De kamer die alleen bestaat in iemands gedachten. En zij dus ook. Ze ziet het tv'tje, het zacht ruisende beeld. De kasten met videobanden. Een heel leven, keurig geordend op datum. Ze wil schreeuwen. Eindelijk eens schreeuwen. Maar dat kan ze niet. Nog altijd niet. Er is maar één mond, en dat is niet de hare. Ze heeft geen lichaam meer om te gebruiken. Een zin die ze eerder heeft gedacht, knippert in neonletters haar paniek aan flarden.

Bo schudt zijn hoofd, alsof hij het ergens vreselijk mee oneens is, maar Aram heeft niks gezegd.

'Wat is er, Bo?'

'Laat me met rust.'

'Laat me met rust? Zeg je dat nou echt?'

'Bek houden.' Bo gaat verzitten en bijt op zijn nagels. Aram kijkt ernaar. Het geluid van de tanden die stukjes losbijten komt binnen als hamerslagen. Zijn telefoon trilt weer. Bo kijkt op.

'Niet opnemen.'

'Nee.'

'Waag het niet.'

'Ik doe niks.'

Bo slaat zijn ogen weer neer. Gaat verder met nagelbijten. Af en toe denkt Aram dat hij hem iets hoort fluisteren, maar hij weet het niet zeker.

Pandora komt overeind. Ze hoort iets. Stemmen. Ze hoort mensen praten. Over een telefoon en over iemand die iemand anders met rust moet laten. Ze kan het gesprek slecht volgen, ook al verstaat ze alles glashelder. Het licht flikkert. Het vertrek lijkt te bewegen. Ze gaat aan het hoofd van de tafel zitten en legt haar handen op het blad. Kalm blijven. Niet in paniek raken. Ik ben in Bo's kamer. Bo heeft ook een kamer en daar ben ik heen gegaan. Ik ben er al eerder geweest. Omdat het kon. Omdat hij gelijk had. 'Je zit in mijn hoofd', zei hij. 'Ik kan je horen.' En dat was ook zo. Hij verstond me alleen verkeerd. 'Je zit in mijn hoofd.' Ik vroeg om hulp en hij hoorde me. Hij wilde alleen niet begrijpen wat voor hulp.

Zijn hoofd. Zijn kamer. Ik zit in zijn kamer. Ik wil schreeuwen.

Bo doet zijn mond open en schreeuwt. Aram schiet achteruit in zijn stoel. Bo slaat zijn handen voor zijn mond.

'Jezus! Bo! Wat doe je?'

'Niks!'

'Waarom schreeuw je?'

'Weet ik niet.'

Arams linkerbeen trilt. Hij probeert het tegen te gaan, maar het lukt niet. Hij is gek, hij is hartstikke gek. Hij gaat me doodsteken.

'Bo, je hebt hulp nodig.'

'Te laat.'

'Waarvoor?'

'Weet ik niet.'

Hij fragmenteert. Ik kan hem niet meer volgen. Zijn hoofd stort in.

'Ik wil je echt heel erg graag helpen, Bo. Echt. Ik weet dat ik het heb laten liggen, vroeger. Echt, dat weet ik, maar nu …'

Bo legt zijn wijsvinger tegen zijn lippen. 'Ssssst.' Hij sluit zijn ogen. Verkrampt. Het lijkt alsof hij pijn heeft. Hij zweet. Zijn ronde ogen staren, maar niet naar iets in het vertrek. Het lijkt alsof hij naar binnen probeert te kijken. Er is een oorlog in hem gaande. Er wordt gevochten. Aram weet niet waarom en door wie, maar het is gevaarlijk. Het gaat hem zijn leven kosten.

Pandora voelt aan de tafel. Strijkt langs de muren. Het tintelt. Ze voelt het echt en toch is het anders. Ze heeft geen vingers. Geen armen of benen. Ze heeft niks. Nog niet. Ze ruikt, maar niet wat er in de kamer is. Ze ruikt de wereld daarbuiten. Waarin hij ademt. Niet zijzelf. Ze ruikt wat hij ruikt.

'Wat doe je hier?'

Ik ben hier terechtgekomen.

'Je bent doodgegaan. Waarom hoor ik je dan nog steeds?'

Dat weet ik niet.

'Je had moeten verdwijnen.'

Ja, maar dat is niet gebeurd.

'Waarom niet?'

Weet ik niet. Maar jij hebt me binnengelaten.

Ze voelt de angst die hij voelt. Hij is onderdeel van haar geworden, en zij van hem. Ze voelt alles wat hij voelt. Net heeft ze gepraat via zijn mond. Voor het eerst in haar leven heeft ze gepraat. Zijn lichaam deed wat zij het opdroeg. Ze vindt het heerlijk. Dit kan haar lichaam worden.

'Ik wil je zien', zegt hij.

Kom me maar zoeken.

'Waar ben je dan?'

Hier.

Het weinige licht, de kille lucht, het gezoem van de nacht; het voelt alsof ze kilometers van de bewoonde wereld zijn. Aram kijkt om zich heen in zijn eigen huis en denkt: het maakt niet uit waar we zijn. Hier of in een bos, of op de bodem van een ravijn. Het draait alleen nog maar om ons. Om wat Bo gedaan heeft, en om wat ik niet gedaan heb, en om wat er straks met dat mes gebeurt.

Ze zit nog steeds aan het hoofd van de tafel. Aan de andere kant zit hij. Bo. Ze kijkt hem aan en hij kijkt terug. Het rottende fruit in het midden doet de lucht trillen.

'Je bent het echt', zegt hij. Zijn stem trilt en klinkt anders dan ze zich kan herinneren. Het klinkt niet als een stem. Het klinkt als niks. 'Dus het klopt.'

Wat?

'Ik kon je horen. Jou. Wat je dacht. Wie je echt bent.'

Blijkbaar.

'En nu ben je hier.'

Ja.

'Waarom?'

Omdat ik nergens anders heen kon, denk ik. Ik ging dood.

'Ja, je ging dood.'

Dat kwam door jou.

'Weet ik.'

Hij is bang. Ze voelt het. Ze voelt alles. Ze voelt het als hij zijn lijf beweegt, zijn lijf in de echte wereld, ze voelt het als hij slikt. Ze voelt de kilte in zijn buik.

'Blijf je?' vraagt hij.

Ja.

'Dat wil ik niet.'

Maakt me niks uit. Ik kan nergens anders heen.

'Dat is niet mijn probleem.'

Jawel.

'Ik kan je wegdenken.' Hij probeert flink te zijn. Gezag uit te stralen. Maar ze voelt zijn angst. Ze voelt het in de muren van de kamer zitten.

Nee, dat kun je niet. Dat heb ik gezien. Ik heb alles gezien. Je hebt hier geen macht over. Je kunt er niks tegen doen, al zo lang als je leeft niet.

'Jij bent een kind. Ik ben sterker dan jij.'

Ze lacht. Dat ben je niet. Ik ben het gewend om in een hoofd te leven. Jij vlucht alleen maar.

'Hou je mond.'

Nee.

'Ik ben de baas hier!'

Niet waar.

'Dit is mijn kamer! Dit zijn mijn gedachten!'

Niet meer.

'Hou je mond!'

Nee.

'Stil!'

Ik ben heel mijn leven stil geweest. Ik ben het zat.

Ze komt overeind. Ze wordt groter. Groter dan hij. Ze voelt zich groeien, en ze voelt dat hij het merkt. Dat zijn angst toeneemt ten koste van zijn kracht. Ze is sterker. Veel sterker. Ze is het meisje dat alleen gedachten is en ze kan dit winnen.

Ik heb gewild dat hij me meenam. Dit is wat ik altijd heb gewild. Gek dat ik dat nu pas snap.

Bo slaat met zijn vuisten tegen zijn voorhoofd.

'Het gaat mis, Aram, het gaat helemaal mis.'

'Wat gaat er mis?'

Hij schudt zijn hoofd. 'Niks. Niks.' Hij staat op. 'Wel! Ik denk dingen die mijn gedachten niet zijn. Ze zit in mijn hoofd, Aram. Ze is niet weg. Ze is er nog en ze wordt groter.'

Bo loopt heen en weer door de kamer. Hij gaat weer bij het raam staan, zet zijn vingers tegen zijn slapen en masseert.

'Je moet me helpen, Aram.'

Aram knikt. 'Hoe dan?'

'Weet ik 't. Hier blijven. Niet weggaan. Ik maak je af als je weggaat. Ik steek je kapot.'

Hij draait zich abrupt om, loopt naar Aram toe, knielt voor hem en brengt zijn gezicht tot vlak bij dat van Aram. 'Dat heb ik niet gezegd', sist hij. 'Loop maar weg. Het maakt niet meer uit. Bo is verdwenen straks.' Hij springt naar achteren, schudt van nee en laat zich achterover in de bank vallen.

'Niet doen', fluistert hij zachtjes. 'Niet doen, niet doen ...'

Aram heeft zijn vingers om zijn knieën geklemd. De angst is vanuit zijn maag naar zijn keel gekropen. Er drukt een ijzeren vuist tegen zijn borst. Hij durft zich niet te bewegen. Tegenover hem valt iemand langzaam uit elkaar. Er is alleen nog maar waanzin. En een mes. Hij moet iets doen. Nu. Hij moet nú iets doen.

Pandora beweegt in rondjes om de tafel en Bo ook, in een poging haar te ontwijken.

'Niet doen', zegt hij. 'Ga weg.'

Maar ze kan niet weg. Ze moet hier blijven, in deze kamer, in dit lichaam.

Ik ben sterker dan jij, Bo. Ze loopt naar de kasten met videobanden en pakt er een uit. Bo verstijft.

'Niet doen.'

Ze pakt een band uit de hoes, trekt zonder aarzeling de

plastic behuizing kapot en begint de tape af te wikkelen. Er ontstaat een berg zwart lint aan haar voeten.

'Stop.'

Ze gooit de hoes weg. 8 juni 1994, 22:31. Ze pakt een volgende band. Breekt hem in tweeën. Bo jammert.

Aram leunt een beetje voorover om Bo beter te kunnen zien. Hij heeft al minutenlang niet bewogen en reageert nergens op. De hand met het mes erin ligt roerloos op de leuning van de bank.

'Bo?' Voor de tiende keer. Geen krimp. Hij slaapt. Nee, hij is bewusteloos. Zijn ogen zijn gesloten en ieder teken van leven ontbreekt.

Dit is mijn kans.

Aram komt overeind. Heel voorzichtig, zich bewust van iedere beweging, ieder mogelijk geluid, centimeter voor centimeter. Zijn benen slapen en kunnen zijn lijf bijna niet dragen. Maar het moet. Tergend langzaam werkt hij zich in een staande positie. Bo reageert niet. De seconden nemen de lengte van minuten aan en Aram durft niet te ademen. Hij staat. Een meter van de bank af. Bo zit nog altijd roerloos, met zijn ogen dicht. En nu? Vluchten? Bo aanvallen? Proberen het mes te bemachtigen? Eerst Liz sms'en? Hij gaat met zijn handen naar zijn broekzak.

Nee. Niet je telefoon pakken, mongool! Weg, nu! Ren of pak dat mes af! Doe iets!

Ineens schieten Bo's ogen open. Het wit rond zijn irissen lijkt op te lichten. Hij springt naar voren en raakt Aram vol in zijn maag. Aram klapt dubbel en valt naar achteren, met Bo boven op hem. Het mes schiet langs zijn wang, hij voelt het koude staal door zijn huid snijden.

'Nee!' gilt Bo. 'Nee, nee, nee!' en hij slaat met de vuist waarin het mes zit op Arams oog. Sterren. Vlekken. Een doffe, verlammende pijn.

Waarom vecht ik niet terug?

'Jij blijft! Jij blijft!' Bo drukt het mes tegen zijn keel. 'Jij gaat mij helpen!' Hij brengt zijn ogen tot vlak bij die van Aram en sist: 'Ze zit in mijn hoofd! Snap dat dan! Ze zit overal!' Aram grabbelt om zich heen. Zijn hand krijgt iets kouds en hards te pakken. De afstandsbediening van de tv. Hij grijpt hem stevig beet en ramt hem met de punt tegen Bo's hoofd. Bo valt opzij en Aram worstelt zich los. Handen proberen zijn shirt te pakken te krijgen terwijl hij zich overeind werkt en zich op Bo stort. Hij twijfelt niet, haalt uit en raakt Bo op zijn kaak. Een pijnscheut knalt door zijn vuist en onderarm. Bo stoot wat gepruttel uit. Zijn lichaam verslapt. Aram slaat nog een keer. En nog eens. Hij was het niet van plan. Het gebeurt.

Pandora pakt de eerste kast met videobanden vast en trekt hem omver. Bo staat aan de andere kant van het vertrek als aan de grond genageld. Hij zegt niets meer, hij doet niets. Hij weet niet hoe hij moet vechten. Pandora voelt pijn. Ze worden geslagen door iemand; ze voelt het, ze hoort het, maar het maakt niet uit. Ze heeft een besluit genomen. Alles moet kapot. Tot de grond toe afgebroken. Pas dan kan het van haar worden. Ze loopt naar de fauteuil. Op de leuning ligt Mormel. Ze weet dat de knuffel Mormel heet, omdat ze nu alles weet. Ze pakt hem op. Bo schudt van nee. Pandora grijpt zijn groezelige olifantenkop vast. Gekraak als de eerste naden het begeven.

Aram stopt met slaan. Hij heeft de klappen geteld. Het waren er zeven. Hij heeft ze allemaal gevoeld, in zijn hele lijf. Zijn wangen zijn nat. Hij heeft niet gemerkt dat hij huilt.

Pandora klimt op tafel en trekt de kroonluchter van het plafond. Glasgerinkel. Bo zakt onderuit tegen de muur. Ze schopt de fruitschaal door de kamer. Hij blijft zachtjes nee schudden, maar ze gaat door. Ze kan pas stoppen als het klaar is. Ze springt van tafel, gooit de stoelen om, trapt tegen de poten tot ze loslaten. Gekraak en splinters. Er is alleen nog maar gekraak. Het weerkaatst tegen de muren en vult het vertrek. Het is het enige wat ze hoort. Alles valt uit elkaar. Het hout van de muren laat los en komt naar beneden. Klappen. Stofwolken. En daarna niks.

Ze stopt. Ze kijkt om zich heen. Overziet de vernielingen. Totale chaos. Ze loopt naar Bo toe en knielt. Brengt zichzelf zo dicht bij hem dat ze alleen het zwart van zijn pupillen nog ziet. Dicht genoeg om te versmelten. En ze zegt: 'Dit is nu van mij.'

Bo beweegt niet meer. Hij ligt op de grond en ademt langzaam. Er zit bloed bij zijn mondhoek en er sijpelt een straaltje uit zijn neus. Aram zit schrijlings op hem. Hij zegt sorry, maar Bo reageert niet. Het is doodstil geworden. Buiten zijn geen krekels meer te horen, al een hele tijd niet. Het mes ligt een paar meter verderop. Nu pas voelt Aram de snee op zijn wang weer. Het brandt. Hij strijkt erlangs met de rug van zijn hand. Bloed. Te veel bloed, denkt hij, overal, en hij laat zich opzij tegen de bank zakken.

Het spijt me. Ik heb willen helpen. Uiteindelijk ging het me daarom. Om jou te helpen. Jou, en mezelf. Ik ben veel te lang een egoïst geweest. Pas toen ik alles kwijt was, ging ik aan anderen denken. Gek genoeg. Ik heb geprobeerd dichter bij je te komen, om iets af te wenden, te laat. Eigenlijk was het vanaf het begin al te laat.

Hij werkt zich overeind. Bo blijft roerloos liggen. Zijn borstkas gaat regelmatig op en neer. Het is net alsof hij slaapt. Aram is duizelig. Hij stapt over Bo heen, loopt naar het mes toe en pakt het op. Herinnert zich ineens wanneer hij het kocht. Liz was er met al het keukengerei vandoor. Hij ging naar de Blokker en kwam terug met voor honderd euro aan kookspullen. Het was een ongelofelijk ellendige dag.

Hij pakt zijn mobiel uit zijn broekzak en selecteert Liz in de contactenlijst. Blijft even hangen met zijn vinger boven het groene telefoontje. Hij kijkt naar Bo. Nu moet hij bellen. Omdat hij niet anders kan. Het is voorbij. Hij belt, zal Liz vertellen wat er gebeurd is, de politie komt en neemt Bo mee. Hij heeft een kind vermoord en gaat naar de gevangenis. Eindelijk definitief over het randje, veroordeeld en weggestopt, klaar om vergeten te worden. Aram hoeft hem alleen het laatste duwtje te geven. Misschien dat hij op een dag terug zal kijken en zal zien dat alles niet voor niets is geweest. Maar op dit moment voelt dat niet zo.

Bo ligt hijgend tegen de muur van de kamer. Hij heeft pijn. Alles dreunt. Om hem heen de brokstukken. En Pandora. Overal om hem heen is Pandora.

'Het is tijd om te gaan', zegt ze. Ze klinkt niet als een meisje. Ze klinkt reusachtig. Bo knikt. 'Je hebt verloren', zegt ze.

'Ja.'

'Ik ben nu aan de beurt. Ik bepaal. Eindelijk een lijf dat kan wat andere lijven kunnen. Dat mag. Omdat dat eerlijk is.'

Hij knikt weer. Ze ziet hoe moe hij is. Waarom hij niet meer kan vechten. Ze voelt het. Nog heel even zullen ze bij elkaar horen. In hetzelfde lijf zijn. En dan zal ze hem uitwissen. Ook al voelt ze medelijden, voor het eerst sinds hij in haar leven kwam. Of zij in het zijne.

'Pandora?'

'Ja?'

'Hoe is het gebeurd?'

'Wat?'

'Hoe ben je in mijn hoofd gekomen?'

'Op dezelfde manier waarop iedereen in jouw hoofd komt, denk ik. Je hoort ze. Je hoort mij. Je laat gedachten binnen.'

'Maar jij bent gebleven.'

'Omdat ik nergens anders heen kon. Omdat je me doodgemaakt hebt.'

'Ik wilde je beschermen.'

'Je hebt niet goed geluisterd. Je wilde te graag.'

Hij zakt verder onderuit. Pandora ziet hem fletser worden. De kleur trekt uit hem weg, als uit een verouderende foto.

'Je doet wat je kunt, toch?' fluistert hij. 'Ik heb geprobeerd iets goeds te doen. Het is jammer dat het niet kon.'

Ze glimlacht. 'Nee', zegt ze. 'Het kon niet.'

'Andere mensen zijn daar beter in. Altijd zo geweest. Ik had best iemand anders willen zijn.'

'Ja. Weet ik.'

'Mag ik nu iemand anders zijn?'

Ze is even stil. De kamer verandert. De houten muren worden donkerder. Steeds donkerder, tot ze zwart zijn. Schoolbordzwart. Het licht wordt schraler. Er verschijnen woorden op de muren. Krijt. Witte woorden, pijlen, verhalen, zinnen.

Zinnen die ze eindelijk kan uitspreken. Omdat dit lijf nu van haar is.

'Ja', zegt ze. 'Dat mag.'

De deur gaat open en ze wordt meegenomen. Ze ruikt gras en uitlaatgassen, ze voelt de nacht op haar huid, verkoelend en echt. Ze is buiten. Haar borst, haar nieuwe borst, loopt vol met een bijna verlammend geluk. De boeien om haar polsen voelt ze niet.

Ik heb gewild dat hij me meenam. Ik heb het gewild. Ik heb gevoeld wat hij kon, en dat hij het was die me een stem kon geven.

Ze wordt in een auto gezet. De mensen noemen haar Bo, Bo Flinterman, maar het maakt niets uit. Ze heeft gewonnen. Iemand stelt haar een vraag en ze antwoordt. Het is waarschijnlijk gebrabbel, willekeurige woorden in een nog willekeuriger volgorde. Dat doet er niet toe. Dat leert ze nog wel. Er is zo veel te ontdekken.

Een eindje verderop kijkt een man naar haar. Ze herkent hem. Ze weet dat hij Aram heet. Die naam komt uit herinneringen die de hare niet zijn. Die zullen vast wel verdwijnen. Samen met Bo's andere gedachten zullen ze steeds verder wegzakken in de diepte van dit hoofd, in dit lichaam, tot ze helemaal zijn opgelost.

Achter een lint staan mensen. Sommigen zijn in pyjama of badjas. Een mevrouw heeft een baby vast. Iemand roept 'moordenaar'. Ze giechelt.

Ik ga de gevangenis in vanwege mijn eigen dood. Dat is grappig. Niet afschuwelijk, maar grappig. Er is genoeg afschuwelijk geweest. Vanaf nu is afschuwelijk voorbij.

Ze kijkt naar boven, naar de zwarte hemel die vol staat met sterren en een halvemaan. Het is te veel om allemaal in één keer te zien. Te veel om op te slaan. En dat is fantastisch. Want dat betekent dat ze het kan blijven ontdekken. Alles. Keer op keer. Alsof je altijd weer opnieuw kunt beginnen, en elke dag de eerste is van iets. En dat is ook zo.

Epiloog

Blauw licht draait rond en rond en er klinken opgewonden stemmen. Het is midden in de nacht maar druk. De buurt is wakker geworden en heeft gezien dat het hommeles is bij het huis van die rare De Smet. Ze drommen samen maar mogen niet dichterbij. Toen er iemand geboeid naar buiten werd gevoerd, stopte iedereen even met ademen. Dit was beter dan waarop ze hadden durven hopen.

Aram heeft koffie van iemand gekregen. Ze hebben het in zijn keuken gezet, met zijn oude apparaat. Hij heeft er niets van gemerkt. Nu bedenkt hij dat Liz ze misschien heeft uitgelegd hoe het moest en waar alles stond. Hij vindt dat een bizarre gedachte. Hij neemt een slok. Slap, smakeloos.

Bo zit op de achterbank van een politieauto. Aram ziet hem staren en vraagt Liz of hij met hem mag praten. Dat mag. Her en der is er sprake van flitsende fotocamera's en er zijn afzetlinten. Aram begrijpt niet goed waarom. Laat iedereen toch. Het maakt niets meer uit. Hij loopt naar de auto, hurkt naast het openstaande portier en kijkt Bo aan. Bo kijkt terug. Er is iets veranderd aan hem. Hij heeft kleur in zijn gezicht en hij ademt rustig. Hij kijkt Aram aan alsof hij hem voor het eerst ziet. Alsof al het voorgaande een droom was. Hij knippert een paar keer langzaam met zijn ogen. Alsof hij wil zeggen dat het goed is. Maar dat kan niet. Het is niet goed.

'Sorry, Bo.'

'Ik ben Bo niet.'

Aram schudt zijn hoofd. Hij is moe.

'Oké. Wie ben je dan?'

Bo glimlacht. Hij legt zijn wang op de leuning van de achterbank en kijkt Aram aan met een tevreden blik. Als een kind op de terugweg van een pretpark. Moe maar voldaan.

'Wil je tegen mijn moeder zeggen dat het goed met me komt?'

'Je moeder?'

'Ze heet Manja. Manja Zerbst. Je moet zeggen dat het goed met me komt. Dat ik ben doodgegaan maar dat ik niet weg ben, en dat het niet erg is.'

'Jouw moeder heet geen Manja.'

'Jawel. Ze heet Manja. En mijn broertje heet Jonas. Wil je het ze zeggen? Dat het goed met mij komt.'

Iemand legt een hand op Arams schouder. Zegt dat het genoeg geweest is en trekt hem zachtjes naar achteren. Hij verzet zich. Hij wil langer praten, meer horen, maar het mag niet. Het portier wordt gesloten terwijl iemand hem vasthoudt. Zijn ex-vrouw, die er slecht uitziet, stapt voor in de auto en ze rijden weg.

Op de achterbank draait Bo zich om. Zijn gezicht is ontspannen en zijn ogen ook; hij ziet er jonger uit. Hij beweegt zijn hoofd wat heen en weer, alsof er muziek klinkt. Zijn lippen bewegen, alsof hij zingt. Hij kijkt Aram nog één keer aan en Aram ziet dat hij gelijk heeft. Dat het klopt. Het is Bo niet. Het is hem niet meer. 'Dat ik ben doodgegaan maar dat ik niet weg ben, en dat het niet erg is.' Dat zei hij. De reikwijdte van die zin is te groot om hem te kunnen bevatten. 'Omstandigheden zijn sterker dan DNA.' Wie heeft dat ooit gezegd? Ikzelf? Of heb ik het alleen maar gedacht? Hij besluit het te vergeten. Of in ieder geval dat te proberen.

Er schiet een fotograaf onder het afzetlint door. Hij rent naar Aram toe en begint close-ups te schieten, met verblindende flits. Aram laat hem begaan. In de verte draait de politieauto de straat uit. Er klinkt geen sirene.

Iedereen is weg. Dat duurde even. Eerst was er politie en pers, en omstanders die blijkbaar in de buurt wonen; daarna was er ineens nog maar één agent, aan de keukentafel, met een visitekaartje en de mededeling dat hij altijd kon bellen en dat ze morgen verder zouden praten. Of hij iemand had om naartoe te gaan? Hij knikte. 'Femke', zei hij. 'Ze heet Femke.' De agent knikte gerustgesteld. Iemand die Femke heet is vast goed volk. Toen de agent weg was zette hij zijn telefoon uit. Hij zou haar bellen, Femke, heus wel. Later. Maar nog heel even niet.

Hij heeft de tuindeuren opengezet. Het is koud, maar dat vindt hij prettig. Kou is echt. Kou is makkelijk. Hij zit op een tuinstoel en drinkt water uit een omgespoelde colafles. Boven hem zijn er geen wolken. De sterren en de maan zijn onbedekt en ongefilterd. Het licht van het stadscentrum is te ver weg en te zwak om een rol van betekenis te spelen. Het universum boven hem is er gewoon, niet te ontkennen, en het is zoals gebruikelijk veel te groot. Hij laat zijn hoofd naar achteren zakken, zodat hij alleen nog maar zwart en sterren ziet, en hij bedenkt dat het zinloos is om te beseffen dat er andere plekken zijn dan de aarde. Dat het beter was geweest als we sterren altijd als decoratie waren blijven zien, of als bewijs dat goden bestaan.

Hij schrikt wakker van het snerpende geluid van de telefoon. Het is ochtend en hij zit nog steeds in de tuin. Hij is verkleumd. Achter hem in de woonkamer jengelt de vaste lijn, die hij natuurlijk uit het stopcontact had moeten trekken. Hij staat niet op. Hij blijft zitten en wacht tot het ophoudt. Vijf keer gaat de telefoon over, zes keer, dan een klik, en het bandje dat hij al zo vaak gehoord heeft.

'Dit is de automatische telefoonbeantwoorder van Aram de Smet. Ik luister dit ding nooit af, zoals je wel zult begrijpen ...'

Hij praat mee zonder geluid. Het wordt tijd om het abonnement op te zeggen. En deze keer echt.

'Dag Aram, met Joep weer. Ik keek net naar het nieuws en ... mijn god. Ik heb er even geen woorden voor. Ik weet nu ik erover nadenk ook niet zo goed waarom ik bel. Sorry. Nou ja, ik vroeg me vooral af hoe het met je gaat. Of alles in orde is. Jezus, ik zag je gewoon op het journaal, ik zag die Bo je huis uit gesleept worden ... Misschien had ik niet moeten bellen. Nu ik erover nadenk mag het ook helemaal niet, volgens mij. Maar goed. Weet dat mijn deur openstaat. Je hoeft het maar te zeggen. Ik zit redelijk vol deze week, maar we verzetten wel wat. Daar komen we wel uit. Ik spreek je. Ja? Mooi. Sterkte. Dag Aram. Dag.'

Weer een klik. Vivié heeft opgehangen. Hij is weer alleen. Zoals hij eigenlijk al maanden alleen is. Hij staat op, drinkt de fles water in één teug leeg en gooit hem in de prullenbak. Hij vist zijn sleutels van het aanrecht – heb ik die daar zelf neergelegd? – kijkt om zich heen – er zitten bloedvlekken in het parket, moet hij die wegpoetsen of juist laten zitten? – ritst zijn vest dicht en loopt de gang in, de deur uit. Op zijn stoepje draait hij zich om. Zijn voordeur valt zachtjes dicht. Zijn vintage voordeur. Opgeschuurd, ongelakt hout. Geen keuze, gewoon laksheid, maar toen leek dat anders. Zoals zo veel.

Het is niet druk in de bouwmarkt. Misschien omdat ze net open zijn. Wie staat er nu stipt om negen uur klaar om verf te kopen? Hij pakt een verfwaaier en laat de kleurstalen door zijn hand gaan. Er zijn heel veel soorten rood.

'Ah! Daar bent u weer!'

Hij kijkt op. Naast hem staat de bouwmarktpiccolo. Siebrand.

'Jij herkent mij nog?' zegt Aram verbaasd.

'Jazeker! U hebt hier een tijdje geleden een schuurmachine gekocht! Een Bosch.'

'Ja ...'

'En? Schuurt-ie lekker? U gaat mij niet vertellen dat-ie niet lekker schuurt!'

Aram kijkt van Siebrand naar de kleurenwaaier, naar het rek verfpotten, weer terug naar Siebrand. Hij denkt: ooit was er een jongetje met een gebroken nek en dat was mijn schuld. In welk leven was dat?

'Zeg, Siebrand, wat zou jij zeggen dat een goede kleur is voor een voordeur?'

Siebrand denkt even na. Op de achtergrond klinkt een zijig muziekje. De reclametune van de bouwmarkt. Een opgewekte vrouwenstem kwinkeleert iets over douchecabines.

'Blauw', zegt Siebrand.

'Blauw?'

'Blauw. Zo blauw als zeewater. Dat vind ik mooi.' Hij steekt zijn duim op, draait een halve pirouette en loopt het gangpad uit. Aram hoort hem iemand anders aanspreken. Iemand die niet kan kiezen tussen drie wastafels. Hij bladert door de kleurenwaaier tot hij een blauw gevonden heeft dat van de zee zou kunnen zijn. 'Heavenly blue' heet het. Hij staat alleen in het gangpad, links van hem meters verf, rechts van hem lijm, behangplak en kit voor voegen en naden. Hij laadt twee potten verf uit het schap in zijn wagentje en loopt door. Slaat links af. Raamdecoratie. Rechtsaf. Kranen. Weer rechtsaf. Vogelhuisjes.

Hij staat stil voor een stellage met behangrollen. 'X-tra voordelig behangen! 3 voor de prijs van 2!' Hij pakt een licht-gele rol. De kleur van kuikentjes en zondagochtenden. Past goed bij het blauw dat in de potten in zijn karretje zit.

In zijn hoofd ziet hij een kamer voor zich. Gele muren en een wit, houten plafond. Ramen aan alle kanten, met hemels-blauwe kozijnen. Er valt licht naar binnen. Er liggen kussens, een kleed en aan de muren hangen foto's. Duizenden foto's, ingelijst, zwart-wit en kleur door elkaar. Het is een mooie, prettige kamer. Alles klopt. Hij voelt compleet, alsof hij er altijd al geweest is en op hem heeft liggen wachten. Hij loopt naar een van de fotomuren toe. Bekijkt de bevroren beelden uit zijn verleden. Hij ziet een portret van zijn vader op de camping, zijn moeder bij een dansuitvoering, Liz in bad, een groepsfoto van het groep 8-kamp. En een foto van twee kleine jongens. Ze staan op het strand en hebben kwallen op stokken geprikt. Een van de jongens heeft een groene zon-neklep op zijn hoofd en de ander een omgekeerd aardbei-enbakje. Ze trekken stoere gezichten. Het zijn overduidelijk Space Rangers. En vandaag gaan ze de ruimte in.

Mijn dank gaat uit naar de volgende mensen en nog vele andere. Een dankwoord is altijd incompleet, ben ik bang.

De complete lerarenstaf van de schrijfopleiding te Utrecht, met speciale vermelding voor Hubert Roza en Jurrie Kwant. Omdat zij het zagen toen ik het zelf niet zag. Iedereen bij De Geus, Ad en Sander in het bijzonder. Tim Notten, Jaap Robben, Jiska Koenders, Bernadette Notten, Bram Dehouck, Anneke van Wolfswinkel, Stan van Herpen en de voltallige Schrijfwerkplaats voor het meelezen en geven van onversneden feedback. Het *Brabants Dagblad*. Hanneke Hendrix. Dirk van Pelt. Sophie. Aukje en Marcus. Mijn zusjes, voor het zijn van mijn zusjes. Flor, die me laat zien dat vriendschap wel degelijk onverwoestbaar kan zijn. Håkan Nesser, wiens *De man zonder hond* me het perfect getimede zetje gaf om aan dit boek te beginnen. Eva, voor de liefde, de steun, de trots en het rotsvaste geloof. Mijn vrienden, ouders, familie, die me serieus namen op de momenten dat het ertoe deed. Zonder jullie allen was het niet gelukt, daar ben ik heilig van overtuigd.